小学館文庫

伏龍警視・臣大介

神野オキナ

小学館

目次

伏龍警視・臣大介

作者注：この作品に登場する沖縄県警の関係者、各部署の関係、事件関係者は全て架空の物であり、実在しない。よく似た名前の人物がいたとしても、それは「沖縄らしさ」を出すための作者の、拙《つたな》い創意と現実の、偶然の一致である。

◇第一章：親子、発生、死体

★

「え？　お父さんがくるの？」

叔母の澪《みお》からのメッセージに、臣雪乃《おみゆきの》は小さく声を上げた。

那覇市立病院近く、元マンションで東京五輪による観光宿泊需要《インバウンド》を当て込んで乱立した「民泊」施設の一室だ。

六時間以内なら、学生個人でも、ちょっと無理をすれば借りられる程度の中会議室。

二十畳ほどの部屋には、雪乃をふくめた「姉妹制度」の仲間たちが五組ほど来ている。

いずれも、雪乃と同時期に「姉妹関係」を結んで、今日で十週目、ということでの祝いのパーティに、雪乃の「姉」の十四歳の誕生日パーティを兼ねている。

といっても、中学生。やれることは、ささやかだ。

会議室のテーブルの上には、ピザの箱やファストフードの盛り合わせと大量のお菓子と清涼飲料水。そして部屋と一緒にレンタルで貸し出されたモニターと、インターネットデバイスを使った配信サービスでの動画鑑賞。

各姉妹たち（中には男子——弟も居るので姉弟《きょうだい》、というパターンもあるが）、思い思いに過ごしている。

土曜日の昼過ぎから始まって、もう夕方。

姉妹制度は健全が身上だから、遅くても夕方七時には解散、ということになっていて、早くも片付けを始めようとした矢先のメッセージだった。

戸惑いながら、雪乃はスマホを、スカートのポケットにしまった。

中学生ともなれば「自分の世界」をもつ。

友人たちから始まり、部活、趣味……家における実の親きょうだい以外の関係が作られる。

その関係は「晴れ舞台」のようなもので、まして女性であれば、そこに社会性と外見の悩みが加わる。

だから、中高生は精一杯背伸びをする。

出来る範囲で、教師に叱られないレベルで、精一杯のお洒落《しゃれ》をする。

会話にも気をつけ「子供っぽさ」を嫌うようになり、舞台女優のように、気を張る日々に足を踏み入れていくのだ。

彼女たち（あるいは彼ら）にとって、学校での関係は、毎日が舞台であり、家のことはいわば「楽屋」のことになる。

出来れば、舞台だけで交友関係を完結させたいと無意識に願い……だから、そこに「楽屋」である親が現れるのは、どうにも気恥ずかしい。

（うちのお父さんは……外見は……まあ、大丈夫、だと思うけど）

雪乃の父、臣大介《おみだいすけ》は警視庁の「エリート」に属する。

三年前に母が死に、その後色々あったらしく、沖縄に「一時出向」しているが、いずれ戻るのだろう、と雪乃はぼんやり考えていた。

身長は高く、家にはトレーニング用の道具が、滅多《めった》に埃《ほこり》を被《かぶ》ることなく使われているので、体型も引き締まっている。細マッチョと言っていい。

鋭角な線で構成された顔立ちは、好みが分かれるところだろうが、眼鏡も相まって、やや近寄りがたい印象はある。

が、笑顔を浮かべると。真逆の印象で、驚く程優しく見えた。

まさか、娘の友達に会うときに、仏頂面はないだろう。

（……大丈夫、だよね？）

中学生にもなれば、大人が万能でないことぐらいは判《わか》っているし、男親は、特に娘にとって「滑る」ことをするのも判る。

ため息をついた雪乃へ、

「どうしたの？」

と、優しい声がかけられた。

雪乃が振り向くと、彫りの深い、整った顔立ちの少女が微笑《ほほえ》んでいる。

十四歳なのに、身長は、雪乃より二〇センチ近く高い、一六八センチ。すらりとした肢体は、新体操部の部長をしているから、と周囲には思われているが、同時に趣味で習っている琉球《りゅうきゅう》空手によるものが大きい、と本人は考えている。

腰まである長い髪は、先程、うっかり飲み物をこぼしてしまい、軽くシャワーを浴びて来たせいか、まだ少し湿り気を帯びて輝いていて、それがまるで天女のようだ。

常に微笑みを絶やさず、物腰は優雅。

生徒会長候補に周囲から推されるほどに見識も高く、校内テストも常に上位三番以内という少女。

そして、彼女の「姉」。

血は、つながっていない。

沖縄独自の「姉妹制度」によるつながりだ。

　中学入学と同時に、沖縄に来て、右も左もわからない雪乃に、初めて声をかけてくれた人物。

「浮かない顔をしてるけれど、なにかあったの？」

「お姉さん……」

　最初は「お姉様」と呼ぶべきか迷ったが、彼女――多和多華那《たわたかな》はあっさりと「お姉さんで」と言ってくれた。

「お姉様、は沖縄には相応《ふさわ》しくないわ」

　華那はそう言って「気にしないで」と微笑んだ。

　実際、そう言われてみると、「お姉様」という雅《みやび》で、気取った呼び名は、しっとりと秋の枯れ葉舞い散る、ステンドグラスのある礼拝堂があるような女学院ならともかく、晴れ渡れば、何処《どこ》までも濃い青空の広がる沖縄には、相応しくない。

　しかし、どうして自分を「妹」として見いだしたのか、と尋ねると、華那は、

「新入生の中で、あなただけが、迷子の子猫みたいにキョロキョロしていて、それがとても可愛《かわい》らしかったから」と、答えてくれた。

　子猫みたい、と言われて喜ぶべきか、それとも、子供っぽいと遠回しに言われたのか、一瞬、雪乃は判断がつきかねたが、なによりも「カワイイ」という言葉が嬉《うれ》しかった。

中学生の少女にとって「カワイイ」は絶対だ。

「微妙」も「いいかも?」も全て「カワイイ」が上書きする。

まして、華那のような、憧れの人に言われれば。

以来、彼女からの手紙を学校で受け取るたび、メッセンジャーアプリで言葉を貰《もら》う
たび、そして、その返事を考えている間、雪乃の心のつま先は、いつも浮いている。

そして、今も。

「あの、えーと……父が迎えに来てくれるそうです」

「あら、おばさまじゃないのね? お父様には、初見のご挨拶をしなければ」

「いえ、あの……その……」

「事情は、ご存じなのでしょう?」

「は、はい」

「なら、お会いするのが楽しみだわ」

にっこりと微笑まれると、つられて雪乃も微笑んでしまった。

★

沖縄独特の、早い夕暮れがそろそろ近づいてきている。

北部の恩納村《おんなそん》の警察署によって、簡単な打ち合わせを終えた臣大介《おみだいすけ》警視は、58号線を南下していた。

その途中、米軍基地、キャンプフォスターの、北前ゲートの向かいにあるコンビニで、飲み物を買いがてら、トイレを済ませて車に戻った。

東京にいるときは、片道二〇キロぐらいの距離は軽い、と思っていたが、この沖縄ではそうはいかない。車の量と未整備の車道、なによりもドライバーの運転が「荒い」。とはいえ、東京から出向してきて、半年の管理官が事故を起こしたのでは、色々と問題だ。

なるべく休憩を取るようにするのは、一種の用心でもあった。

「未《いま》だによくわからないな。その『姉妹制度』ってのは」

臣は駐車場でボルボＰ１８００シアンの運転席に座り、スマホ片手にため息をついた。

流線型の多用された、一九六〇年代の古めかしい、優美なデザインだが、中身は最新式のイギリス車だ。

背広姿で身長一八七センチ、体重七〇キロの引き締まった身体《からだ》つきと、頬骨から顎にかけて、慎重にカミソリで削《そ》いだような顔立ちの臣は、車のデザインに負けていない。

三年前に死んだ妻が「あなたに似合うから」とプレゼントしてきたときは戸惑ったが、今は気に入ってる。

「上級生が下級生を呼び出して『姉妹になりましょう』といって、義兄弟の契りを交わして、あとは卒業まで続く関係を作る、ってのは、まるでヤクザみたいだ」

臣が、警視庁から沖縄県警に移って半年になる。

東京からすると、北海道の奥地よりも遠い、この南の果ての少し手前にある土地は、これまでも色々、独自のノリや風習があって、これまでも度々彼を戸惑わせた。

それも大分慣れた……と思いきや、まだ奥深い謎が多い。

ユタ、と呼ばれる霊媒師への異常とも言える信心深さや言いなり度合いもそうだが、この「姉妹制度」というのはさっぱりわからない。

『ま、多分九〇年代に入ってインターネットで本土《ほんど》の文化が気安く入ってくるようになって、当時アニメでヒットしていた、女子校ものがベースなんでしょうけど、沖縄には本来から「オナリ信仰」ってのがあるからねー』

「なんだそりゃ？」

『男にとって、恋人でも母でもない「姉妹」には、神の力が宿る、っていう考え。実際昔は海に出るとき、姉妹の作ったお守りや、髪の毛を持って行くと、遭難しないって信じられたんだって』

「そんなものがあるのか……」

『まあ、難しいわよね、兄さん男だし。長男だし』

「昔、漫画か何かで、女学校には、そういう『お姉様と妹』みたいな仕組みがあって、そのサークルがある、ってのは聞いた事があるが、共学校で、しかも年下の男という関係もアリとかになると、俺の想像の外になるよ、それは単なる不純異性交遊じゃないのか？」

『だから、そういうもんじゃない、っての』

　アフリカを中心に海外を渡り歩き、臣よりも十年早く、アフリカ系アメリカ人と結婚して、沖縄に移り住んでいるので、妹の澪は、この辺の事には詳しい。

『下級生の子に、上級生が「あなた、私の妹にならない？」と告白して、OKが出ればそれから一年か二年、文通して、勉強をみてやったり、ちょっと遊びに行ったりもする、いうなればプラトニックな師弟関係なのよ。清純を汚《けが》すような真似《まね》をしたらアウト』

「ああ、そういえば、雪乃が手紙書いているのは見たな」

『このデジタル時代に微笑ましいじゃない』

「……そうなのか？」

『ともあれ、姉妹制度のおかげで雪乃ちゃん、学校行くのが楽しくなったんでしょう？』

「それはそうなんだが」

運転席で、ミネラルウォーターのペットボトルの封を開けながら、臣はため息をついた。

フロントウィンドウの向こう側を、巨大な蜘蛛《くも》を思わせる歩道橋から降りてきた筋骨隆々の年若い、アフリカ系の海兵隊員が、派手に着飾った日本人女性を、高く掲げた、逞《たくま》しい二の腕にぶら下げて、笑い合いながら歩いて行くのが見えた。

その横を、生真面目《きまじめ》な顔をした、迷彩服姿のイタリア系海兵隊員が、砂漠色の軍用車両《ハンヴィー》のハンドルを握って58号線を走っていく。

読谷《よみたん》高校を過ぎた辺りから、雨はぴたっと止《や》んだが（狭い島なのにこういうことが起こるのも沖縄ならではだ）、雨雲が追いついてきたのか、だんだん雲が低くなってきているのを見ながら、臣は会話を続ける。

「どうにもここには戸惑うことばかりだ」

『雪乃ちゃんはまだ引っ越して三ヶ月、中学なんて結構陰湿なことも多いんだから、姉妹のお姉さんがかばってくれる、ってのはいい事なのよ？　まして多和多議員のお嬢さんだもの……本庁に戻りたい兄さんにとっても、マイナスにはならないでしょ？』

「俺は、雪乃の人生に関わることで、得しようとは思ってない。親ってのはそういう物だろ？」

　あけすけな妹の言葉に、臣はやや憤慨した。

　元々警視庁から、諸処の事情で「出向」あつかいで沖縄県警の管理官をやらされている状態だ。確かに本庁に戻りたいが、娘を使ってまで、というほど落ちぶれた覚えはない。

『ごめん、ちょっと言い過ぎた』

　あけすけに物をいう妹は、同時にサバサバしていて、切り替えも早い。

『でもまあ、子供同士のサークルごっこみたいなものだし、勉強の面倒も見て貰うわけだから、目くじら立てなくてもいいわよ。まして今日は「お姉さん」の誕生日パーティなんでしょ？』

「でも、どんな風に相手に顔をあわせればいいんだ？」

　臣の娘、雪乃は十三歳、相手の「お姉さん」は十四歳。

　四十代手前の臣としては、子供扱いするには難しく、大人扱いするには抵抗のある年代だ。

（親にしてみれば、子供はいつまで経《た》っても子供ではあるんだが）

臣の心中のぼやきを察したように、澪は軽い笑い声をあげた。

『まあ、敬意を持って扱うことね。警察官の常識は捨てて』

この七つ年下の妹は、妙に、こちらの心理が見えているようなことを平気で言う。

「昭和の昔じゃないんだぞ、警察だって進歩してる」

『そう言えるなら大丈夫ね――あと、帰りの車の中で、雪乃ちゃんを質問攻めにしないこと。沈黙はこっちから破っちゃ駄目よ。雪乃ちゃん、いい子だけど、それでも十三歳なんですからね』

「わかってる」

小姑《こじゅうと》のような妹の言葉に、臣は苦笑を浮かべた。

エンジンをかけた。クーラーの冷気がありがたい。

ここ数年、沖縄は梅雨どきに気温が下がると言われているが、それでも二十二度。

沖縄に出向して半年の臣にとっては充分蒸し暑い。

『……で、今日もあたしが迎えに行く？』

「いや、今日は俺が行くって連絡した。いつもすまんな」

『いいってことよ。カワイイ姪《めい》っ子の為《ため》だしね』

スマホを切って懐《ふところ》に入れ、臣はクラッチをつないで、車を国道58号線に滑り出させた。

いつも仕事用として使っているトヨタのSUV、ヤリスクロスが車検に入っているため、やむなくこっちを使っているが、この雨には神経を使う。

沖縄は四方を海に囲まれているから、雨粒にも潮気が含まれていると言われ、高温多湿な土地柄も含め、錆《さび》の発生を防ぐにはなかなかに手強《てごわ》い。

台風の時は、直接海面から、海塩を巻き上げた物が降ってくるから、その後は数日間、ガソリンスタンドの洗車場が満杯になる。

(帰ったら早めに洗車だな)

幸い、今借りている家にはガレージがついていて、そこで洗車も出来る。

この車と愛娘《まなむすめ》の雪乃は、妻が残してくれた宝物だ。

普天間《ふてんま》の辺りで、臣はハンドルを切って58号線から県道330号線に乗り換えた。

そろそろ帰宅時のラッシュアワーが始まる。

沖縄ゆいレールの古島《ふるじま》駅が遠くに見えてきた辺りで、バイパスを下り、ゆいレールに沿うようにして首里《しゅり》方面へ。そして寿司《すし》チェーン店のあたりで路地に入る。

複雑怪奇な迷路のような道に、思わず迷いそうになるが、目指す建物は、この辺では珍しい八階建てなので、視線を上に向ければすぐにわかった。

コロナウィルスの流行により、インバウンドが壊滅状態になったあと、立て替えもままならぬまま、とにかく人を入れようと格安かつ時間単位の貸し切りも可能になった、民泊施設の中にはビジネス用途に切り替えるために部屋を幾つか潰して会議室、あるいは小~中規模イベント会場として、貸し出しをしているところもある。

娘の雪乃とその「姉」と友人達が借りて、小さなパーティを開いているのは、そんな民泊施設のひとつだ。

県内で、そういった施設をまとめて買い取り、管理しているグループのマークである、三つ巴の紋を咥《くわ》えた沖縄獅子《シーサー》の横顔が、大きく描かれたビルが見える。

あとはその場所に近づくようにして、ハンドルを切り続ければいい。

住宅地、大型乗用車が二台すれ違うのが、やっとの道を、ゆっくりとボルボは行く。

なんとか、建物の入り口に着いた。

住宅地なのに、建物自体は、広いエントランスロビーと、大きな自動ドアの、都心部に建っているホテルのようで、どうにもチグハグに見える。そのあたり、建物の本来の持ち主がインバウンドというものの儲《もう》けに、どれだけの期待を持っていたかがわかる。

雪乃にパーティの話を聞いて、資料をみたが、本来一泊四万円、各部屋バストイレ付きだけでなく、地下には、大浴場とサウナまで用意してあった。

今は地下の施設は閉鎖されて、上の階層しか使えないが、それでも設備は、かなり豪華だ。

それも疫病騒ぎによる無観客開催となった東京五輪と、その後の海外旅行者の規制により、「収入ゼロよりはマシ」とばかりに、最も大きな大会議室を半日借りても一万円前後、三泊以上してくれるなら、一泊の宿泊費は五千円、という破格の値段に下げられている。

結果、学生達が、こぞってこれを利用している。

親として、そして警察官として気にかかるのは、その安さゆえにこれらの施設がラブホテル代わりや、「ヤリ部屋」と呼ばれる、乱交パーティの場としても使われることが、多々ある、ということだ。

が、そこは品行方正だと評判の、国会議員の娘が取り仕切っているパーティなのだし、ここの施設自体にそういう報告はないので、一応、臣としては安心している。

一番の問題は、娘の友人に会う、というのが、ほぼ初めてだ、ということだ。

娘の幼稚園以来かもしれない。

娘に恥ずかしい思いをさせる格好は、していないつもりだが、十三歳～十四歳の少女のセンスは臣にはわからない。

私立の小中高一貫教育の上流学校とはいえ、根っこの部分は変わるまい。

つまり、ちょっとした自分の、振る舞いや表情一つで、雪乃がさげすまれたり、馬鹿にされたりするのではないか——そう思うと胃が痛い。

車を玄関先で停《と》めようとしたとき、風が吹いた。

焦げ臭い匂い。石油製品の燃える匂いも混じっていた。

いやな予感が、臣の背中を撫《な》でる。

窓ガラスの割れる音がして、足下に砕けたガラスが降ってきて、視線を上に向けた。八階あたりの窓ガラスが熱で割れたのだろう、足下の変形したガラスの破片からは焦げ臭い匂いが立ち上っている。

臣の顔から、血の気が一気に引いた。

火事だ。

グローブボックスを開けて、中から三段ロッド式の特殊警棒を、ホルスターごとひっつかんで、臣は、車から転げ出るように飛び出した。

中に飛び込む。

人工大理石の床で出来た、広いエントランスには、見てくれは豪華だが、実際には安物のソファーとテーブルが間隔を離していくつも置かれ、奥にはラブホテルの物をそのまま転用したチェックインの機械、右手には、エレベーターと自販機が壁に沿って何台も置かれ、奥に警備室らしいものがちらりと見えた。

今見つけるべきは階段だ。

左奥にあった。

一段が低く、広い幅の階段を見つけるや、臣は長い脚で、一気に応接セットの群れを飛び越えてまっすぐに階段へ向かった。

そのまま駆け上る。

心臓を、小さな冷たい手が、ぺたりと摑《つか》んでいるような気がした。

死神の手。妻を、親友を連れ去っていった。

妻の時は職場と化《か》した家で、親友の時は自宅で、電話が鳴る寸前に感じたもの。

今の臣を動かしているのは警察官としての本能だが、それは階段を駆け上るうちに、親の心配へと変質していった。

娘が危ない。

階数表示の前を、何度も通り過ぎていくにつれて、煙の匂いが濃くなってくる。

「まだ火災報知器が鳴らないのか！」

怒りにまかせて吐き捨てながら、臣は八階まで駆け上る。

とにかく急ぐ。

急ぐしかない。

普段から鍛えているお陰もあってか、脚はよく動いてくれた。

心臓が、耳の裏側に移動したかのような、激しい鼓動が聞こえたが、ここで心臓が壊れて死ぬより、娘を失うほうが御免だった。

階段は北西の角にあって、一歩階に入る、とアルファベットのLを横に倒したような角に出た。

向かって左手の通路には左右に小部屋のドアがあり、奥から大量の煙が流れ込み、さらにチラチラと黄色い炎が見えた。

一番手前の一室だけ、中途半端に扉が開いている。

負傷者か、煙を吸って気絶した客が、いるかもしれない。

臣は、半開きのドアを開けようとしたが、中から金属レール式のドアガードがかかっている。

「誰かいますか！」

そう言いかけて、臣は気付いた。

ドアの隙間から見えるのは、右手にあるキングサイズのベッドと、サイドテーブルに椅子。

ベッドとドアの間には男が一人、横倒しになって倒れている。

腰に、一枚タオルを巻いただけの男の身体《からだ》からは、上半身に口を開いた、おびただしい数の傷口から溢《あふ》れる血が、薄っぺらい絨毯《じゅうたん》に血だまりをつくっていて、まだ乾いていない。

間違いなく、四リットル以上の出血だった。

男も、呼吸していないのがわかった。

驚愕《きょうがく》するよりも、それが雪乃ではない、と知って臣はホッとする。

とりあえず一一〇番に電話を入れねばならない。

「県警捜査一課・管理官の臣です」

『は、はい？』

滅多にない、「身内」からの通報に、オペレーターの声がうわずる。

「小古島《こふるじま》一‐四四四三‐XXXにある民泊施設で、死体を発見しました。813号室です。ドアにスライド式の鍵が掛かっているので生死は目視のみで確認。捜査一課と鑑識の出動を要請します。それと火災も起こっているので、消防への通報もお願いします！」

『は、はいっ、ふ、復唱します！』

自分の言ったことを復唱するオペレーターの声を聞きながら、臣は煙を吸い込まないよう、姿勢を低くして廊下を移動する。

薄っぺらい絨毯の下、リノリウムの上の靴音と、炎の燃える音が重なり、キナ臭い匂いは石油製品の燃える匂いを打ち消す勢いだ。

火勢が増しているのだろう。

オペレーターは動転しているにもかかわらず、キチンと臣の言ったことを復唱し終えた。

「ではよろしく。電話は切ってください」

一一〇番通報は、オペレーターの判断によって通話を切らない、ということも可能だ。

これから後の通話に、支障が出ては困るので、臣はそう告げた。

『は、はいっ』

今は、親として娘と、その友達を守らねばならない。

娘は家を出る前、どこでどうしている、といったかを思い出す。

そうだ、ここの八階で、大会議室という場所で……。

あった。

男の死んでいる右手から視線を外すと、正面奥には「大会議室」の文字の入ったプレートのかかるドア。

途中に火災報知器と「ウォシュレットはありません」と書かれたポスターの貼られた、男女兼用のトイレがある。

煙はどんどん勢いを増して、臣の視界を遮り始めた。

すかさず、懐から取り出したハンカチで口元を覆い、臣は頭を低くして、煙の向こう側を見透かすようにしながら、小走りに走った。

「雪乃ーっ！」

と、叫びながら臣は、「大会議室」に向かっていく。

ついでに、途中で火災報知器のカバーを、拳で叩《たた》くようにして、スイッチを入れた。

建物中に警報ベルが鳴り響く中、臣はドアを開けて飛び込み、煙が入ってこないように後ろ手で閉める。

非常ベルの鳴り響く中、さらに突然の侵入者に対しての、緊張の静寂が、広い、二十畳ほどの部屋に張り詰めた。

「臣雪乃の父親です、この階で火事が起こっています！　皆さん、避難しますよ！」

驚く少年少女の中に、雪乃の顔を見つけ、臣は安堵《あんど》のため息をついた。

が、すぐに顔を引き締めた。

ここへ駆け上がってくる途中、踊り場にあった案内図で、大体の内部構造は理解している。

「奥の出入り口から移動します！　カーテンを！」

言いながら臣は、窓際のカーテンを引きちぎるようにして、外した。

ついでに、排煙装置も作動させ、窓を全部開放する。

火の勢いが増すかもしれないが、煙を追い出すには、一番いい方法だ。念の為布の端にあるタグを見る——あれだけの煙で鳴らない、駄目な火災報知器を設置していても、さすがにカーテンは耐燃性だ。

「四人ずつ、これを頭から被って、ハンカチを口元に当てて移動して！　ペットボトルの飲み物を半分以上は飲みながら避難してください！」

そう言って、テーブルの上にある清涼飲料水のペットボトルを、片っ端から少年と少女たちに手渡していく。

「残った飲み物は、ハンカチを湿らせるのに使ってください！」

火災時のみならず、非常事態において、水分補給は重要だ。

皆、整った顔立ちで上品な雰囲気の少年と少女たちだったが、中でもひときわ目立つ、彫りが深く北欧か東欧系かと思わせる雰囲気の少女がいた。

佇《たたず》まいが尋常ではなかった。背筋がピンと伸び、足下が小揺るぎもしそうにないほど、安定している——臣は彼女が何か、格闘技をやっていると見た。

「みなさん、この方に従いましょう」

彼女がいうと、それまで戸惑っていた少女たちが、まとめて動き始めた。

臣の言うとおりに、ハンカチを濡《ぬ》らし、残っていたペットボトルを手に取る。

多分、この子が雪乃の「姉」である、多和多華那《たわたかな》だろう。

「いつも、娘がお世話になっています。臣雪乃の父です」

自然と、丁寧に、そんな言葉が出る気品が、少女にはあった。

「雪乃さんのお父さんですの？　ご丁寧にありがとうございます」

わずかに湿り気のある髪の毛から立ち上る、ほのかなシャンプーの香りもまた、彼女自身の清純さを強調していた。

それだけではなく、上流高校の生徒達らしく、悲鳴をあげるような、酷《ひど》い恐慌《パニック》こそ来《き》していないが、やはり挙動が浮ついている他の少女たちと違い、彼女だけが悠然としていたというのもある。

むしろ、この落ち着きぶりは超然、としたほうがいいかもしれない。

雪乃から以前聞いていたが、この落ち着きは、「姉」が格闘技を学んでいるからか、とも思ったが、格闘技の有段者でも、非常事態に慌てる者はいる――これはむしろ、彼女の生来の強さなのだろう。

「お父さん！」

雪乃が華那の袖を引っ張るようにして現れるが、

「話は後だ、お姉さんと一緒にここを出るぞ」

「……うん」

母の生き死にを見たせいか、その後の辛《つら》いことが多かったためか。ここ二年ほどで、どこか大人びた雰囲気になった雪乃は、余計な質問をせずに頷《うなず》き、臣の手から未開封のペットボトルを取った。

一瞬、臣の視界が雪乃の左手小指の付け根に吸い寄せられた。

しなやかな十三歳の手の中で、そこだけが奇妙に歪《ゆが》んでいた。

去年、劇症型の若年性関節リウマチで変形したものだ。

臣の胸を針が刺すような痛みがよぎったが、無視する。

「さ、あとふたり、このカーテンを被って！」

会議室の八枚のカーテンを被った少年少女たちの先頭に立って、臣は太いL字形をした部屋の奥、北側にあるドアを開けて廊下に出た。

右手側には、中会議室の扉の他は非常階段まで壁が続き、左手には806から次第に増えていく部屋番号の個室が四つ。

「荷物が……」

と華那が、出入り口を出て、すぐ前にある、807号室のドアに手をかけるが、雪乃が慌てて「お姉さん！」と引き戻した。

「こういうときは何もかも放り出すのが一番なんです！」

「わ、わかりました」

どうやら雪乃は、臣が思っていた以上に、しっかりしているらしい。

微笑みそうになるのを我慢して、臣は華那に、

「その荷物は、どなたかからの預かり品ですか？　あなたの命を懸けてでも持って行くべきものですか？」

と尋ねると、華那は一瞬考え、「いえ、そんなものではありません」と決断した。

この少女も大したものだ、と臣は内心感服する。

議員の娘と聞いた時は、我が儘《まま》勝手、だと思い込んでいたのだが。

まだチェックインには早いためか、他の部屋から出てくる人間はいなかった。

この非常ベルの音で起きないバカはいないと思うが、念の為、見える範囲のドアを叩いて「火事だぞ！　逃げて！」と叫ぶ。

右手一番奥の、809号室のドアを叩きがてら、廊下の角の向こう側を見る。

火の手が廊下の奥、喫煙所の隣にある810号室のドアを焦がし始めているのが立ちこめる煙の向こうに見えた。

「身体を低くして！　ハンカチで顔を覆って！　ペットボトルの飲み物が、飲みきれなければそれでハンカチを濡らして！」

そう言って、臣も腰を落とし、ゆっくりと廊下を移動していく。まっすぐ進んで右手に、非常階段があった。

火災報知器のおかげで出入り口は、自動作動する鉄の防火扉が塞いでいるが、手動

で開く小さな扉がある。

臣は扉を開けて、中に入ると、少女たちを次々に招き入れる。

「早く！　煙と炎が回ってこないうちに！　足を止めないで！　さあ！」

怒鳴らないように、しかしちゃんと伝わるように。

独特の調子になるように、腹に力を入れ、喉に力を入れず――昔受けた防災訓練のことを思い出しつつ、臣は少年少女たちを誘導し、最後の一人が防火扉をくぐると扉を閉めた。

少女たちは、黙々と階段を降りていく。

ＬＥＤ照明が消え、薄暗い非常灯がついて、階段を照らした。

臣は小走りに少年少女たちの横をかけぬけ、雪乃のそばに出た。

「大丈夫か？」

「う、うん。ちょっと、怖いけど……」

カーテンを頭から被り、他の少女たちと共に、華那と寄り添うように、階段を降りている雪乃の姿は、まるで二人が本物の姉妹のようにも思える。

「では、先を見てきます。私に何かあれば、多和多さん、あなたが皆をまとめてください」

念の為にそう告げる臣に、華那は驚く程落ち着いた様子で頷いて、

「わかりました、お任せください……でも、雪乃さんのお父さん。どうかご無理なさらないで」

答えず、ただ頷いて、臣は階段を駆け下りた。

遠くから、消防車のサイレン音が聞こえてくる。

一階までの間に数名、宿泊客が合流したが、殆《ほとん》どの防火扉は閉じておらず、臣は何度も扉を閉じ、階にいる人に呼びかけた。

天井に配管はあるのに、スプリンクラーが作動する気配はない。

（あきれたホテルだな）

臣も、乱立した民泊施設の中には、急ごしらえで手抜き工事の物もある、という噂《うわさ》は聞いていた。だが、これだけ立派な構えを持ちながら、ここまでお粗末なのは初めて見る。

臣は少年少女たちの所へと戻ると、階段を降りながら、スマホを取り出した。

アンテナが、立たない。

どうやらそれは、一緒にいる少年少女たちもそうらしく、口々に不安な声があがるのを、華那が泰然と「おちついて」とたしなめてくれている。

一階ロビーに降りると、消防隊員が駆け込んできた。

臣は懐から身分証を取り出して、

「県警の臣です。813号室に他殺と思われる死体あり、放火の可能性があります！」

食い気味に言うと、消防隊員は頷いて、無線で、その旨を連絡しながら階段を駆け上っていく。

同時に、スマホのアンテナが立った。

さっそく、一一〇番ではなく、県警本部の捜査一課に直通電話を入れる。

「臣です」

臣の、いつもの丁寧な口調に、

『さすがですね警視監、もうですか？』

県警本部、捜査一課の電話オペレーターは、驚いたように答えた。

『お通夜は安謝《あじゃ》の創英慰霊ホールの四階で……』

「まって、何の話ですか？」

『え？』

オペレーターが戸惑う。ともあれ、今は目の前の事件に集中しなければならない。

「一般通報はしましたが、念の為の連絡です」

臣は改めて、状況を整理して声に出す。

「今、火事の現場で死体を見つけました。二十代から三十代の男性、ほぼ全裸、刺し傷多数。細かいことはドアガードがかかっていて確認出来ず。鑑識をよこしてください」

『は、はい』

臣は、それからこの宿泊施設の住所を告げた。

「外に私の車が停《と》まっています。青の、古いボルボです」

『了解、復唱します』

オペレーターが、臣の言葉を繰り返す。

「では、お願いします……ところで、誰の通夜の話なんでしょう？」

電話を切る前に、臣が尋ねると、オペレーターは答えた。

『あ、存知なかったんですね、喜矢武《きやたけ》捜査《さ》一課《ん》長が一時間程前に、本部のトイレで倒れて、亡くなられたのが見つかったんです……脳溢血《のういっけつ》だ、って聞きました』

臣は呆然《ぼうぜん》となった。

◇第二章：貧乏籤《くじ》は誰が引く

★

火事は、十分もしないうちに、八階を約半分焼いたところで消し止められた。

「とりあえず、警察の質問に答えるまで、誰も帰らないように」

臣がそう少女と、避難した客たちに伝えたところで、臣は背後に気配を感じた。振り向くと、背後で到着した鑑識課員たちが、驚いた顔で立っていた。

「臣管理官《さん》、なんでここに？」

鑑識課長の宮里青木《みやざとしょうぼく》が、ぽかんと尋ねる。

沖縄県警においては、部外者がいるような、あるいは公式の場でない限り、役職名や階級で誰かを呼ぶことは滅多にない。

課長も部長も、警部も警視も基本「さん」づけ、あるいは「クン」呼びだ。

役職名で普段から呼ばれるのは、県警本部長と、副本部長のふたりだけ。

正式にここへ出向する前、初めて沖縄に来たときは、臣も驚いた。

どうやら、沖縄が米軍統治下にあった頃に作られた「琉球警察」時代からの慣例らしい。

「娘が友達とパーティをしていて、迎えに来たら、火事《これ》に出くわしたんですよ。死体《オロク》はついで、というところです」

臣は微笑んで、少し首をかしげる。

「でも、宮里課長《さん》自らですか？」

「そっちの喜矢武課長《きやたけさん》の検証に若手を残してきたもので」

「遅れました！」

元気の良い声で飛びこんで来たのは、鍾馗《しょうき》様か、三国志の関羽《かんう》のような髭面《ひげづら》に、ワイシャツにネクタイ、ジャケット姿で眼鏡の刑事、謝花修《じゃはなおさむ》警部。

「来ましたァ」

続けてグレーのかりゆしウェアにジーンズ、総髪スタイルで眼鏡をかけた高良大輝《たからひろき》巡査長と、高良巡査長とは交番時代からの同期で、ポロシャツ姿の巨漢な花城仁一《はなしろじんいち》巡査長。

彼らは通称「機捜《キソウ》」と呼ばれる、一課の独立部隊だ。

任務は市街地を巡廻《じゅんかい》し、事件が発生したら、いの一番に乗り込んで現場を確保、保全し、事件が発生中であれば、犯人を取り押さえる。場合によっては現行犯を追い、夜討ち朝駆けが当たり前の、ハードな職場だ。

よって彼らもまだ二十代後半から三十代頭である。

この三人のリーダーは謝花警部であるが、謝花自身は、警官には考えられない髭面をみれば判るとおり、正式な一課の人間ではない。

沖縄県警独自の部署、渉外警ら隊からの出向だ。

米軍兵士と、その家族五万数千人を抱える沖縄は、元々基地のある沖縄市などに、米兵犯罪専門の対応部隊として渉外対応班が存在していた。

さらにここ数年で外国人観光客の割合、外国人労働者の数も増え、緊急の現場で、外国人との意思疎通を必要とする状況も増えた。

そのため二〇二〇年から正式に沖縄県警に渉外警ら隊が設置された。

中でも謝花警部は腕っ節の強さと、英語、中国語だけでなく、中東のアラビア語や、ヘブライ語に堪能で、フィリピン語やソト語もカタコトながら会話が可能という語学力を買われ一課に出向している。

髭面が許されるのは「髭がまともな成人である証拠」たる、中東系との交渉において、どうしても必要だから、という特別なお目こぼしだ。

亡くなった喜矢武課長は、本格的に一課へ彼を引っ張りたかったようだが。

一課の刑事は、基本聞き込みがメインなので、背広姿が主になるし、またそうでないと市民から信頼もされないのだが、沖縄だと、かりゆしウェアやポロシャツでも、刑事に見えるから不思議である。

「なるほど。ではそろそろ皆さんこれ、お願いします」

下げてあった鞄《かばん》から、宮里鑑識課長は靴カバーを取り出した。

「消防署員も含めれば三十人前後でしょうが、何か証拠の欠片《かけら》でも出るかもしれませんし」

「了解です」

臣は頷いて、靴カバーを受け取る。

他の鑑識課員も、捜査員も同じようにして、靴にビニール製のカバーをかけ、手袋を塡《は》めた。

謝花警部たちは、マスクまでする。

警察の現場検証が、DNAも重視するようになって久しい。余計な「不純物」を残すことは、なるべく避ける、それが捜査員の鉄則でもあった。

「喜矢武課長《さん》のほうはいいんですか？」

「自分たちが今日のルーチンですから」

と向かう。


「なるほど」

「現場はどこですか?」

謝花の問いに、

「八階の813号室です」

と短く答え、臣は現場封鎖している消防署員に、身分証を見せながら、非常階段へと向かう。


「すみませんが、謝花さん、制服の人たちと連携してマスコミ関係者を遠ざけるのと、客たちの事情聴取をお願いします。とりあえず、聴取が終わっても、あと四時間は足止めを」

「はい」

放水によって廊下は湿っていたが、スプリンクラーが起動したときのような、壁までのびしょ濡れではない。

「形だけのスプリンクラーに、形だけの煙感知器……ひでえなあ」

後ろをついてくる鑑識課員の一人がぽつんと呟《つぶや》いたが、臣も全く同じ思いだ。

「さっき、外で火災調査官たちが息巻いてましたね、『何処のバカが、こんなのを認可したんだ!』って」

鑑識課員の会話に、臣はしばらく耳を傾ける——正直、このドタバタで、今ごろ疲労が押し寄せてきた。口をきくのも難儀だ。

「例のコロナの自粛騒動で、この手の建物が結構おざなりチェックだった時期があったみたいですからねえ。市の検査官で、誰でしたっけ、定年退職するってんで、そうとう手を抜いてやってた人が居たとかなんとか」

「ああ嘉川《よしかわ》さんね。上江洲《うえずさん》課長が激怒してましたよ。市役所まで怒鳴り込む勢いで」

上江洲課長とは、生活安全課の課長である。

一九〇センチの巨漢で、温厚篤実で知られているが、建物の安全基準がいい加減であれば、それは巡り巡って、警察にも関わってくる。

激怒するのも無理はない。

「しかし、八階はキツイですねえ」

横を歩く宮里鑑識課長が笑った。どうやら臣の疲労感は、顔に出ているらしい。

「まったくです」

臣は頷いた。娘を助ける時は、とにかく必死で、アドレナリンが出っぱなしだったため、気にもしなかった。

が、アドレナリンの放出が終わった今となっては、この階段がやけに長く、急に感じられる。

それでも管理官としては、だらしない姿は見せられない。

「臣管理官《さん》」

宮里鑑識課長が、ふと足を止めて尋ねた。

「避難の時、八階から一階《した》まで、何人ぐらいが移動していますか？」

「そうですね。大体二十人ぐらいでしょうか」

八階は集中的に放水されたため、床も、天井も、壁もびしょ濡れで、各個室の白い壁も、ベージュ色の天井も、真っ黒焦げになっていた。

焦げ臭い、建材の焼けた独特の匂いの他に、化学物質が焼けた、独特の匂いもまた、立ちこめている。

さらに照明も消えて真っ暗な中、スタンド式のバッテリー照明を持ち込んで、消防署員や火災調査官たちがあちこちを実況検分している。

「すみません、こっちの廊下が火元っぽいんで、まだ調査中ッス。悪いんですけれど、裏回っていただけますか？」

がっしりした体つきに、「遠山」の名札をつけた、火災調査官らしいオレンジの制服を着けた三十代が、手を挙げて声をかけるのへ、臣は手を挙げて応じ、一同に頷いた。

ふと彼の足下を見ると、編み上げのブーツは、消防署員が普段使うサイドファスナー式ではない、半長靴だ。

結び目は蝶《ちょう》結びではなく本結びで、余った紐《ひも》は足に巻き付けるようにして外に出ないようにしていた。

（元陸自か、それともレスキューか……）

そんなことを考えながら、臣は左回りで、会議室前を通り、813号室にたどり着く。

現場には、先に鑑識が入る。

だが、ドアガードが邪魔をした。

昔はチェーンでやっていたものを、ドア側に装着された長方形の金属板の穴に、ドア側の突起を通し、必要以上にドアを開かなくするための、簡単な防犯装置だ。

「どうしましょうか、これ？」

鑑識課員の一人が尋ねると、

「宮里課長《さん》、頼んでおいた凧糸《たこいと》か、細いビニール紐、ありますか？」

臣が言うと、

「ええ、持って来ましたよ」

と宮里鑑識課長は、鞄の中から、凧糸を巻いた物を取り出した。

臣が県警本部に電話したとき「とにかく鑑識の人に凧糸を持ってこさせて下さい」と言伝《ことづて》したことはちゃんと通っていたらしい。

臣は、鑑識用の白手袋を嵌めた手で、それを受け取ると、ドアの隙間から手を入れた。

ドアガードは、ドア側の細長い金具と、ドアフレームの突起がかみ合うように出来ている。

まず、ドア側の細長い金具、細長い穴の中に糸を通し、ドアの上ギリギリまで引っ張ると、横にスライドさせながら、ドアを閉め、さらに横に糸を、思いっきり引っ張る。

カチン、という音が薄っぺらいドアの向こうから聞こえた。

ドアノブをひねるとそのまま、ドアは開いた。

「よく知ってますねえ」

「十五年ぐらい前にも似たような事件が、高級ホテルであってね、その時、動画サイトを見ながら覚えたんですよ」

宮里鑑識課長の称賛とも、驚きとも取れる声に、臣は糸を回収し、手渡しつつ苦笑いした。

「では、よろしく」

臣は、ドアの横に退《しりぞ》く。

まずは鑑識、刑事の出番はその後だ。

「あーっと、証拠写真班はここ、それ以外はこの階の荷物を全て回収する、中身を改めるのは後日、持ち主の許可を取ってからにする。それまでは一つずつ、動かす前の写真と指紋採取を忘れないように！　スマホで撮影するときは腕時計の日付と時間表記、忘れないように」

★

現場検証が、入室できる程度に終わるまでには大体一時間、と臣は踏んでいた。

それまで、外で時間を潰すしかない。

昔と違い、刑事はタバコを吸わなくなったので、手持ち無沙汰にしていると、謝花警部が上がってきた。

「とりあえず応援が来たのでマスコミ対応などしております」

「喜《き》矢《や》武《たけ》課長《さん》はトイレで見つかったそうですね？」

「ええ。個室で用を足して、ズボン穿《は》いて立ち上がったら、脳溢血になったらしくって。たまたま入り口を通りかかった添島《そえじま》のリンちゃんが『ごっ』って頭をぶつけるような凄《すご》い音がした、ってんで騒いで、中に入ったら……だそうで。定期検診の打ち合わせで来てた、那覇警察病院の院長さん自ら検証してたそうで。自分らはちょうど乗ってるプリウスの車検引き取りして帰り道で……で、こちらからの呼び出しがありまして」

（その様子じゃ、自殺や他殺じゃあ、ないな）

臣は安堵のため息をついた。

（これで監察部の内偵は中止か……まあ、一課長は殉職扱い、薄暗い連中とのつながりもこれで途切れるだろう）

実を言えば喜矢武神栄《しんえい》捜査一課長には、近年、勢力を伸ばしつつある、本土系の半グレ勢力とのつながりの噂があって、監察部が、内偵を始めていた。

監察部以外では、管理官をしている臣と、本部長だけが、このことを知っている。

もしも、その疑いが本当だったとしたら、課長は良くても依願退職、悪ければ懲戒解雇。

スキャンダルと、県警のイメージへの被害は避けられないから、うやむやとなってホッとしている者は多いだろう。

「通夜は……えーと、今日から三日後ですね。火葬場が開かないんで」

「ここが終わったら顔を出さないといけませんね」

臣は今度は憂いのため息をついた。

沖縄に来て驚いたのは、喪服としてデザインされた物であれば、「かりゆしウェア」でも出席が許されることだが、警察官で、管理官の臣は、喪服を引っ張り出す必要がある。

残された問題は、事件が起きた途端に一課長が急死となると、現場指揮を誰がやるか、ということになる。

「どうなりますかね、後任」

「阿良川《あらかわ》係長《さん》がそのまま陣頭指揮、ということになるだろうな」

その時の臣は、疑いなくそう思っていた。おそらく他の捜査員も。

「目撃者は？」

「今のところ、皆無ですね。会議室の子達は、学生パーティ《クワッチー》に夢中で、そもそも８１３号室がどこにあるかも知らない有様で」

花城巡査長が、汗を拭きながら答えた。

「それだけじゃない」

謝花が上を指さして言った。

「ここのカメラ、全部ダミーですわ」

言われて臣も注意して見てみれば、確かに各階段の踊り場に左右二台設置されている監視カメラには、何処にもコードが繋《つな》がっていない。

支持するアーム部分にも、電源コードが入るようなスペースはなく、薄っぺらい金属むき出しの物、となれば間違いなく、ダミーだ。

「なんてこった……こりゃ苦労すんなァ」

高良巡査長がため息をつく。この周辺は一般的な民家ばかりで、監視カメラがあるような家はない。

臣がここに来る途中も、外を出歩いている住民は、ほとんど見かけなかった。

★

宮里鑑識課長が「いいですよ」と臣達を招き入れたのはきっかり一時間後だった。

まずは一同、遺体に手を合わせる。

火の手は、ここまでは来なかったらしい。

漏電を配慮し、電源を落とされて真っ暗な室内は、バッテリー式の照明が三脚であちこちに立てられて、現場を照らし出しているが、それでも太ったL字を横倒しにしたような形の部屋は二十畳ほどもあって、そこここに暗闇がわだかまる。

それを斬り裂くように、鑑識課員たちの持つ、一眼レフカメラのフラッシュが焚《た》かれ続けている。

乾き始めた血だまりの中の遺体は、まるで嵐の雷鳴に照らされているようだ。

「死亡時間は、クーラーの設定温度と体内温度から見て、今からおよそ五時間前の昼二時すぎ、死因は刺し傷による大量出血、ないしショック死だと思われます」

宮里鑑識課長が報告した。

「刺し傷ばかりですね」

臣は、横たわった遺体を見下ろして考えこんだ。

どこかで見た顔だ。商売柄、人の顔は、一度見たら忘れない。

すぐに思い出せないということは、実生活での優先順位が低いと判断した者だろう。

(芸能人か……)

と、不意に頭の中で違和感が生じ、それが記憶の奥底から一人の顔を引っ張り出した。

「金庫番か、ホトケは」

「は？」

謝花警部が首をひねるのへ、臣は説明を続ける。

「『シンベエ』の金庫番、井上《いのうえ》なんとかって男だ」

「よくわかりましたねえ」

宮里鑑識課長が証拠入れのビニール袋に入った免許証を示す。

「井上幸治《ゆきじ》、三十八歳、東京都足立区在住」

「ああ、そうか、この前『シンベエ』と一緒に出てましたね、経済関係のテレビ！」

謝花警部が手を叩いて思い出す。

「なるほどねえ」

「シンベエ」とは新堀兵衛《しんぼりひょうえ》という、学生向け短文型SNSを開発した、IT関連のデベロッパー会社の社長として、十年ほど前からネット経由でテレビなどのメディアに名を売った人物である。

もっともその話題になったSNSは、開発者たちを酷使して、自殺者まで出し、会社ごと売り払うハメになったのだが、その大言壮語ぶりと、議論になると、相手のちょっとした言い間違えや覚え違いを、チマチマついたり、「それって本当に常識ですか？」と、場をひっくり返すキャラが受け、保守政治家の大物ともつながりが出来ていて、タレントとして食っていけると評判だ。

そして、その横に控えて「金庫番」と名乗るのがこの井上だった。

「有名人の殺人か……めんどくさい事になりそうッスねー」

「こら」

高良巡査長のあからさまな言いように、謝花警部がとがめ立てする。

「高良さん、そこは少し言い控えしようよ」

さりげなく、臣に目線を配る。

いる。

「すみません、臣管理官」

さんづけではなく、「管理官」と呼んで頭を下げる。

この辺のフォローのそつのなさが、謝花警部を班長にしたのだろう、と臣は思っている。

「気にしないでください、有名人の殺人事件は本当に厄介ですから」

臣は笑って受け流し、ついでに気づく。

「この匂い……」

焼け焦げた火事現場の匂いに、かすかに刺激臭が混じっている。

化学物質の焼けた匂いではなく、身近に知っている匂いだ。

「トイレ、風呂場、応接セットに至るまで全部これが振りかけられてました。ドアノブもこれで拭ってある」

宮里鑑識課長はそういって足下、最も大きな証拠保管用のビニール袋に入れられた、米国製漂白剤の、三ガロン缶を指さす。

「アメリカじゃ、救急車の車内洗浄にも使われる強力な奴《やつ》です。多分、指紋やDNA系の証拠は壊滅ですね」

採取することが出来ても、漂白作用により細胞膜やDNAが鑑定出来ないぐらい破壊されている、ということだ。

「素人じゃない……？」

「いや、ネットで手に入れられる知識だよ」

花城巡査部長の考えを、高良巡査長が遮る。

「でも、この的確すぎる傷の感じはちょっとプロかもしれないねえ」

宮里鑑識課長は、そう言って遺体を示した。

「見てください、ご遺体が逃げてない。素人がこんな数の刺し傷を作る場合、もっと相手は逃げ回って、血があちこちに飛び散るはずなんです。身幅のある鋭い、両刃の刃物で、刺し傷は、胴体に確認出来ただけで十二カ所。頸動脈《けいどうみゃく》に一カ所。抵抗する暇もなかったのは、手の防御創《ぼうぎょそう》が数カ所ぐらいしかないことで明らかだ。しかもうち二つは掌《てのひら》を貫通してますねえ」

「致命傷はやっぱり頸動脈と心臓の？」

臣の問いに、宮里鑑識課長は頷いた。

「……傷の角度を見るに、容疑者《ホシ》の身長はご遺体《ホトケ》さんと同じか、やや高い、ってところでしょうねえ。五、六センチぐらいかな？」

被害者の遺体は身長一七〇センチに微妙に足りないぐらいだから、犯人は一七〇センチ台後半か。

そう考えれば、今の二十代からすれば女性も犯人候補になり得る。

「一気に、というか一息に刺したんでしょうかね？」

謝花の問いに、宮里鑑識課長は頷く。

「だと思う……この予想が正しければ、ある程度訓練を受けてるねえ。軍隊格闘術の刺し方だ。逆手に握って一呼吸で十何回から二十数回刺す。斬るより確実に人は死ぬ」

「被害者《ガイシャ》は腰にタオルだけ、ですか……犯人は女ですかね？」

花城巡査長が首をひねった。

「……にしては手際が良すぎるというか、思い切りが凄すぎるというか……米兵犯罪《アメリカー》じゃないといいなあ」

ふと漏らした「米兵《アメリカー》」という言葉に、謝花と高良が顔を見合わせる。

通常の警察はもちろん、沖縄県警の人間にとって「米兵」が絡む事件は常に厄介だ。

日米地位協定の定める下に、現行犯逮捕でなければ、基地内のＭＰの——そしてそれは米軍上層部の、という意味でもある——方針次第で、犯人の引き渡しがなされるかどうかが決められ、警視庁であろうとも警察庁であろうとも、文句のいいようがない。

近年は滅多になくなったが、車両事故や傷害事件程度なら、「ＭＰが捜査している間に、依願除隊して本国に帰った」として処理されることもある。

MPが管轄するのは、あくまでも「現役の米国兵、およびその家族（軍属）である」ため、除隊してしまえば「追いかける理由はない」として、突っぱねてしまうのだ。

それら面倒な、手続きやりとりを乗り越えて引き渡され、逮捕しても日本の法廷で裁いた後に「不当裁判」などと、米国本国から人が来て大もめになることは、沖縄の人間ならこれまでの歴史から、誰でも知っている。

ただし、これでも日本復帰（本土復帰と県民は言う）前よりは、マシになっている。

本土復帰前は、殺人、強姦《ごうかん》を犯しても、ほとんど罪に問われることはなかった。

「そりゃー勘弁してほしいわー」

高良の言葉に、聞いたほぼ全員が頷いたのには、そんな事情が横たわっている。

「男かもしれません……しかし、大した覚悟を決めていたのは、間違いないと思いますが、どうでしょうね？」

臣は考え込んで、自分の思考が、捜査員に戻っていることに、気がつき、苦笑した。

県警における管理官は、捜査一課長の下に位置する。

情報を集め、推測を組み立てていくのは、現場捜査員と一課長の仕事だ。

管理官はあくまで、それを管理し、補佐するのが役割である。

「ああ、すみません。これは出過ぎました」

即座に言って頭《かぶり》を振り、臣は思考を管理官のそれに切り替える。

「とりあえず、私は火災調査官のほうに話をして来ます。消防の鑑識とも話をつけておきますので、情報交換、よろしくお願いいたします」

宮里鑑識課長に一礼すると、臣は部屋を後にした。

廊下の方は、火災調査官たちの設置したライトが、あちこちで暗い廊下を照らしている。

来た時は、娘が心配で気づかなかったが、こうしてみるとかなりの安普請《やすぶしん》なのがわかる。

天井は濡れてダンボールのようにめくれ下がり、壁紙は、剝がれて壁板も外れて配線が丸見え、絨毯も所々が破れ、下にあるリノリウムの床も割れている。

荒涼とした部屋の素顔が、何かを掲示しているような気がして、臣は頭を振った。

(疲れてるな、これは)

臣はスマホを取り出し、一階にいる娘に電話をかけた。

「父さんだ、大丈夫か？」

『うん……まだかかる？』

「事情聴取は、終わったのか？」

『うん……上手《うま》く答えられたかわからないけど』

「それでいいんだ、偉いぞ」

臣は、どこまでも真面目な娘の言葉に、胸を痛めた。母親はもっと鷹揚《おうよう》——という より豪快で、妹の澪と、本当の姉妹のように馬が合うほどだったのだが、娘は外見は 妻に似たものの、中身は自分に似てしまったらしい。

「父さんのほうはしばらくかかる、澪叔母さんを呼んでおくから、刑事さんたちの事情聴取が終わったなら、今日はまっすぐ家に帰って寝なさい。明日、明後日《あさって》は、学校を休んでもいいから」

『叔母さんなら、もう呼んである』

悪戯《いたずら》っぽく雪乃が笑うと、

『というわけで、気配りのきく、心優しい叔母さんはもう来ておりますー！』

元気のいい、澪の声がした。

「悪いが、頼むよ」

『はいはい、たった二人の兄妹《きょうだい》だもの、たよりにしんさい、しんさい♪』

こういう状況では、元気のいい妹の存在はありがたい。

「俺はこのあと、通夜に行かなきゃならないんでな……夕食とか、すませておいてくれ」

『はいな♪ ところで兄さん。雪乃の「お姉さん」には会った？』

「ああ、十四歳とは思えない、しっかりした娘さんで、安心したよ」

『今も、雪乃ちゃんを気遣ってここに居るのよ。ちょっと偉いと思わない？』

「……そうだな」

臣は驚いた。こういう状況で、自身もストレスを受けたはずだ。とっくに帰っていてもおかしくない。

「外見も若い頃の安室奈美恵《あむろなみえ》ちゃんそっくりのオーラでさー。ビックリしちゃうわー」

なるほど、言われてみれば、多和多華那は九〇年代、たぐいまれな歌声と、美貌とそれを引き立てるファッションセンスで、日本中の少女たちを虜《とりこ》にし、「アムラー」とよばれるファッショングループを大量に生み出した、沖縄のトップアイドルの、若い頃を彷彿《ほうふつ》とさせる、カリスマ的な雰囲気がある。

（……栴檀《せんだん》は双葉より芳《かんば》し、ということか）

古い諺《ことわざ》を思い出す。

「とにかく、雪乃を頼むよ」

『あいよー……ところでさ、誰が死んだの？』

「捜査のことは部外秘だ」

そう言って臣は電話を切った。

★

那覇市安謝は、那覇新港――古くからの市民は安謝港とも呼ぶ――と、沖縄県内唯一と言っていい、工業地帯によって支えられてきた土地である。トラックの往来も多く、団地や住宅地、学校などもあるが、那覇の中では交通量は多いものの、人通り自体は少ない。海沿いで潮風が吹き付けるためか、他の場所であれば逞しく、どこでも旺盛に、その繁殖力を謳歌《おうか》する、ガジュマルやアオイゴケ、細長い種が衣服にまとわりつくことで知られているムツウサ(和名・タチアワユキセンダングサ)など、沖縄特有の緑の印象もあまりない。

近年は区画整備も進み、近くに、沖縄最初のパルコが出来たこともあって、増改築ではない、新しい「ハコモノ」も増えてきた。

そのハコモノのひとつに、セレモニーホールがある。

核家族化によって問題になり始めた、沖縄独自の葬儀法事の煩わしさ、さらに近年深刻化している火葬場の減少による、通夜の長時間化で生じる遺体の保存の問題。これらから来る遺族の精神的、健康的負担を解消するため、最近では本土同様、セレモニーホールで通夜を行い、そのまま告別式を行うパターンが常になっている。

「安謝フェニックスグラウンドセレモニーホール」は、那覇新港から北に二キロ、58号線から東に一〇〇メートルほどの辺りに立つ、地上四階建ての建物だ。

周辺は役所と自動車のショールーム、家電メーカーの修理工場などしかないため、夜も九時を過ぎると、この辺りでは、街灯以外の明かりは消え、車の往来も殆どなくなる。

海風が渺々《びょうびょう》と鳴るばかりの、静かで寂しい……弔い事にはぴったりの風景。

あとは、58号線の車の音が遠くに聞こえる程度で、セレモニーホールの明かりはその中でもひときわ目立つ——とはいえここも常に明かりが灯《とも》っているわけではない。

葬儀があるときだけ、通夜を行う所だけが、煌々《こうこう》としているのだ。

内装は、リノリウムの床とは対照的に、非常灯のみでも不気味に感じさせないような、暖かい色使いの壁と天井であり、所々に、沖縄の風景を描いた油絵が掛かっていたり、鳳凰《ほうおう》などの刺繍《ししゅう》絵《え》がある。

喜矢武捜査一課長の通夜会場は、三階にあった。

「喜矢武神栄様ご家族ご一同様」と書かれた案内が掲げられた入り口。

二十畳ぐらいの部屋は畳間だが、上がりかまちの奥に、車椅子が上がれるようにスロープがあり、畳間用の椅子もあるのは、高齢化社会に対応しての処置だろう。

棺《ひつぎ》は置かれているが、遺体はまだ、ここに到着していない。

病院で死ぬか、医師立ち会いの下でない限り、たとえ家族に看取《みと》られていても「不審死」の疑いを持って、警察は処理する。

なので、念の為の司法解剖に回されている。

到着は早くても明日の昼過ぎになるだろう、という知らせが、県警本部からつい三十分前に入ったばかりだ。

喜矢武課長の家族は妻と、市役所に勤めている娘とその夫、孫が二人。

次々と弔問客が訪れるが、遺体が棺の中にない、と聞くとぽかんとした顔になり、あるいは単に、どういう表情を浮かべていいのか、わからないまま「それは……」と言葉を濁して頭を下げ、焼香だけをして帰る。

「……そういうわけで、父の遺体が着くのは明日の昼以降ですから、無理して今夜、焼香に来ることはない、と皆さんに……はい、私たちはいますが、真夜中過ぎには引き上げる予定です。はい」

娘は部屋の外に出て、わかる限りの父親の連絡先に片っ端から電話をかけていた。

入り口から少し離れたところで、現場に向かった謝花班以外の捜査一課の刑事たちは、それぞれに、ばつの悪い顔で集まっていた。

遺体もない場所で、焼香して遺族と話をするのも気が引けるし、かといって、さっさと立ち去るのは情がない、と思われかねない。

最低あと一時間、あるいは遺族が去るまでは、ここに居なければならない――そんな暗黙の了解が出来ている。

「阿良川係長《あらかわさん》は？」

「俺達より早く来て、早々に立ち去ったらしい。さっき香典入れ見たら、香典入ってたわ」

「意外と、さくっとしてるよな、あの人」

「喜矢武課長亡《さん》くなったってことは、阿良川係長が、そのまま課長になるのかね？」

「普通、そうだろ。だいたい、喜矢武課長よりも、阿良川係長のほうが一課は専任で長いわけだし」

「でも、管理官がいるぜ？《イルアラニ》」

刑事達は半年前、不意に出向してきた臣のことを、まだ「さん」付けでは呼んでいない。

「臣管理官様ナァ？」

沖縄方言のイントネーションで、尻上がり気味に吐き捨てるように呟いたのは、宮《みや》城誠《ぎまこと》警部補だ。

「あれは駄目だ。《ウリナラン》どうせ後二年もしたら本土に戻るだろ？　課長になったら、本庁へのゴマスリで酷《ひど》い事になるに決まってる」

「班長、ホントにキャリア嫌いですよね」

部下の玉寄彩芽《たまよせあやめ》巡査長が心配顔で言う。

自分の上司が、本土から出向してきたエリートに楯突《たてつ》きかねないのだから、当然だと言えた——それは隣で丸眼鏡のレンズを拭いている一成《いっせい》巡査も同じ思いらしく、不安げに宮城警部補を見るが、彼は構わず、むしろ胸を張るように、

「ああ、嫌いだね。どうせここで俺達をこき使いながら適当に過ごして、戻りゃ警視監様とかなんだろ？」

「まだ十年前のことを憶《おぼ》えてるのか。お前さんも因果だねえ」

同期の、糸数《いとかず》班長の糸数警部が苦笑を浮かべた。

「〈コック〉や〈ムギ〉なんかは、もうとっくに忘れてるぞ」

「あいつらは人がよすぎるんですよ」

今から十年前、一課に引き上げられたばかりの宮城は、東京から出向してきた管理官に、ちょっとした意見を言ったところ、そこからネチネチといたぶられるような目に遭い、その管理官の横やりで、一度、警部昇進試験を落とされている。

また、悪いことに、その管理官の顔立ちや雰囲気が臣にそっくりなのだ——少なくとも、宮城警部補はそう思い込んでいる。

「宮城班長」

同じく宮城班の外間隼人《ほかまはやと》巡査長が宮城警部補を肘でつつく。

黒いネクタイを締めた臣大介が、階段を上ってくるのが見えた。

「管理官」

糸数警部の声に、全員が一度に背を伸ばして敬礼するのへ、臣は苦笑しながら返礼し、「楽にしてください」とだけ言うと、まっすぐ中に入った。

遺族と幾つか言葉を交わし、手を合わせる気配があって、再び外に出てくる。

「皆さん、ご遺族には挨拶をしました。今日はもう帰ってください。明日から忙しくなります」

「例の事件ですか？」

火災現場に臣がいて、死体を見つけたという話は、全員知っている。

「多分、マスコミが大騒ぎになります。出来れば早期解決、ですが、同時に地元はもちろん、本土からのマスコミが注目する中での捜査になるので、いつも以上に慎重に。関係者の中には悪目立ちを狙って、こちらを挑発してくるような輩《やから》も出てくると思います」

「死体《オロク》は誰なんですか？」

問いかけた刑事が「しまった」という顔になった。

基本、捜査会議の場でのみ、事件の情報は共有される。こういう場で出すべき話題ではない。

　叱責を覚悟して、首をすくめる刑事に、臣は小声で、

「『シンベエ』という、経済系の文化人を知っていますか？」

「はい」

「その金庫番を自称していた人物です」

　その場にいた全員が、意外そうな顔になった。

「細かいことは明日の捜査会議で。とにかく、機密を守ることが事件解決の鍵になります。みなさん、今後は、家族にも、この話はなさらないように」

　臣は、一同の顔を見回して告げた。

　誰もが、思わず一斉に頷く。

「では、お疲れ様です。また明日」

　そう言って臣は、一礼して去って行った。

「……意外だねえ」

　残された一課の刑事達は、臣の姿が階段の向こう側に消えると、顔を見合わせるようにしてささやきあった。

「ふん、自分が一課長に《ドゥーガカチョウンカイ》なれると思って《ナリルウムティ》ゴマすってんだよ《コビウィヤイーシガ》」

　宮城が小さく吐き捨てたが、他の刑事達は肩をすくめてぞろぞろとその場を後にし

始めた。

エレベーターのドアが開いて、謝花たちが慣れない手つきで黒いネクタイを締めながら入ってくる。

「おう、手ぇ合わせたら、今日は帰っていいってさ。管理官どののお言葉だ」

「聞いた聞いた」

謝花が小さく笑って手を振る。どうやら、前もって臣に言われていたらしい。

★

叔母の澪が運転する、フォルクスワーゲンのニュービートルは、黄色いボディを滑らせるようにして雪乃を乗せて走る。

「疲れたでしょ」

ドレッドヘアに日焼けした肌。ボルダリングが趣味で、引き締まった身体にTシャツとジーンズという出《い》で立《た》ちの叔母の声を、うつらうつらしながら、雪乃は聞きつつ、

「うん」

と答えた。ここへの道中、スマホをいじる気力もない。

メッセージアプリには、次々と着信があるのだが、開いていなかった。

つまり、相当疲れている。

「火事に殺人事件、まあ、どっちも巻き込まれなくて良かったねえ」

「……うん」

まぶたが重い。珍しく晴れた、梅雨どきの那覇の夜景が流れていくのも、眠りを誘う要因のような気がする。

さっきまで目が冴《さ》えていたし、父が仕事を終えて一緒に帰るのも大変ではないと思っていた。

が、「姉さん」である多和多華那と別れの挨拶を交わし、その車を見送った途端、どっと疲労が、背中にのしかかってきた。

叔母の澪が来てくれていて、本当に良かった。

と、半分眠りに落ちた頭で、雪乃は思った。

宿泊施設を出てから、ゆっくり走って、途中コンビニに寄って二十分。ニュービートルはゆっくりと、とある一軒家の前で停車した。

「ホントにここでいいの？」

念の為、まだ寝ぼけ顔の雪乃の後ろについてきながら、澪が尋ねるが、

「叔母さん、ありがとうございます。大丈夫です」

ぺこりと頭を下げて、礼を言うと、澪は「気にしないの」と手を振った。

この叔母は、本当によく、雪乃の面倒を見てくれる。

父の大介と違って天真爛漫《てんしんらんまん》で、二十歳《はたち》になる前に家を出、アフリカを中心に世界を巡り、旅先でアフリカ系アメリカ人と結婚して、沖縄にやってきて、結婚相手と喫茶店を始めたという行動派だ。

「ちゃんと鍵、掛けるのよ？　セキュリティのボタンも押して」

こくん、と頷くと、雪乃はスマホを取り出して、ホームセキュリティのアプリを立ち上げ、一時解除してから、ドアの鍵を解錠した。

「では」

語尾が伸びそうなぐらいの声で言いながら、ドアを閉め、セキュリティの在宅モードを、家の中のコンソールでONにする――これまで怖い目にあったことはないが、雪乃はもっと幼い子供の頃から、ホームセキュリティを扱い慣れているので問題はない。

家に人が居る状態で、セキュリティをONにしたのでセンサーが作動し、廊下からダイニング、雪乃の部屋へ上がる階段までの明かりがついた。

板張りの床は明るい配色で、壁は少し濃いめの色を配し、天井は高めに。

間接照明も多く使われ、かなりお洒落だ。

ブレーカーのアンペア数も、高く設定され、オール電化を配慮されている。

臣大介と雪乃の家は、国場《こくば》と識名《しきな》の間の、古い住宅街にあった。

むろん、賃貸だ。

家主は県警本部長の知り合いで、数年前、ハワイに移住している。

その後、長いこと借り手が居なかった物件だ。

沖縄では格別に高く感じられる、月八万プラス、管理費二万。

東京の物価を知っている臣にしてみれば、それは破格の安さで、本部長の紹介ということもあって即座に借りることを決めた。

セキュリティ関係の初期費用に三十万。

昭和の時代に建てられたが、リノベーションと補強工事は済んでいて、二階建ての家はかなりお洒落な外見と、内装になって引き渡された。

雪乃としても「友達を招いても恥ずかしくない」家ということで気に入っていた。

何よりも、関東にある家と違い、ここにある家具は全て、父の大介と雪乃が一緒に選んだ。

母の選んだ家具がない。

とはいえ、父の忙しさもあって、一階の奥には、引っ越し後半年経っても、未だに開封されていない段ボール箱が、山積みされているのだが。

途中のコンビニで、叔母が買ってくれた弁当は、食べる気力が湧かなかった。

父の分も含め、冷蔵庫に入れると、その扉にマグネットで貼り付けてあるホワイトボードに、

「冷蔵庫にお弁当があります。一個は明日食べます、もう一個はお父さんに。おばさんに、後でありがとうと伝えてください。雪乃」

と書いて、のたのたと部屋に戻る。

十三歳になって、制服を着けた途端、大人になった気でいたが、まだ体力は、小学生の頃と、あまり変わらない。

中に入ると、ここ一年、一生懸命「お姉さん」である、多和多華那のアドバイスと、ファッション雑誌を参考に、小遣いと知恵を絞って綺麗《きれい》に、かわいくお洒落にした部屋が、雪乃を出迎える。

そのまま、ばったり、とベッドへ倒れ込みたいのを我慢して、メッセンジャーアプリを開き、一人を除いた全員に「ごめん、さっきまで警察の人の事情聴取で返せなかった。細かいことは明日必ずかえすねー」と絵文字も満載の文章を、基本で作り、それをコピー&ペーストした上で、微妙に文章を変えて送信していく。

クラスの女子十二人の分プラス、隣のクラスの顔見知り数名分。

そして……最後の気力を振り絞って、多和多華那に、

「こんばんは、夜分遅くにすみません。いま、おうちに戻りました。疲れていますが

元気です。明日また、お会い出来れば嬉しいです。そして、今日もとても楽しかったです、最後に火事とか殺人事件とか」

と親指だけで素早くフリック入力してから、ちょっと考えて「殺人事件」から「殺人」の文字を取る。

「事件とか、なければ良かったのに……お姉さんはどうでしょうか。お身体、どうかお大事になさってください」

使い慣れない敬語を駆使し、打ってみてから小さく声に出して読む……違和感がなければ送信、少しでもあればじっと文章を読み直す。

手書きの手紙の書き方と同じで、これも華那「お姉さん」から教わったやり方だ。

ちょっと勇気が要《い》ったが、送信ボタンを押す。

風切り音のSEがして、メッセージが電子の海に飛び込んだ。

途端に、満足と嬉しさ、興奮が、雪乃の眠気を追い出す。

「お姉さん」と一緒にいると楽しい。

手紙のやりとり、メッセージのやりとりも楽しい。

子供から、一気に大人になって、とても美しい場所でダンスを——それもヒップホップではなく、クラシックバレエか、ソシアルダンスを——優雅に踊ってる、そんな感じ。

今日のささやかなパーティも同じだ。

途中、飲み物が服にかかってしまって、着替えるために「お姉さん」が退出して二時間ほど空白時間が出来たのは残念だったが、同じ時期に「妹」になった子達が、気を遣ってくれておしゃべりしてくれたから、楽しかった。

（いずれ、私も「お姉さん」になるのかな……）

微笑みを絶やさず、物腰優雅で、何でも知っていて、もの凄く「大人」の。

しばらく天井を見上げ、雪乃は、ほろ苦い表情になった。

十分ほどが経過し、雪乃は、そのまま反転してベッドに突っ伏した。

シャワーを浴びるべきだと思ったが、身体中に一〇〇キロの重りがぶら下がったかのように、睡魔が身体を動かさせてくれない。

マットレスが柔らかい海のように、身体を包む気がした。

「も、寝る……」

呟いて理性を説得すると、意識が、たちまち混濁の泡の中に、沈み始めた。

（お父さん、仕事だとあんな風なんだな）

今日の記憶がザッピングされる中、父、大介の姿がピックアップされた。

殺人事件の現場で、テキパキと指示をする父親の姿は、少し格好良かった。

元から、イケメンの父である、という認識はある。お腹《なか》に贅肉《ぜいにく》もなく、いつもピシッとしていて、でも娘の雪乃には、柔らかい笑顔を見せてくれる。

真顔の父を、こんなに長く見たのは、母の葬儀以来だろうか。

だが、それよりもやはり、華那の顔色が悪かったのが気になる。

パーティ自体は楽しかった。

気の合う人と、好きなだけ話せる楽しさ。カラオケ、ボードゲームではしゃぐ嬉しさ。

その最中でも、華那の様子が何か引っかかる――そんな思いも、ずるり、と眠りの沼が飲み込んだ。

★

娘の雪乃がベッドに突っ伏して寝息を立てはじめた頃、臣はまだ県警本部にいた。

それも刑事部屋ではなく、県警本部長室だ。

今の本部長の趣味は簡素で、前任者が残した毛足の長い絨毯、イタリア製応接セットはそのままに、壁には沖縄県警のポスターカレンダーと、米軍占領下にあった「琉球警察」解散の様子を描いた地元画家の油絵。

執務机の背後の天井近くには、書家による揮毫《きごう》が額装されているだけだ。

文字は「誠実」。

通常「一徹」だの「正義」「不退転」だの、武将や武芸者に通じる、勇ましい言葉が揮毫されることを考えると、かなり珍しい。

椅子も、革張りの、いかにも威厳があるものではなく、アーロンチェアの上級品なのは、このところ腰痛に悩んでいる、という話を裏付ける。

臣がここに居るのは、事情があってのことだ。

間の悪いことに「シンベエ」こと、新堀兵衛《しんぼりひょうえ》が昨日から沖縄にいる。

最近何かと騒がれている、新しい米軍の返還地。そこに大規模統合型リゾートの一部として合法カジノを作ろうという計画に関わっているからだ。

その右腕の死亡事件なので、マスコミ対応と捜査員からの報告待ちの上で、県警本部長たちとの話し合い……の前の打ち合わせの為、臣は呼ばれたのである。

殺人事件の捜査は阿良川係長に任せ、報告を待ちつつ、臣は県警本部長の執務室で二時間ほど待っていた。

「悪いね、石垣《いしがき》の半グレ対策会議が長引いてしまって」

唐突にドアを開けるなり、そう挨拶しつつ、猫背の五十代後半で痩身で、大分頭の薄くなった蒼山実隆《あおやまさねたか》県警本部長が入ってきた。

続いて、反対に小太りでがっちりした体型に、灰色の豊かな毛髪をなでつけた高本《こうもと》隆信《たかのぶ》副本部長が入ってきて、臣は、応接セットのソファーから、素早く立ち上がり双方に頭を下げる。

「ああ、楽にして」

言いながら、蒼山県警本部長は、臣の対面に腰を下ろす。きゅっと革張りのソファーが、かすかな音を立てた。

本部長は、印象としては首が長い丸顔で、痩せたマレー熊、というところか。どことなく愛嬌《あいきょう》が感じられて、親しみやすい雰囲気だが、沖縄県警本部長という、何事か功名を立てれば、警視総監も夢ではない、ある種、地方最大の出世コースに乗せられるだけの切れ者なのは間違いない。

一方、高本県警副本部長は、居心地悪そうに、本部長の隣に座る。通常なら本部長は上座の一人がけのソファーに座り、臣の対面より、やや上座よりに副本部長、となる。

副本部長は元キャリアで、三〇年前、警視庁の警備部を警部で退職して沖縄県警に再雇用、という「永久出向組」だ。

沖縄県警には、どういうわけか、この「永久出向」組が多い。

何らかの形で過去に沖縄に来て、沖縄県警と仕事をする機会があり、結果、それまでの勤め先であった警察を辞めて、沖縄県警に再雇用されるのである。

彼ら、あるいは彼女らが、階級に関係なく「さん」付けで呼び合い、自分の湯飲みは自分で洗う、というような、自由な雰囲気にひかれたのか、あるいは南の島の温暖な気候になのか、スギの花粉症が存在しないからか、はわからない。

もちろん、退職後の再雇用だから、採用試験に受かった瞬間こそ巡査だが、警察官の昇任は警視の手前の警部までは、筆記試験以外にも昇任選考、という面接や、これまでの経歴に配慮した昇任システムが存在する。

基本としては、定年前の捜査員を昇任させ、箔《はく》をつけてやる為のものだが、こういう場合にも適用される。

よほど問題を起こした、あるいは、問題を抱えた人物でなければ、就任辞令前、遅くとも半年以内に前の階級に戻る。

副本部長は警視正だ。警視庁の出世コースを捨て、三十年間、沖縄県警に尽くしてきた、ということになる。

警視庁に今すぐにでも戻りたい臣としては、理解の外にある人物だった。

それは向こうにも伝わってしまっているらしい。

近ごろはこちらを見る目つきが時折厳しく——というより憎悪に満ちたものになってきている感じがある。

今のところ、それが実際の行動に出てはいないが、用心する必要はある。

「で、例の右腕の人、どう？」

まるで天気か、新しい靴の具合を尋ねるように本部長。

「部屋に鍵掛けて、頸動脈切ってるんでしょう？　自殺じゃないのかね？」

これは副本部長。

どうやら、情報が錯綜《さくそう》しているようだ。

「それが……」

臣は副本部長に気を遣っているのを示す為、目を伏せがちにしながら、革表紙の手帳を広げて告げた。

さっきまで阿良川係長から報告の上がってきたことをまとめたページを、さらに頭の中で簡潔にする。

「頸動脈を切ったのは確かですが、それ以外に手慣れた感じで十数ヵ所の刺し傷がありました。室内の施錠も、カードキーによる物ではなく、外からも施錠出来るドアガードによるもので、しかも放火の疑いのある火事までありますから、少なくとも他殺と断定できるかと」

「なんだ、そうなの、さすがに自殺で十数ヵ所は刺さないよね——さて、他殺として、マスコミ対応、どうしようか？　副本部長」

「当面、ノーコメントで参りましょう」

「臣君はどう思う？」

「副本部長のご意見に賛成です」

臣は頭を下げつつ、沖縄県警で、この部屋の中にいる三人だけが、官職名で互いを呼び合っているのは、奇妙な気がした。

ここだけは本土のままだ。そして、ここだけが東京にある。警視庁と警察庁に、直接《じか》につながっている。

この部屋に出入り出来る立場を保ちつつ、なんとか三年以内に本庁《サッチョウ》に戻りたい。

「とりあえず、後日正式に記者会見を行うということで、井上氏が宿泊施設で昨日死亡したこと、捜査本部は他殺であると断定して、捜査を進めることのみを発表し、当面はノーコメントを貫く、ということではどうでしょうか？」

阿良川係長が居てくれれば、話はスムースに断定でいいことになるのだが、何故《なぜ》か、喜矢武課長が生きていたとき同様、阿良川係長はここに来ていない。

(次の課長なんだから、遠慮して貰っちゃ困るんだがなあ……)

とはいえ、課長の葬儀も終わらぬ状態で、ここに来るのは、図々《ずうずう》しいとも取られかねない。

「『警察関係者』の情報は、どれくらい漏れるかね？」

これは、報道でよく使われる「警察関係者の情報」というやつである。

もちろん事実に等しいことを、うっかり捜査関係者が漏らした場合もあるが、中には犯人逮捕のために流す囮《おとり》の情報もある。

「厳重に箝口令《かんこうれい》を敷きましょう。ただでさえ有名人が、南の楽園である沖縄で殺された、というのは『絵になりすぎ』ますから」

「確かにねえ」

即答した副本部長の言葉に、うんうんと本部長は頷いた。

「あ、それとね、臣君」

「はい」

「喜矢武課長の代理、やってくれない？」

「え？　阿良川さ……係長が昇格ではないんですか？」

危うく、普段通り「さん」付けで呼びそうになって、臣は慌てて言い直す。

「彼、土下座して断ってきたんだよ」

蒼山本部長はため息交じりに言った。

どうやら冗談ではないらしい。

「……は？」

昇進を拒む、ということ自体、臣の想像の埒外《らちがい》にあるが、土下座して、というのは穏やかではない。

「『ユタ』に言われたそうだ」

ふん、と副本部長が、鼻を鳴らさんばかりの顔で、短く言い捨てた。

ユタ、というのは、沖縄独自の民間霊能者のことだ。

中国や台湾にいる道教の「導士」や、「風水師」、それにイタコを掛け合わせたような存在で、神社仏閣を差し置いて、冠婚葬祭の日取りを取り仕切り、占いをし、時に口寄せよろしく、祖先や肉親の霊魂と交信し……ということになっている存在だ。

よく当たると評判のユタの、一回の相談料は、一流の弁護士以上のものが珍しくないほど、信心深い沖縄県民の間では、信頼されている。

まだ沖縄が琉球だったころから存在し、王朝政府も、度々禁止令を出すほどだが、それでも根絶出来ず、地元の古い言葉で、家を潰す悪癖の代表として「男の女郎買い、女のユタ買い」と言われるほどだ。

「阿良川係長の、おばあさんの代から世話になっているユタが言うには、再来年《さらいねん》まで、今の地位から上に行くと、早死にする上に、家全体がたたられると」

「……はあ?」

南米のハイチや南アフリカ共和国、メキシコでは、地元宗教や迷信の類いに関しては、警察でさえ真面目に取り扱わねばならないほど重きを置くというが、阿良川係長の話は、まるでそれだ。

「別のユタの意見を聞いて、相殺できないんですかね？」

まるで医療のセカンド・オピニオンだが、ユタに複数当たれば、一人ぐらいは違う意見を出す。

大抵の、ユタを買う人たちは、一流に高い金を払う余裕がないから、二流以下に「見て」もらい、「自分にとってピンとくる」——正確に言えば都合のいい占いの結果を求めていく。

「それが……彼のいうユタというのは、沖縄では三本の指に入るユタでな」

ユタは的中率と客の評価関係において、絶対的な上下関係が広く存在する。

まるで警察の階級のようにそれは絶対で、駆け出しのユタがベテランの「よく当たる」と評判のユタの結論を、ひっくり返すことはまず、ない。

「あの人が言うならその通りヨー」とあっさり肯定する。

「……で、彼としてはどうか再来年まで待って欲しい、と」

「……では、組織犯罪対策課《ソタイ》の白間《しらま》さん……いえ白間警部とかはどうでしょう？」

臣は組織犯罪対策課の、古参警部の名を挙げた。

これは、完全に苦し紛れだ——今、沖縄県警の捜査一課はかなり若返っており、即座に後任の、そのさらに後任が見つかるほどには年配の者が足りていない。

白間警部は、沖縄出身でありながら、東京の大学を出て、警視庁の組織犯罪対策課に入り、三年で係長まで上ったのに、母の看病のために沖縄に戻って「永久出向」したという変わり種だ。

が、それだけに顔が広く、十年前に沖縄県警の再雇用試験を受けたとき、組織犯罪対策課の専務《センム》──警察内においてはその部署のエキスパート、もしくはその候補の別名だ──として最初から採用が決まっていた、という程の人物だ。

沖縄は、暴力団と殺人が、容易《たやす》く、密接に結びつくことの多い土地のひとつだ。あまり知られていない話だが、暴対法は沖縄のヤクザ抗争を止めるために生み出されたと言われる。

なので自然と捜査一課と組織犯罪対策課は連携を取ることも多いが、手柄の取り合いでいがみ合うケースも多い。

白間はどちらにも顔が利き、上手くバランスを取ってくれる交渉役だった。

捜査一課長も、組織犯罪対策課の課長も、基本的には合同現場の仕切りは、白間に任せている。

「ソタイが彼を手放すはずがないだろう」

バカじゃないか、と言いたげな顔を、副本部長が臣に向ける。

「捜査一課の課長にするなら、ソタイの課長に据えるし、それが筋ってものだよ」

「それはそうですが……では、一体誰が？」

いやな予感が、臣の背中を撫でていた。

ここまで、会話に参加せず、ニコニコと笑っているだけだった県警本部長が、

「臣管理官、当分の間、管理官兼捜査一課長代理、で頼めないかなあ？」

「……え？」

どうやら、予感は的中した。

「悪い話じゃない」

副本部長が酷薄な笑みを押し隠した顔で、本部長の話を引き継いだ。

「県警では君も知っての通り、管理官は階級如何《いかん》を問わず、一課長の下だ」

「それは、そうですが……私は第一発見者です。関係者が、捜査に加わるのは問題ではありませんか？」

「被害者の死亡時刻、君は恩納署にいた。これは複数証言が取れてる。問題はない」

「しかし……」

「ま、名義上の問題だよ。阿良川係長のユタ縛りが解けるまでの間だ」

にっこり笑う副本部長の顔を見て、臣は、

（これは、罠《わな》だ）

と察した。

例えば三年近くも課長代理を務めて、阿良川係長が人事異動で別の課へ行ってしま

えば、臣はそのまま課長職に就くしかない。

そうなった場合、次に予想される言葉は「どうせなら永久出向しないか」という圧力だ。

おそらく警視庁で、未だに臣と、すでに死んだ、その親友を警戒している連中から、副本部長に圧力が来ているのだろう。

あとは、警視正待遇以上で迎えるよ、と本部長がひと言添えれば、それを拒否するには、もう退職して、警察自体から去るしかない。

一瞬、迷ったが、腹を決めた。

「とりあえず、今回の事件の指揮は執ります。それ以後は考えさせてください──私は、まだここへ来て日が浅くて、捜査員とも親しい付き合いをしていません。私の指揮に従ってくれるかどうかも、わかりませんし」

臣にとって、とっさに言えたことはそこまでだった。

★

ボルボで家に帰る途中で、重く垂れ込めた雲から、ざああっと音を立てて機銃掃射のような雨が降ってきた。

沖縄の長雨は基本、しとしととは降らない。東京で言うゲリラ豪雨的な勢いが殆どだ。

だからだろうか、沖縄の若者は殆どの場合、雨に降られて慌てて傘を買いに走ることがない。

バイクに乗っていようが、徒歩だろうが、雨が降ってきても、そのまま颯爽《さっそう》と行く。全体的に面積が狭く、生活空間も小さいから「歩いて家に帰った方が効率的」というのもあるのだろう。

臣は車の速度を落とした。

視界が悪くなるだけでなく、沖縄のアスファルト舗装は、昔から油分が多い。紫外線と直射日光、さらに夜になれば輻射熱《ふくしゃねつ》に晒《さら》されるため、舗装の油分を多くすることで変形に対応している、と言われている。

なので、雨が降れば、油分のせいで驚く程、道は滑りやすくなる。

那覇市内は最近、より改良されたアスファルトが使われるようになっては来ているが、それでも、用心するに越したことはないので、臣はボルボのスピードを落とした。

家に帰り、ガレージのシャッターを閉めながら、スマホでセキュリティが無事に起動していることを確認して、ホッとする。

冷蔵庫の扉の、マグネットで装着されているホワイトボードには、雪乃の文字で、

〈冷蔵庫にお弁当があります。一個は明日食べます、もう一個はお父さんに。おばさんにありがとうと伝えてください。雪乃〉

とぐにゃっとした文字で書かれていた。よほど疲れているのだろう。

同じく扉にマグネットで貼り付けた、ホワイトボード消しで文字を消し、

〈今日は学校を休んでください。そして、起きたら事情聴取があるので、それが終わるまでは電話もメッセンジャーアプリもSNSもしないように。自分の記憶が大事なので、他の人と話していると記憶がボケてしまいますから〉

と書き込み、同じ内容を、プライベート用のスマホから送る。

十三歳の少女というのは、繊細なガラス細工の中に、爆弾がつまっているようなものだ。

大人が丁寧に扱ったつもりでも、思わぬ反感を買っていたり、傷つけてしまうこともある。

何よりも、「学校」という世界の比率の大きさが、バカにならない。

（俺も、ああだったか？）

冷蔵庫からコンビニ弁当を取り出し、今の娘の好みは、味噌《みそ》トンカツ弁当だったか、「野菜マシマシ！」の文字がシールに躍る八宝菜だったか、しばらく考え、朝食には、女の子ならまだ、八宝菜を取るだろうと結論する。

小学生の頃の雪乃は、迷うことなく「トンカツ」の文字に惹《ひ》かれたものだが。

（……男は阿呆《あほう》のままだったな）

電子レンジに、トンカツ弁当を放り込み、温まるまでの間、座って強い炭酸水のフタを開ける……臣は来客がない限り、家で飲まない。

父親が、よく家飲みで泥酔する人物で、説教上戸《じょうご》だった。

ろれつの回らない据わった目つきの父が、愚にもつかないことで母を責め、妹を怒鳴り、臣を叱るのを今でも覚えている。

臣が十四歳の時、臣の父は肝臓に異常な数値が出て、肝硬変と診断された。

岡山にいた父の両親――つまり臣の祖父母が、埼玉の臣の家にやってきた。

それまで、年に数回、岡山の実家に行く度に、いつもニコニコと、優しく温かく、臣たちを迎えてくれていた祖父母――特に、孫達と遊び、テレビゲームにも興じてくれるぐらい物わかりが良くて、ちょっと洒落たセンスの祖父が、烈火の如《ごと》く怒って臣の父を張り倒した。

人が、殴られて一瞬、宙に浮くのを臣はそのとき初めて見た。

若い頃、一時は、プロレスラーになることを夢見たこともある、という臣の祖父は、渾身《こんしん》の一撃で息子を殴り、涙を流しながら、父を叱責した。

どうやら父の酒癖の悪さは、すでに知っていたらしい。

それから後、臣たちに土下座した。

祖母は、泣きながら懇々と父に説教し、そして、臣の父はアルコール依存症の治療を受けた。

以来、臣の実家には、料理酒、消毒液も含め、酒が置かれることはなくなった。

父のように乱れることもなく、楽しく酒を飲んでいた臣の祖父は、臣の父がアルコール依存症治療を始める日に、一切の酒類を捨て、同じように酒を断ち、それは雪乃が生まれた翌年に亡くなるまで変わらなかった。

依存症が遺伝するとは思わない。だが生活と酒は、切り分けが必要だと、臣は思っている。

付き合いもあれば場を白けさせるわけにはいかないこともあるので、外でアルコールを口にすることはあるにせよ、家では飲まない。

表向きは「酒に弱い」ということにしてある。臣警視の意外な弱点、というところか。

野菜が足りないと思ったので、買い置きの野菜ジュースの、小さなパックを一つ開け、一気に飲み干して、空のパックを、キッチンの蓋が閉まるゴミ箱に放り込む。

腕時計を見て、すでに日付が変わり月曜日になっていると確認。

寝る前に、ゴミをまとめて家の前の回収ボックスに放り込まなければ、と頭の片隅にメモを留める。

レンジが、温めを終えた、と知らせる電子音を鳴らした。

なるべく容器の端を持つ様にして、食卓に弁当をのせる。

親指の爪で、弁当の蓋の周辺をなぞるようにラップを剝がし、丁寧に蓋を取る。

割り箸で、味噌カツを一切れつまんで口に放り込む。

やたら味を濃くした味噌だれと、再加熱しても柔らかさを保つ、成型肉の頼りない歯ごたえ。下に敷かれたキャベツの、しんなりした食感。

ちゃんとした、出来たての料理が恋しい。

妻が死ぬ三年前、彼女が結婚前に身を置いていたデイトレードの世界に、個人投資家として戻る以前から、臣が基本、家の料理を作っていた。

曖昧模糊《あいまいもこ》として、はっきりしたことなど何もない警察の出世街道の世界と違い、料理は、勘所さえ押さえていれば美味《うま》いものが作れる。

菓子だけは、むしろ数学で、数字通りに材料をそろえないと失敗するが。

臣にとって料理は苦痛ではなかった。準備と後片付けも含め。

誰かが自分の為に作ってくれる料理も、自分が、誰かの為に作る料理も、臣は好きだ。

状況が激変したのは、親友の川辺真一郎《かわべしんいちろう》が急死した時からである。

その半年後に妻が死に、後に起こった様々な事柄が、臣から、プライベートな時間を、ほぼ奪い去った。

（今の事件が終わったら、また料理を作ろう）

臣はそう思いながら、味だけは濃くて食いではあるが、満足感はやや寂しいコンビニ弁当を食べ終えた。

容器をゴミ袋に入れる。

ついでに家中を回って、ゴミ箱の中を回収して回る――デイトレーダーだった妻は結構な散らかし魔だったが、同時に、それを見苦しいレベルにしない方法を心得ていた。

結婚して一年ぐらい経ったとき「全ての部屋に四十五リットルのゴミ箱を置いて」と言われて驚いたが、そうすることで、床にゴミを散らかさないですむ知恵だ、と言われてもっと驚いた。

試してみると、ゴミ箱の分部屋は狭くなるが、確かに床にゴミは散らからないようになった。

人は忙しいと「隣の部屋にあるゴミ箱」すら遠く感じるものだ。

臣も忙しい中、ちょっと思いついて掃除をするのが、苦痛ではなくなった。

それは娘の雪乃のためにも悪いことではなく、今も、沖縄のこの家の各部屋、廊下には真ん中あたりと奥のほうにもゴミ箱がある。

那覇市指定の、一番大きなゴミ袋を片手に、部屋を回る。

一階の部屋の奥には、グランドピアノが置いてあった。

ここの部屋のゴミ箱には、何も入っていない。

グランドピアノを覆うカバー自体も、かすかに埃が積もっていた。

(まだ、やる気にはならないか)

雪乃は、よく妻にピアノを習っていた。

休みの日が、たまに重なると、よく親子そろって連弾まで聴かせてくれたものだ。

妻が、デイトレードの世界に戻ると、雪乃はよく一人で弾いていた。

埼玉にある家のダイニング、日の差すところで。

妻が好きだった金木犀《きんもくせい》の匂いのなか、一生懸命鍵盤を追いかけている雪乃の姿。

ショパンのエチュードなどではなく、カーペンターズなどのアメリカンポップス系なのが「いいな」と臣は聞くたびに褒め、そのたびに嬉しそうな……。

頭を振って、臣は思い出を、頭から追い出した。

娘はまた、ピアノを弾くだろうか。

それは、自分は警視庁あるいは警察庁に、戻る日が来るのだろうか、と同じ重さを持った希望と疑問だ。

考えても仕方がない。今は目の前のことを片付ける必要がある。

二階へ上がる。

足音を忍ばせて、娘の部屋のドアの前にくる。

もう娘が自室に鍵を掛けるようになって三年。最初はショックだったが慣れた。

耳を澄ませると、寝息が聞こえるような気がして、それだけで臣は満足した。

少なくとも、うなされているわけではない。

台所のゴミをまとめて、外の回収ボックスに放り込み、蓋を閉める。

戻るついでに、昨日から郵便ポストを開けていなかったことを思い出した。

開けると、中にクレジットカードの利用明細書の封筒が一通。

家に戻りながら、封を切る。

不審な出費がないことを確認し、視線を落とすと、明細書の最後にお中元の利用ポイントに対するお知らせの項目があった。

「そろそろか」

呟く。

妻が死ぬ前の「あの騒動」以前から、毎年十数万円分の、お中元とお歳暮を警察関係各所に贈っている。官僚のたしなみのひとつだ。

ありがたいことにネットのおかげで、沖縄にいながら東京の一流百貨店の贈り物を選べる。

臣の相棒であり、後ろ盾とも思われていた川辺が死んで以来、贈答品の返礼品ないしお礼の手紙は大分減ったが、最近はまた増え始めている。

臣としては、いい傾向だと信じたい。

「あの騒動」以来、臣の持つ「ノート」の噂が広がっていて、恐れられている可能性もあるが。

自分の書斎兼寝室に入る。

未だに未開封の段ボール箱が部屋の片隅にある十二畳ほどの書斎には、法律関係の本が詰まった本棚が左右に並び、窓は、沖縄の強すぎる紫外線から本と自分の睡眠を守り、集中するための遮蔽と断熱材として、スタイロフォームにサバイバル用の薄いアルミシートをはったもので埋めた上、カーテンを引いた窓の前には、本来パーティション用のパンチングボードがあり、そこに横付けする形で幅広の事務机、折りたためるシングルベッド。

死んだ妻がデイトレードに戻った時から、書斎で寝るようにしたのは、彼女の睡眠と自分の睡眠を互いに侵害しないための知恵だったが、何も知らない臣の母は、家庭内離婚を疑った。

臣は装飾も何もない部屋で、これだけは贅沢したオカムラ・コンテッサのワークチェアに腰を下ろす前に、壁の本棚に向かった。

重厚な本棚に並ぶ、ハードカバーの本の一つの背表紙に手をかけ、本棚から取り出すように引き出すと、その上の棚にある数冊の背表紙がカチリと音を立てて外れた。

本に見せかけた金庫の中にはくたびれた牛革の表紙を持つ手帳が五冊。

今のところ臣が、警察から放逐されない、唯一の理由だ。

本来、この手帳は三十冊ある。

臣の親友、川辺真一郎警視正の残したものだ。

その全てを臣が引き継いだ。

ここには、内閣官房室員にまで昇り詰めた川辺の知り得た、全ての情報が詰まっている。

今のところ、臣に使い道はないが、これを公開したらそれこそ、政権与党に切り捨てられる警察官僚は数え切れない。

二人には夢があった。

日本の警察に、管轄、所轄を飛び越えて犯罪を捜査する機関……日本版ＦＢＩを作る、という夢が。

これまで何人もの警察官僚が試み、出来なかったことだ。

「おとぎ話は龍の存在を教えるものではない。そんなこと、子どもたちは知っている。

龍を殺すことは出来る、と、おとぎ話は教えてくれるのだ」

高校時代、海外ドラマのエンディングに引用されて知った。G・K・チェスタトンの「棒大なる針小」にあるこの言葉が、川辺の好きな言葉だった。

「日本版FBI成立は、俺にとっての龍だよ。絶対に倒せる」

よく、そんなことを言っていた。

その川辺の死後、これを受け取ったときは、恐喝でもしろというのか、と首をひねった。

真意は未だにわからない。死人は問いかけに答えてくれないからだ。

川辺真一郎という優秀な官僚がいるから、日本版FBIは可能性があったのであり、その友人で協力者に過ぎない臣には、その度量はないと自覚している。

川辺が、自分にこの三十冊を残した意味は後日わかった。

だから今、臣は沖縄にいる。

シャワーを浴び、髪の毛をざっとドライヤーで乾かした臣は、四時間後の起床をスマホに登録した。

(どうやら、「上」の人たちは、俺をこのまま南の果てに埋めたいらしいな)

苦笑が浮かぶ。

(だが、そんなこと、させるものか)

自分自身に言い聞かせながら、自分の手帳を開いて、現時点での捜査の要点を、仕事用のスマホに、日付入りの音声入力でまとめていく。

どんなに大雑把でも、その日一日のまとめをして、遡《さかのぼ》れるようにしておくことは重要だ。

臣が、市販の睡眠改善薬を飲んで、シングルベッドの高反発マットレスの寝床についたのは、それから一時間後だった。

◇第三章：警視・管理官・課長代理

★

まだ、雨は降っている。

朝七時。第一回の捜査会議が、管轄である、那覇おもろまち署の三階で始まった。

出席者は本部長、副本部長、臣大介管理官を中心に、沖縄県警捜査一課十名、那覇署、おもろまち署の刑事課格十名、糸満《いとまん》、浦添《うらそえ》、宜野湾《ぎのわん》、豊見城《とみしろ》署からの増援十名の四十人体制。

県警としては、かなり大がかりである。

大会議室には、折りたたみ式の机とパイプ椅子が並べられ、壁際に沿って捜査資料を置くための別の机とコピー機が数台、連絡用の電話、大型のホワイトボード、まだ火を入れていないコーヒーマシンと使い捨ての紙コップとカップホルダーが並ぶ。

第一回の捜査会議は、立ち上げという一種の儀式である。

これが終われば本格的に各種PC機材が持ち込まれ、事件名を記した張り紙が、出入り口に貼付されるのだ。

「えー、被害者は井上幸治、三十八歳。職業・シンボリ経営コンサルタント事務所経理部部長、東京都大田区在住、身長一六九センチ、体重五〇キロ。死亡推定時刻は昨夜の午後一時半から二時半とみられます」

ごま塩頭の角刈りに、温厚そうで誠実な印象の、面長の顔をした阿良川《あらかわ》係長が、鑑識所見を読み上げる。

一同の前にある一〇〇インチの液晶テレビにいかにも軽薄そうな、髪の毛を立てて指鉄砲をこちらに向けおかしなキメ顔をしている被害者の、普段の写真と、死人のような免許証の写真が並んで映し出された。

「死因は失血死。致命傷となったのは頸動脈切創（切り傷）、および胸部の刺創（刺し傷）、深さ五センチ、幅十五センチ少々。他にも外傷多数あり」

そして阿良川係長はリモコンを操作し、液晶テレビに現場写真を映した。

ベッドのそばに横倒しになった、傷だらけの被害者の写真。上半身裸で、下半身はタオル一枚。

「現場は那覇市小古島一－四四四三－XXX、民泊施設、八階の813号室。内側

からドアガードで施錠されておりましたが、カードキーは内側の電源ホルダーに刺さったままでありました――この部屋は、自動施錠式であり、外から客が入るときはカードキーで解錠しますが、内部に客がいて、カードホルダーにカードが入っている場合、手動で施錠、解錠の選択が可能なタイプとなっております」

ドアの内側の写真が映し出された。

細長いU字のドアガードと、施錠装置、部屋の中、室内のドア横の壁に据え付けられた、カードキーホルダーが確認できる。

「現場に争った形跡はなく、顔見知り、あるいは隠れていた犯人に、いきなり襲われたもの、と思われます。

指紋、毛髪、そのほか、証拠となり得る遺留品は皆無。

これは犯行現場のシャワールームに放置されていた、アメリカ製漂白剤の塗布が主な要因であります」

鑑識の、証拠保管用のビニール袋に入れられた漂白剤の写真、そしてシャワールームの写真。

「あー。あれはキツイー。去年、半グレ同士の現場でもこれでヨ、デージ苦労したナー」

借りてきた捜査員らしい、那覇とは違う、北部特有のイントネーションの小さなつぶやき声を、臣は耳にしたが、黙っておく。

沖縄方言、と、ひとくくりにされるが、実際にはかなり細かい差違があって、南部・中部・北部と、本島だけでも三分割されることを、ようやく臣は耳で実感しつつある。

昔は市町村ごとにもっと細かい差違があり、王城のあった首里と、坂下を越えて下った那覇の町でも大きな違いがあったという。

東京の昔で言えば、山の手言葉と、下町言葉のようなものか。

「さらに、事件発生から数時間後、現場でボヤ騒ぎがあったため、消防による放水などで、付近の証拠も洗い流されている——これについては現在も鑑識課の皆さんが頑張ってくれているので成果を期待しておきたい。さて——」

画面が切り替わった。

エレベーターを背に撮影されたものらしく、途中まで真っ黒に焼けた廊下と、フレームが熱で変形し、塗装が水ぶくれのように膨らんだドア、放水によって無残に剝がれた壁紙や床の絨毯が、フラッシュの強烈な陰影で映し出されている。

「火事の原因ですが、これは劣化バッテリーによる出火ではないか、と、火災調査官から意見がありました」

こういう場合の「意見」というのは、まだ確証もなく、立証はされていないが、おおよそそうであろう、という推論のことである。

「この、北側廊下から、エレベーター前にかけての出火推論位置に、バッテリーの残骸があり、型式番号が、かろうじて読み取れたため、調査したところ、五年前に製造が終了し、その後、リチウムバッテリーの封印が劣化しやすく、外装であるプラスチックのカバー部分に亀裂などの損傷を引き起こすような衝撃が与えられた場合、そのまま内部のリチウムに外気が触れ、発火してしまう可能性が高い機種として、破棄を呼びかける宣伝を、メーカーが先月から始めていた製品でありました」

写真に真っ黒なABSプラスチックの塊と、そのクローズアップ写真が提示される。どうやら元は八角形の箱形で、銀メッキの残滓がわずかに残っていた。かろうじて、表面に埋め込まれた小さな金属プレートに、型式番号などが読み取れる。

「建物内の監視カメラは、要請した業者が途中で逃げてしまったため、フロント部分の二台、正面玄関の一台を除いて、全てダミー。付近にも監視カメラなし。通行車両のドライブレコーダーなど、現場周辺にありそうなカメラの映像は、現在提出要請中であります」

「『安物買いの銭失い』かぁ」

これは宮城《みやぎ》誠《まこと》警部補だった。

そのあと、ちらっと臣を見る。その目つきが厳しい——半年前から、こちらに一方的な敵意を抱いている捜査員だが、臣はその悪意は無視していた。

　沖縄に来て以来、何処まで行っても、地元の人間との間には薄い、ベールのようなものが遮っている感じがある。

　それは優しい対応の中にも見いだせるし、今の宮城のように明白な敵意として向けられることもある――で、彼ら（彼女たち）は決まって「あんたは本土の人でしょ」と言う。

　同じ日本人じゃないか、という理屈は、彼らには通じないらしい。

　妹の澪に話をしたら、「そういうもの」として受け容《い》れろと笑われた。

「ここは元は日本とは別の国なんだもの」

　そういうものか、という気もした。基本、中央から来た役人は、地方になかなかなじめない。

　ましてキャリア官僚ともなれば。

　ということで、臣は割り切ることにしている。

　要は、仕事が出来ればいい。

「――以上が、現在判明している事件の概要であります」

　普段ならここで、捜査一課長が立ち上がって捜査方針を述べ、捜査員達に対し、重点的に何を探すべきかを指示する。

あとは、本部長が激励の言葉を述べて、第一回の会議は終了。以後は捜査一課長の指揮の下、事件解決まで、捜査情報の統合と指示が繰り返されていく。

その場にいたほぼ全員が、阿良川係長が一課長代理として、捜査方針と指示を述べるものと思い込んでいた。

係長は、県警本部長に軽く黙礼し、副本部長にマイクを手渡す。

県警本部長が立ち上がりつつ、副本部長が手渡すマイクを握る。

副本部長と臣も含め、捜査員全員が立ち上がった。

「あー、こんにちは、皆さん」

穏やかな顔と声で、本部長は皆に一礼した。

全員も立ち上がったまま、それを返す――このあたりは本土の警察と変わらない。

「楽にしてください」

全員が緊張の面持ちで、パイプ椅子に腰を下ろす。

「皆さんもご存じの通り、残念ながら喜矢武神栄《きやたけしんえい》捜査一課長が、昨日、県警本部で脳溢血のため、お亡くなりになりました。殉職扱いということで、今手続きを進めております」

殉職扱い、という言葉に、捜査員達の間でホッとした空気が流れた。

自分たちが死んでも、遺族に対し警察は手厚くしてくれる、という保証は、あるとわかっていてもちゃんとなされていると確かめられることが、警察官の使命感の向上につながるのは間違いない。

「一時的に、ではありますが、本件に関しては、臣管理官に一課長代理ということで捜査を進めていただきたい、ということでお願いします」

　捜査本部内がざわついた。

　沖縄に来てまだ半年程度の管理官が、二十年以上専務している阿良川係長を差し置いて、というのはあまりにもおかしい。

「臣管理官、挨拶を」

　臣は再び立ち上がった。

　ざわつく捜査員一同を見回す。

　こういう場合は、群衆制圧と同じだ。

　群衆の中の一人を見つめ、その人物に向かって話すようにする。

　傍《はた》から見れば確固たる意志をもって、全員に話しかけているように見える。

　同時に、言葉を選ばなければならない。

　警察官は、理不尽な言動に晒されることに慣れている。だがそれでも人間だ。

　言葉遣い一つで、対応は変わる。

　臣は昨日、話を持ちかけられたときから、ずっと考えていた言葉を、唇に載せた。

「臣です。沖縄に来て半年の、駆け出しにも等しいこの私が、捜査の指揮を執る、ということに関しては、私自身、抵抗があります」

ここからが勝負だ。

「が、阿良川係長の心が決まるまで、ということで、暫定的にお引き受けしました」

一瞬、捜査員達の間に、ホッとした空気が流れる。

この、本土から来たキャリア組が指揮するのは、あの頼れる阿良川係長が「うん」と頷くまでのわずかな間だ、という印象を与えることに成功したのだ。

阿良川係長からは、ぎょっとした視線が来るが、無視する。

彼が「ユタが禁じている」などと、おかしなことを言い出さなければ、臣がこれを引き受ける必要はなかったのだから。

「わずかな間、ということで、どうぞ皆さん、よろしくお願いいたします」

そう言って、頭を下げた。

どよどよとしたざわめきが、捜査本部内に広がるが、

「わかりました、こちらこそよろしくお願いいたします」

比嘉《ひが》班の班長、温厚そうな細い目に、太いフレームの眼鏡が目立つ比嘉秀樹《ひでき》警部が、全員の中でいち早く決意したらしく、さっと立ち上がってこちらに挨拶した。

一瞬の反応の空白。これをどう捉えるか、捜査員達が考えた。

本土から来たエリートが頭を下げている。しかも、少し我慢すれば、古参で、顔なじみの阿良川係長が課長になるかもしれない。

となればここで、管理官どのの顔を立ててやるのは、今後の立場に悪いことにはならない。

そんな判断と、そこまでする心意気に応えたい、という純粋な善意による判断の結果――時間にすれば二秒もない。

ガタガタとパイプ椅子を引く音がして、捜査員達が一斉に頭を下げた。

「よろしくお願いいたします」

四十人の捜査員が一斉に声を発した。

臣はひとしきり、その声が止むまで頭を下げ続けた。

このまま県警の一課長に封じ込められるつもりはない。だが、捜査に手を抜いてしまうのは警察官として論外だ。

この事件はちゃんと捜査し、解決する。その後のことは、その後で考えればいい。

まず、最良の警察官たれ。さもなくば、出世してもなんの意味もない。

これが臣大介の、全ての思考の出発点だ。

「では、捜査方針として、ですが、まず他殺の線は揺るぎません」

臣はこの場の本筋を切り出した。

「遺体は科警研に送られ、詳細な状況解明が進められますが、状況証拠的には他殺を示していると断定して捜査します。ドアガードによるロック、カードキーの一件、さらに火事の犯人が同一犯か、否かなど、整合性がとれていない部分もあります。とにかく、今は事件当時、どういう人間が、何人あの建物に出入りしていたかを調べることを優先してください」

「難儀だなぁ」

という捜査員の誰かの声に「全くです」と笑みを含んだ顔を向ける。

「目撃者はもちろん、最短距離にあるコンビニや監視カメラの画像、Nシステムも使った車両の出入りなども、よろしくお願いします。とにかく、今知りたいのは誰が出て行き、誰が中に入ったか、です。犯人の特定はそこからになります。鑑識は引き続き、証拠が残っていないかを再確認しつつ、状況証拠を一つでも多く集めてください

……以上です」

阿良川係長が立ち上がり「解散！」の声をかけると、全員が立ち上がって一礼し、急ぎ足で出ていく。

「臣管理官、自分の話は、ちょっと……」

ほぼ全員が出払ってから、阿良川係長がさん付けではなく、マジメに「管理官」と呼んだ。

「申し訳ないが、事実は事実です。言わずにおけば、捜査員は阿良川さんの出世を私が妨害しているようにも取りかねない」

　臣は阿良川に恨みはいだいていないが、もう少しキツイことを言いたくなる誘惑を、なんとか断ち切った。

「ま、臣管理官の立場も考えてあげてよ」

　助け船は意外な所からきた。

　本部長だ。

　ふたりとも、思わず立ち上がって、背筋を伸ばすのを、「まあまあ」と制し、

「少なくともユタの話うんぬんは、口にしなかっただけ、管理官も気を遣ってくれたわけだし。阿良川係長も、部下に多少は、やいのやいの言われないで済むでしょ？」

「まあ、それは……そうですが」

「第一、本来は阿良川君、君が捜査一課長を引き受けてくれれば、こういうことも起こらなかったわけでさ。だから、あんまりお互い非難し合うのはやめて、ね？」

「は、はい……」

　阿良川係長が折れた。

「さ、臣管理官。記者会見、行こうか」

「は」

臣は本部長に従った。

これから、マスコミの前に出ると思うと、気が重い。

それに比べれば「自分都合で一課長にならない」と暴露されることぐらいなんだ、と思う。

★

県警本部一階ロビーでの記者会見に、マスコミはかなりの数が集まってきている。各大手マスコミの沖縄支社や、昨日から沖縄に入っている「シンベエ」こと、新堀兵衛を追いかけてきた本土マスコミもいる。

フラッシュとライトで、ロビーの中は、新しい太陽が出来上がったような明るさだ。最近、某家電量販店が流行《はや》らせた、会見用の、明るい青と白の横長なチェッカー模様の書き割り背景が立てられる。

青の部分には白抜きの文字で、白の部分には黒文字で「沖縄県警」と横書きされているものだ。

その書き割りの裏から、県警本部長と副本部長、司会進行の広報部長、そして臣、の順番で前に出てくると、フラッシュとライトはますます光量を増していく。

サングラスが欲しいが、そういうわけにもいかない。

本部長が机の真ん中。向かって右側が副本部長、左側が臣。広報部長は左端で立つ。

「えー、皆様、お疲れ様です。これより、昨日発生しました、井上幸治氏の死亡事件につきましての記者会見を開始いたします。時間は三十分を予定しております」

広報部長がよどみなく前振りをし、厳《おごそか》に本部長が立ち上がった。

本部長はマスコミ相手に短く挨拶をし、

「昨日、夕方、沖縄県那覇市某所にあります、宿泊施設にて出火の報告があり、現場に向かった県警関係者が、偶然、開いたドアの向こうに、井上氏の遺体を確認。現在捜査中であります」

味も素っ気もない、しかし確認されている事実のみを口にして座った。

「他殺なんですか？　自殺なんですか？」

「なんで、警察が消防より先に、現場に着いてたんですか？」

「遺体の様子はどうだったんですか！」

次々と記者達から質問が飛ぶが、彫像のように本部長は動かず、

「現在、捜査中でありますが、現時点では他殺と見ております」

「現在捜査中でありまして、お話しする段階にございません」

「井上さんのご遺族などのことを配慮いたしまして、現状では話す段階ではないと思

われます」

と答えるのは副本部長だ。

「捜査一課長の喜矢武さんが亡くなったのに、捜査態勢はどうなってるんですか？」

地元新聞の記者から質問が飛んで、本土系のマスコミがどよめく。

「えー、それにつきましては、こちらにおります、臣大介警視が、一時的にではありますが、一課長代行として捜査を指揮しておりますので、問題はございません」

臣に対して管理官、という言葉を使わなかったのは、マスコミに細かい役職を説明するより、階級を言った方が楽だからだろう。

臣が話して良い情報は、県警本部長よりやや多めだが、捜査会議で阿良川係長が読み上げたものの約二割分。

つまり、被害者の氏名と職業、犯行現場、死体があったこと、火事が起こったこと。

情報をある程度伏せる理由は、殺人だった場合、全てを公表しないことで、犯人を油断させる、という意図が一番大きく、次に、マスコミが独断で関係者をほじくり返して証拠を破壊する事態を避ける、ということ。

最後に、目立ちたい、という理由で偽の自白、自首を行った連中と真犯人の区別がつかなくなるのを避けるためだ。

自分自身が、遺体の第一発見者であることは、伏せるように指示された。

疑いはないとはいえ、マスコミ——正確には、そのマスコミの発表を斜め読みしたネットの有象無象《うぞうむぞう》が、何を言い出すかわからない、と副本部長は判断していた。

「ところで」

と、記者の一人が、手を挙げた。

「死体の第一発見者は、臣警視だと伺ってますが、本当でしょうか？」

一瞬、副本部長の肩が、ビクッと震えるのが、臣の視界の端に映った。

「はい、その通りです」

臣が立ち上がって答える。

「偶然、娘を迎えに現場に通りかかったところ火の手が上がっているので、施設内に駆け込んだところ、遺体を発見しました」

「ではそのままご遺体を調べ……」

「今、お話し出来るのは以上です！　以上！」

副本部長がマイクを握りしめ、声を張り上げた。

それを見て、広報部長が、慌ててマイクのスイッチを入れる。

「では、記者会見はこれまでです。皆様、ありがとうございました」

さらに声が上がるが、本部長たちと一緒に、臣はまっすぐロビーを後にし、エレベーターに乗り込んだ。

エレベーターの扉が閉まり、県警本部長室のある最上階へ動き始める。

「臣管理官！」

副本部長の怒号を制するように、本部長がノンビリと口を開いた。

「副本部長。平成の頭なら怒号が飛ぶような情報公開だけど、最近の大手マスコミは記者クラブ制の充実もあって、めっきり大人しくなったねえ」

「は、はい」

何を言いたいのか、という顔で副本部長は、それでも声を抑えた。

「臣君、ちょっと情報を出し過ぎ。ああいうところはね、質問を返すんだよ……あっちがさ、単なるカマをかけてきただけかもしれないからね」

「申し訳、ありません」

臣は頭を下げた。

「でね、副本部長。臣君のことを隠すのは、こうなるとあんまりよくないかもね。もう向こうがカマをかけてくるぐらいの情報はもってるわけでしょ？　臣君の娘さんもいるしさ。それに。多和多議員のお嬢さんも、あの場にいたのは聞いてる？」

「え……？」

副本部長の顔が呆《ほう》けた。

「ああ、知らなかったのかー。ま、ここは一つ、お互い痛み分けということで頼んますわ」

にっこりと本部長は笑った。

副本部長も知らない情報を入手し、それをここまで温存していたのだ。使わないで済むならそのままで、必要なら、いつでもカードを切る——そこには計略や策略という言葉がイメージさせる肩肘張った、あるいは、気負ったものではなく、呼吸するような自然さがあった。

（これが、出世街道に乗る人か）

内心感嘆しながら、臣は頭を下げる。

「本部長、副本部長、申し訳ありませんでした！」

こうなると、副本部長も、これ以上臣を責められない。

「ん、ま、まあ……気をつけるように」

ギクシャクと、そう応じて、エレベーターを降りた。

「じゃ、捜査本部に戻って指揮をお願いね」

本部長が言い残す。

臣は頭をさげたままそれを見送り、下の階のボタンを押した。

同時に少し安堵した。

副本部長が「臣が第一発見者である」ことを公表しない、というのは一見すると、臣を捜査一課長に据えるための、温情ある判断、とも取れる。

が、臣自身はこれを「爆弾」だとみた。

情報は抑えきれる物ではない。まして「警察関係者」からの情報リークは、ある程度あるものとみなければならない。

そこから「臣大介管理官が第一発見者だった」という話が漏れた場合、マスコミの余計な興味を臣に引きつけることになる。

SNSという、厄介な場が存在する現代は、疑いや憶測が一人歩きしやすい。

だからこそ、新聞記者から質問が飛んだとき、臣は素直に答えた。

副本部長が怒っていたのは、「勝手にこちらの台本を無視した」反応をしたからなのか、それとも、副本部長には別の思惑があって、それが潰れてしまったか。

(後者だろうな)

臣は、自分をにらみつけた副本部長の目の中に、明白な怒りを見た。

何かを考えていたのだろう。それだけは間違いない。

が、現実には犯罪者ではなく、自分よりも上の階級である副本部長に、臣がそれ以上何かをする方法はない。

(気をつける以外、道はないか)

改めて、県警本部長室が東京につながっているのだ、と自覚する。

権力争いのおぞましさ、せせこましさまで、東京とつながっているのだ。

★

臣大介が捜査本部のドアを開ける頃、高本隆信県警副本部長は本部長を執務室に送った後、自室に戻った。

こちらは壁に、所狭しと県内、県外の有名人・政治家と握手をして微笑んでいる写真が額縁入りで飾られ、机の上には、沖縄に毎年キャンプに来る、有名球団の選手のサインボールがアクリルケースに入れて飾られている。

ドアを閉めると同時に、副本部長は、メッセンジャーアプリを立ち上げた。

今年大学生になる娘と、中学に上がったばかりの息子も知らない、極秘のアカウントから、とある人物にメッセージを送信する。

返信が来た。

〈O《オー》の弱みを探れ。あとで怪しいと、弾劾《だんがい》出来そうなものがあれば押さえておけ〉

挨拶も何もなく、短い一文。

Oとは臣大介管理官のことだ。

そして副本部長は、時候の挨拶から始まる長い、しかし実質の意味では先ほど送ったのと同じぐらいの内容しかない、こびへつらいのメッセージを打つ。

返事はまたすぐ来た。

〈お世辞はいい、さっさと動け〉

一瞬むっとなるが、折り返しのメッセージが来るだけでもめっけものだろう。

今度は、別の人間に送るメッセージを作る。第一稿だ。

こちらは、先ほどのメッセージの宛先の人物よりも気難しい。そして、先ほどのメッセージの宛先の人物とは、対立する立場にあった。

その第一稿を、副本部長は三回読み返し、お茶を淹《い》れる。

県警副本部長以下は、基本、自分でお茶を淹れるのが沖縄県警だ。

机の上にスマホを伏せて置いて、自分で洗って伏せておいた湯飲みを取り、こういう時にのみ取り出す、とっておきの玉露の缶を開け、急須にごく少量を振り込み、常に九十八度になるようにセットした電気ポットから湯をそそぐ。

馥郁《ふくいく》とした香が立ち上るのを、目をつぶって嗅ぎ、副本部長は急須の中身を、指一本分の薄さで、湯飲みの底へそそいだ。

くるくると湯飲みを回転させ、香りを楽しむ。

そして、もう一度指一本分そそいで、同じようにする。

充分に冷めたところで、急須の中身をゆっくりとそそぐ。跳ねないよう、湯飲みの内側に当てるようにするのは基本だ。

そして、最後だけ水面にそそぐ。

熱い湯飲みを指先で持ち、副本部長は自分の机に戻った。

スマホの画面を見る。

悪くない文面だ。時候の挨拶と、簡潔な事実、相手の不興を買いそうな文言はもちろん、自分が不利になるような言葉遣いは一切ない。

最後に相手の孫娘がバイオリンの演奏会で金賞を取ったことのお祝いを口にするべきか、と考え、それは図々しいだろうと思いとどまる。

そして、送信先を何度も確かめてから、送信ボタンを押す。

風切り音のような効果音《SE》と共に、画面のメッセージは折りたたまれて消えた。

安堵のため息が副本部長の口から漏れた。

警察の出世双六《すごろく》から外れた人間の「アガリ」の地位としては、県警の副本部長は悪くない。

というより、これ以上となれば、沖縄県警の歴史において、副本部長が本部長にまで昇り詰めた例はほぼ、ない。

だから出世と無縁という顔が出来るか、といえばそうもいかない。

副本部長は本部長の女房役であり、なにか不始末をしでかせば、本部長の前に首が飛ぶし、守っているはずの、本部長によって罷免《ひめん》される立場でもある。

警視庁、警察庁とのつながりは、むしろ本部長よりも、熱心に保つ必要があった。

中でも、臣大介管理官については、本土の「上の方」からの意向が、出向されたその日から、毎週かならずやってくる。

勢い、臣管理官を疑いと、嫌悪のまなざしで見る必要があった。

うっかり同情しようものなら、こういう相手と一緒に被害を被る。

本土の大学に進学した娘と、同じく本土の大学を目指す息子二人の為にも、それは出来ない。

玉露を飲み干し、一息つく。

どうしても甘い物が欲しくなったが、それは我慢する——肥満に関しては寛容な沖縄だが、県警副本部長ともなるとそういうわけにもいかない。

むしろ先頭に立って全職員、捜査員の規範になる必要がある。

「……臣め」

呟いて、副本部長は「上の方」が何故それほど臣を警戒するのか、調べる必要を感じていた——だが、それは慎重にも慎重を重ねて行わねばならない。

「上の方」はいつだって、下が何かを知ることを嫌っている。

だが、知らなければ身の処しようもない。

だからもう一通のメッセージの宛先の人物に、その話をするつもりだった。

★

捜査員からの報告は昼過ぎで、それまでは様々な申請書類の処理が管理官であり、一課長代理である臣には残されている。

急死した喜矢武課長のところで止まっていたものも含めるとかなりの分量になる。

臣は捜査本部の片隅に机を「コ」の字形に五つ置いた。

二つには喜矢武課長のところで止まっていた書類と、引き継ぎのための書類。

残り三つのうち、一つにはPCを置いて現状集まっている宿泊施設殺人における捜査資料。もう一つには、リアルタイムでやってくる事件をメモするためのスペースとした。

二つずつ並べた机の間においた、残り一つは空っぽにした——このどれにも当てはまらない、突発的な書類が来た場合の処理スペースである。

「コ」の字に配した机の間に、管理監室から持ち込んだ、私物のコンテッサを置いて座り、一時間ずつ、時間を区切って、仕事を処理していく。

コツは、中途であろうと一時間が来たら、隣の仕事に取りかかること。

と、「那覇民泊施設殺人事件捜査本部」と書かれた、長く大きな紙を持って、警務課の職員がやってくる。

ドラマなどではセンセーショナルな文字が躍ることも多いこの紙を、警察では「戒名」と呼び、その警察署で最も書道の達人と呼ばれる人物が手がける。

昔から捜査員の気合いも入るとして大事にされる「戒名」だが、このSNS時代、下手な文字で書こうものなら、あっという間に炎上狙いのお笑いネタにされてしまうから、どこも気合いを入れる。

プリンターで、それらしい文字を打ち出せばいい、とは決してならないのが、警察組織のお役所たる所以《ゆえん》だ。

彼らが、それを張るのを眺めながら、臣は自販機でコーヒーを買う。無糖だ。

ペットボトルを選ぶのは、学生時代からの性分。

未だに、缶コーヒーには缶を腐食させないための薬品が入っていて、味を変えてしまう、という豆知識が気になるのは、我ながら今でも学生気分が抜けていないのか。あるいは、古い習慣を続けるという、精神のバランスを保つすべの一環だろうと自己分析している。

今は技術が発達して、そういうことはないらしいが。

コーヒーの苦みが、喉を通っていくと、自分が随分渇いていたことに気がつく。

窓の外はまた雨だ。沖縄の梅雨は本土よりも長く感じる。

「えーと、臣管理官」

珍しくさん付けでない呼ばれかたをして振り向くと、阿良川係長が申し訳なさそうな顔をして、立っていた。

「お昼休み、よろしければ如何《いかが》でしょうか？」

どうやら、何事か話があるらしい。

★

おもろまち署近くには最近、道路拡張して国際通りまでの直通コースになりつつある、別名「仏壇通り」があって、少し路地に入ると、昭和の趣のある喫茶店がまだ残っている。

そこへ阿良川係長は臣を案内した。

幸い、梅雨の晴れ間が来ていた。ウソのような青い空に、白い雲が薄く流れていくのを、濡れたアスファルトの水溜《みずた》まりが映す。

「Cランチですか？」

ドアについたベルがカラコロ鳴って、三十代半ばと思《おぼ》しいウェイトレスが、阿良川係長に声をかける——阿良川はここの常連のようだ。

「あ……うん、頼むよ。それとアイスコーヒー」

阿良川係長は、ウェイトレスに一瞬戸惑いつつ、軽く片手を挙げながらそう言うと、相手は頷いて、厨房《ちゅうぼう》に伝えた。

店内はボア生地の青い椅子が並び、電源の落とされた、昔のゲームのテーブル型筐体《きょうたい》がずらりと並んでいる。

どうやら、壊れた筐体を撤去せずそのままテーブルにして使っているらしい。

臣は、それでも機械の中身が花札やポーカーだったら問題だと思ったが、説明書きは昔、インベーダーゲーム時代のものばかりだ。

ここは、何か食べて、互いに打ち解けるべきところだろう。

臣はそう判断して大分年季の入った、ビニールコーティングの縦長メニューを取り出す。

沖縄のランチはA、B、Cと三種類に分けている所が多い。

Aは一番高く、Cが安い。Bはその中間。

といっても、特別な料理になっていくのではなく、揚げ物の分量と種類が増えていく。

Cランチは「ポーク」と古い世代が呼ぶ、スパムを五ミリほどに切ったもの数枚に、中まで火の通った昔のオムレツにウィンナーが数本。店によってはケチャップであえたスパゲッティがひとつまみ。

そこに葉ものの野菜と、カップを使って紡錘形《ぼうすいけい》に盛り付けた米飯がつく。

栄養配分よりもカロリー、という判りやすい肉体労働者向けのランチだが、高温多湿な沖縄（もっとも最近は東京よりも涼しいのだが）には、妙に似合う。

Bランチはスパムが減ってトンカツが載り、Aランチは、さらにそこへエビフライとハンバーグがつく――というパターンだ。

店によって、多少のバリエーションはあるが、沖縄の古い食堂には判で押したようにこのメニューがある。

だが、健康を考えれば、敬遠したいメニューではある。

（ここは付き合いだな）

だからといって、ここで別のものを頼めば、その些細《ささい》な行為で、相手の心を取り逃がす可能性があることを、臣は知っていた。

「同じもの……Cランチをください」

水を置きに来たウェイトレスに、そう伝えてにっこり笑う。

やがて、ポーク卵に、ウィンナーソーセージ、申しわけのようなサラダと、トマトケチャップであえたパスタが添えられたCランチが来た。

売れ線メニューだから、ある程度作り置きがあるのだろう。

「まず、食べましょうか」

今日は朝から、ろくに食事もしていない。昨晩のトンカツ弁当で得たカロリーはすっかり書類業務で使い果たしていた。

「は、はい」

恐縮しながら、阿良川係長は、ナイフとフォークを手に取る。

沖縄県民はステーキが県民食といわれるぐらいだから、洋食慣れしているのか、阿良川係長は手早く、しかし乱れることなく、ナイフとフォークで綺麗に食事を平らげていく。

臣も、無言で食事に集中することにした。

薄く焦げ目の付いたスパムの塩味と、オムレツ（驚いたことに中が半熟だった）の旨味《うまみ》、さらに出てきた時点で、上にかけられていたケチャップの甘味が驚く程、舌に馴染《なじ》む。

脂、塩、甘味の組み合わせだから当然だが、この辺のB級グルメっぽさは、バイトしながら大学を卒業した臣には懐かしい。

ただ、懐かしい余り、馴染みすぎると太る、危険な味だが。

「ここ、オムレツが半熟なんですね、美味いなあ」

素直な感想を口に乗せる。

今「で、なんの話なんですか」と聞けば、阿良川係長は、恐らく黙ってしまうだろう。

話しやすいタイミングは、人それぞれだ。

臣は、出世するための努力の過程で、それを理解していた。

犯人の自白を取るのも、同僚や上司の心を開かせるのも、型どおりだけではなく、その個人に合わせたタイミングを計ってやることが重要。

「そうでしょう？」

思わず、という感じで、阿良川係長が笑みをこぼす。

普段、謹厳実直で穏やかな印象だが、心からの笑みを浮かべると、思いがけず若々しく見える。

やがて、ふたり、ほぼ同時に食事を終えた。

相手に合わせて食事の速度を変えるのは、臣にとっては容易い。食事で打ち解けるコツだ。

確かに、アイスコーヒーが欲しくなる。

阿良川の分のコーヒーを運んできたウェイトレスに、臣も追加注文する。

ウェイトレスが臣の前にコーヒーを持って来て、去ると、臣はストローなしで、砂糖もミルクもないまま、アイスコーヒーを口にした。

味は安っぽい水出しのものだが、氷自体が、アイスコーヒーを固めたもので、溶けても薄くならないようにしているのに感心する。

一拍の間が、ふたりの間に落ちた。

「一課長昇進の件、誠に申し訳ありません」

不意に言って、阿良川係長がごま塩頭を下げた。

「いえ、沖縄ではユタの関わることは重大事だ、ということは存じてますから」

苦笑しながら、臣は、ウェイトレスが水と一緒に置いたおしぼりで、手を拭う。

「そう仰《おっしゃ》って頂けるとありがたいのですが……」

臣が、苦笑とはいえ、笑みを浮かべてくれたためか、安堵の溜息をつきながら、阿良川係長もおしぼりを使って手を拭い、真四角になるように畳んで、グラスの下に置いた。

沖縄県民しぐさ、として、十年ほど前から、テレビでたびたび話題になる風習。

「実は、その……警察官として恥ずかしいのですが、理由は、他にありまして」

視線をガラステーブルの上に落としながら、阿良川係長は溜息をついた。

「ご内密に、願えますか？　ほかには一切秘密で」

目を上げる阿良川係長の表情は強張《こわば》っていた。

こういう顔を、警視庁時代、臣は何度か見た。

内部告発者の顔だ。

★

数年前に火事で焼け落ちた首里城は、まだ再建の道半ばだが、その様子を公開することで、意気込みを見せている。

その首里城の上にも、晴れ間が現れていた。

「新堀先生！　おアップいただきます！」

新堀兵衛は、トレードマークのオールバックをかき上げながら、青空の下、のけぞるようなポーズを取ってカメラに収まっていた。

そのまま髪の毛をかき上げながら、にやっと笑ってこちらを指差すポーズなど、側《そば》にいるディレクターの指示で、次々とポーズを取る様子を、遠くから、佐久川允滉《さくがわのぶひろ》警部補は眺めていた。丸いフレームのお洒落な眼鏡をかけた、はしっこい顔つきの、佐久川班の班長である。

「昨日、右腕だか、親友だかが死んだとは、思えんですねえ」

佐久川警部補の隣で、佐久川班の安里昌剛《あさとしょうごう》巡査部長が、吹く風に目を細め、ワイシャツの襟元を直しながら言い、山城仁一《やましろじんいち》巡査長が頷く。

「まあ、芸能人ってのは親が死んでも……」

と佐久川警部補が答えるのを断ちきるように。

「もう、いいだろうが！　おれを井上の所に行かせてくれ！」

普段の冷笑的で落ち着いた声とは打って変わった、金切り声のような怒声と共に、「シンべエ」こと新堀兵衛は着ていた上着を脱ぎ捨てて、地面に叩きつけた。

「親友なんだぞ、親友！　俺の右腕が死んだんだ！　あんたらだって、奴と俺が一緒に肩組んでる写真とか撮っただろ？　なら判るだろうがよ！」

「いや、しかしですね。番組は、もう押せ押せのスケジュールでして……」

「知るか！　俺はもう今日は、井上の所に行く！　奴のお袋さんも来るんだ！　こんな馬鹿な仕事やってられるか！」

凍り付くスタッフをよそに、スタスタと「シンべエ」は首里城の出口に向かって歩いていく。

「人間、ってことですかね。あの嘘《うそ》つき野郎も」

佐久川警部補は一時期、少年課と銃器対策課を掛け持ちした時期があり、「シンべエ」を礼賛する、自称「少年実業家」、実態は危険な行為で閲覧数を稼ぐ動画配信者――と関わりが深い。

当時の少年達は、シンべエが自転車を使った、断崖絶壁でのエクストリームチャレンジで得た報酬で、起業を始めた、というヨタ話を、今でも信じている。

実際には、エクストリームチャレンジに失敗し——というより、その前段階の練習時に平地で転《こ》けて脚を折り、入院した。

その間に両親に泣きつかれ、前から興味のあった投資と企業経営に目を向けて、大地主の親から数億「もらって」起業家になったのであるが。

「どっちにしても話を聞くなら今だ……新堀さん」

「オタクだれ？」

声をかけた安里巡査部長の笑顔に、不審そうな目を向けたシンベエに、佐久川警部補はにこやかな笑顔とともに、警察バッジとひと連なりになっている身分証をみせた。

「沖縄県警の佐久川といいます。こちら同僚の安里と山城になります」

警察は係長以下の場合、一般人に対しては、みな同僚として自己紹介する。

「ようやく来てくれたのか。さあいこう、遺体確認だろ。テレビで見た」

「はい」

「まったく、テレビ局ってのはデリカシーがないんだよ。俺は今日の撮影は嫌だって言ったんだ。第一、沖縄の梅雨は、始まったらゲリラ豪雨がずっと続くみたいなもんじゃないか。やってられるかっての」

「では、お車を用意しましたんで、こちらへ」

「いや、タクシーで行くよ。覆面でもパトカーは縁起悪いから」

言われて、佐久川警部補はこの男に、渋谷のハロウィンでの逮捕歴と、民事での有罪判決を受けた過去があることを、思い出した。

どうします？　という安里巡査部長と山城巡査長の視線に軽く頷いて、

「ではおもろまち署でお待ちしてます」

と去ろうとしたが、

「あ、ジャストアイディア！」

このところIT関連の連中が使う横文字言葉で「今、適当に思いついた」を、さももったいぶってみせるものを、すらっとシンベエは口にした。

「首里城からだと時間かかんだよねえ。ね、パトカーに先導して貰っていけたらさ、すーっと行けるでしょ、すーっと！」

「パトカーがサイレンを鳴らして、回転灯を使うのは、緊急時だけです」

佐久川警部補は、なるべく穏当に聞こえるように、満面の笑みを浮かべて断ったが、

「いや、おかしいでしょ！　最短の手法取るのは当たり前っしょ！」

「申し訳ありませんが、我々警察の服務規程に照らし合わせても、パトカーに先導させることは出来ません」

「警察の常識、ってやつですか……それ、本当に常識なんですか？」

下から上目遣いで、こちらを目を見開いて見つめる。

テレビでよく見るシンベエのキメ顔だ。素朴な疑問の表情を、浮かべているつもりらしい。

が、生で見ると、テレビで見せてるキメ顔をやっているんだから、言うことを聞け、という傲慢が透けて見えた。

組織犯罪対策課《ツタイ》の気の荒い刑事なら「なにガンくれとんじゃぉら！」と後ろ髪を摑んで引き倒すところだが、佐久川警部補はニッコリ笑みを崩さず、

「はい、常識です」

とだけ答えた。

「では、署でお待ちしております」

丁寧に頭を下げて、佐久川警部補は、自分たちのパトカーのある駐車場へと歩いていく。

後ろで、また上着が叩きつけられる音がした。

「上着が可哀想《かわいそう》」

すました顔で、ぽつんと安里巡査部長がいい、山城巡査長と佐久川警部補は破顔した。

「いーんすか、班長」

佐久川警部補が楽しそうに答える。

「俺ら殺人事件の捜査してるんだぞ？　芸能人のワガママに付き合ってられるか。女性アイドルならともかく」

「女性アイドルでも同じ態度取るくせに」

「いやいや、可愛い女性アイドルや女性声優さんだったら、俺はパトランプを鳴らすね、二〇〇メートルぐらいの間は。それぐらいだったらほら、『うっかり誤作動』ですむし」

「またまたぁ、嘘ばっかり」

「宮城警部補《さん》たち、なにかあのクソ野郎の秘密でも見つけませんかネエ」

安里巡査部長が、駐車場券を機械に読み取らせながら、溜息をついた。

風が流れ、気がつくと黒い雲が周囲にたれ込み始めていた。

★

国際通り。

かつて映画館と、そこから流れてくる客目当ての商店街が並んでいた辺りを、まとめて買い取り、再開発した巨大ホテル。

その広大なロビーを三人の男が真っ直《ます》ぐ突っ切ってきて、中でも特にがっしりした身体つきの男が、フロントに片手を突くと、サングラスを外しながら声をかけた。

「沖縄県警の宮城と同僚です。昨日の昼過ぎなんですが、こちらに宿泊中の、新堀兵衛さんはどちらにいらしたか、ご存知ありませんか？」

サングラスを掛けていたときは、怖い顔に見えたが、外したとたん、端整な顔立ちになる、宮城班の班長、宮城誠警部補が、臣管理官には決して向けない、穏やかな笑顔で警察IDを見せると、フロントマネージャーは緊張を解き、ホッとした顔になった。

「えーと、新堀様ですね」

海外なら捜査令状を持って来い、と言えるが、ここは日本の沖縄。

しかも最近出来たばかりのリゾートホテルのチェーン店。そんなことは言わない。

フロントマネージャーは、即座にPC端末を操作し、鍵の状態を判明させる。

「ええ、ちょうどその時間でしたら外出なさっておられます。伝言は……ロケなので夕方には戻る、と」

「その日、夕方には戻ってきてますかね？」

「……いいえ、お戻りは深夜近くですね。毎晩そんなものです」

「えーと、お部屋の近く、見せて頂けますか？　あと、当日担当のフロント係のかたとお話が出来ればありがたいんですが、何階でしたっけ？」

部屋の中に入るのには家宅捜索令状がいる。

だが、同じ階や周辺の聞き込みなら問題はない。

宮城警部補は部下ふたりに目配せした。新堀兵衛の部屋の階数をフロントマネージャーが答えると、宮城警部補の部下たちが上に向かう。

「あと、もうしわけないんですが、ここのゴミってどう処理されてらっしゃいますか？」

「え？」

ここで、宮城警部補は声を落とす。

「昨日、井上さんという、新堀さんのお友達が亡くなったというお話は？」

「え、ええ。刑事さんたちは、それでこちらに来られたんでしょう？」

フロントマネージャーは真顔で答えた。

「万が一ということもあります、念の為に色々と調べておきたいんですよ」

この辺は刑事としての韜晦《とうかい》術だ。

状況をいくつか提示することで、捜索令状などの申請を省きつつ、あとで文句を言われても言質《げんち》を取られないようにする。

具体的な言葉はなにもいわずとも、伝えられた状況と、情報の出された順番で、フロントマネージャーは自分の中ではっきりとは言語化出来ないまま、「次は新堀兵衛ことシンベエが狙われているかも知れない」などと「事情」を頭の中に作り出す。そして空白を埋めるのは、世間で流れているニュースだ。ゴミ箱に爆弾をしかける手口は、もはや映画やドラマなどでも、メジャーな手口の一つになって久しい。もう少し落ち着けば、「なぜゴミ箱ではなくゴミ捨て場を調べるんですか？」という疑問が生じるが、それは宮城警部補の押し出しの強さで考えさせない。

丁寧で、理性的な物腰なのが、より一層迫力を増している。

かくしてフロントマネージャーは、宮城警部補が意図した「答え」を出した。

「わかりました、案内させます……おーい、グムウェイくん！」

呼ぶと東南アジア系の美人が「はい、なんでしょうか」と流暢《りゅうちょう》な日本語で応じた。

「こちらの刑事さんを、裏のごみ収集場に案内してください」

「わかりました――刑事さん、どうぞ」

「ありがとうございます。あ、あとマスコミ対策よろしくお願いします。しばらくは箝口令で――スマホによる我々の撮影も厳禁です、よろしいですか？」

「わかりました」

フロントマネージャーが頷く。

「ではお騒がせしますが、よろしくお願いします」

丁寧に頭を下げて、宮城警部補はスーツ姿の美人の後を、最初のコワモテ感が嘘のように、軽くスキップしながらついていく。

「……意外と、軽い人なのかね？」

フロントマネージャーは首を傾《かし》げた。

★

「実は、喜矢武課長の一件を監察部に告発したのは、自分なんです」

阿良川係長は頰と口元を強張らせて告げた。

「喜矢武課長の先代の——三年前に亡くなった勢理客《せりきゃく》課長の代から、第八鏡龍会《だいはちきょうりゅうかい》と繫《つな》がりがありまして——」

沖縄のヤクザは、暴対法後に、とある大物組長の働きで統一されたが、第八鏡龍会は、関東で今、「半グレ」とよばれる半端者の集まりで、十年ほど前から頭角を現しつつある組織だ。

「なんでまた？」

「組織犯罪対策課《ツタイ》との繫がりは、暴対法が作られる前に徹底的に潰されましたし、監察部の監視対象ですからここと繫がるのは難しい」

阿良川係長の顔は無表情で、淡々と口だけが動く。

「でもソタイとよく連携する捜一なら、監察部はさほど重要視しません。特に県警の監察部は人手不足ですから」

その話はよく聞く。ただでさえ「警察の中の警察」、同僚を疑い、監視し、告発する監察部は人気がない。

四方を海に囲まれた狭い沖縄となれば、人間関係はどうしても濃厚にならざるを得ない。

故に、監察部は他県以上に人材不足となっている。

「自分が配属された頃は、何も知りませんでした。接触は常に非番の日か夜、那覇署の近くの与儀《よぎ》公園か、赤十字病院の裏手で行われるのが常でした」

阿良川が薄々気付きだしたのは、喜矢武が課長に昇進するにともない、繰り上がって係長になってからだ。

前線の捜査員と違い、係長はどうしても課長との付き合いが増える。

その結果、不可解な行動に気がついたのだという。

「長年自分を可愛がってくれた、喜矢武課長を告発するのは気が引けたのですが、それでもあえて、告発しました」

「でも、喜矢武課長は亡くなった。それも不審死じゃない、れっきとした病死だ。あなたが一課長になるのは問題がないと思うのですが？」

「問題は、その……」

阿良川係長は俯《うつむ》いた。

「失礼ですが、臣管理官は、沖縄の『門中《もんちゅう》制度』というものをご存知ですか？」

「ある程度は」

臣が沖縄に出向が決まったとき、数少ない警視庁内の友人から「調べておけ」と忠告された「模合講《もあい》」と並ぶ、独特の同族組織だ。

『日本大百科全書《ニッポニカ》』にこの項目がある。

『沖縄県で、首里《しゅり》王府時代の士族階層を中心にして発達している同族組織の一種。方言ではムンチューと発音する。一門《いちもん》（イチムン）ともいう。父系的な本家・分家の集団で、本家を元家《もとや》（ムートゥヤー）といい、総本家を大元《おおもと》（ウフムートゥ）、支族の本家を中元《なかもと》（ナカムートゥ）とよぶ。祖先祭祀《さいし》を通して具体的に結び付いた系譜的集団である。（中略）事実上、本家筋とは「家譜」をもっている家ということで、門中は「家譜」的集団ともいえる。（中略）庶民階層からなる農村社会にも、門中あるいは門中に相当する同族組織がある。士族の門中は地縁的規制を受けないが、農村では一般の同族組織と同じく、村落組織の枠のなかで門中が機能している。
（中略）しかし、村の旧家が公的な事業には、超村落的に分家に経済的協力を求めている例が江戸時代にもある（後略）』

元々は系図作成における、独自のシステムだったものが、貧しく、貿易以外の産業が振るわなかった琉球王国時代において、独自の「ファミリー」における、経済相互扶助機関的な、結びつきとなっていったものだ。

もっとも、この結びつきは近年において大分緩くなり、都市部ではほぼ形骸化していると言って良い。

「実は私、北部の人間でして」

沖縄では本島を北、中、南部の三つに区分けして、まず、そのどこの出身かを告げる。

沖縄市、宜野湾市は中部に属し、それ以北を北部、以南を南部と呼ぶ。

「――今の鏡龍会に繋がってる半グレグループの頭をしてる又善星一郎《またよしせいいちろう》は、私に取っては大元家《ウフムトゥヤー》になります。子供の頃はよく遊んでやった仲でもありました」

阿良川係長はそこで言葉を切り、数秒の逡巡《しゅんじゅん》の後に再び口を開いた。

「そしてその……私が大学入学のころ、父が事業に失敗しまして、その時に大元家から大分助けて貰って、家は立ち直り、私は大学を出ました」

と、そこまで語って阿良川係長は口をつぐんだ。

「——つまり、そういう負い目がある以上、又善経由で、鏡龍会に取り込まれる恐れがある、ということで、あなたは課長就任を辞退した、ということですか？」

沖縄では、血縁関係が近い、という話はよく聞く。

間にひとり挟んでいけば、四人以内に大抵の人間と繋がる、という話も。

まして、田舎《いなか》に行けば、血縁のしがらみは強くなる。

だが、親の受けた融資の恩を、数十年後に子供に払え、とやくざや半グレが迫る、などというのは、昭和初期の田舎の小さな村ならいざ知らず、一〇〇万を超える人間がいる都市部の話としては異様だ。

「……はい」

阿良川係長は頷いた。

「私らの子供の世代はともかく、我々の世代においては、そういう結びつきはまだ、生きているんです」

何を言うべきか戸惑う臣に、阿良川係長はぽつり、と、

「大元になった、喜矢武課長の前任である勢理客前課長も、かなり遠いですが、私と同じ門中《ムンチュー》でした。おそらく、そういう始まりだったのだろうと思います」

とつとつと、氷の溶けきったアイスコーヒーを前に、阿良川係長は続ける。

「又善星一郎自身は極道に身を落としましたが、亡くなった又善家のご両親は、大元家らしく、困ってる門中を放っておけない、立派なかたたちでしたから、こんなことになるとは……」

恐らく、もう少し、喜矢武係長が生きていれば、全ては上手くいったのだろう。

監察部は恐らく彼を逮捕し、そこから、贈収賄で又善に繋がる。

だが喜矢武係長が死んだ以上、監察部は調査を中止する。

阿良川係長が課長に昇進したら、同じ様に鏡龍会は接触してくるだろう。

考えられるのは、阿良川係長に囮になってもらって逮捕すること。

そうなると組織犯罪対策課をはじめ、複数の課が協力してことにあたる必要がある。

「私に課長代行をさせるのは、その間に捜査の準備をするためですね？」

臣の問いに、あっさり阿良川は頷く。

「本部長にもお話をして、組対の白間さんに根回しはしていただいてるんですが……」

これで本部長と副本部長が、ゴリ押しで臣を代行に据えた理由がわかった。

「関わる人間が増えれば、その」

「判ってます」

こういう捜査は機密保持が要《かなめ》であり、一番の難所だ。

一年や二年は過ぎる。

その間、阿良川は又善からの誘いがあっても、「上に本土のキャリアがいて」と言い訳が出来る。

(だとすると上は又善の先、鏡龍会のデカいのを引き出そうという魂胆か)

鏡龍会の主な資金源は今のところ、土地転がしだ。

中国の脅威から、政府が自衛隊のミサイル部隊を宮古《みやこ》島とその周辺に配備する、と発表した途端、その周辺地域の土地代はバブル時代もかくや、の勢いで値上がりしている。

ミサイル基地に必要とされる土地は、軍用地として買い取られるのではなく、米軍同様「借地」されるとされている。

となれば景気に左右されない、高値安定の収入源になる。

それだけではない。そのミサイル基地に勤める自衛隊員、アメリカ兵の娯楽、飲食は不安定な観光客と同じか、それ以上の利益を恒久的にもたらすことは確定だ。

暴対法のおかげで、暴力団は表だって動けないが、その下部組織、あるいはそのしがらみのない半グレ組織は別だ。

彼らは土地狂乱の裏で立ち回り、その中で最大の利益を上げているのが、鏡龍会系列の連中であると言われている。

恐らく、監察部や一課やソタイだけでなく、二課も関わる話になる――さらにいえば警察庁、場合によっては警視庁も。

（囮のための囮か）

臣は溜息をついて、残りのコーヒーを飲み干し、大学生の頃のように氷を口に含んでバリボリとかみ砕いた。

そうでもしないと、怒鳴り散らすか、鬱憤が腹の中に溜まりそうだった。

それを見て、阿良川が驚いた表情になるが、構わない。

彼の安全の為に、自分が本庁に戻る日は無期延期になってしまったのだから。

臣の腹の虫に呼応するかのように、激しい雨が降り始めていた。

★

同時刻。おもろまち署に、濡れ鼠《ねずみ》になった青年がふらりと現れた。

新築の匂いがまだ抜けない、おもろまち署内は、大きな事件は昨日起こった火事と殺人事件で打ち止め、という感じでやや緩んだ空気になっている。

地方で、大きな事件はそうそう重ならない、という経験則が署内の全員にあった。

黒い上下のスウェット、左手には地元大手スーパーのビニール袋。中には新聞紙でくるまれたものが入っている。

青年は雨に濡れたまま、ここへ来たらしい。濡れた海藻のような髪を、かき上げもせず、ややうつむき加減のまま、じゅぽじゅぽとスニーカーに溜《た》まった水を一歩ごとに振りまきながら署内を横切って行く。

「どうかしましたか?」

交代人員が遅れて、まだ食べていない今日の昼食に思いをはせていた、受付の署員が慌てて立ち上がった。

若い巡査だが、深刻そうな雰囲気と、青年の生真面目そうな、そして張り詰めたような気配に、なにか重大事があったと察していた。

「あの、僕、瑞慶覧旅士《ずけらんたびと》と言います。殺人課っていうんですか? その、あの、殺人事件とか捜査しているところの刑事さんはいますか?」

受付の巡査は怪訝《けげん》そうな顔で「何か、ご用ですか?」と聞き返す。

線の細い、やや不健康な痩せ型の青年は、昏《くら》く、しかし、知的な輝きの目を一瞬伏せて、ためらい、沈黙の後、こう告げた。

「僕、昨日、人を殺しました。井上って人を――僕の恋人をレイプして死なせた男を、殺しました」

◇第四章：聴取、質問、回答。

★

雨の中、臣たちが捜査本部のある、おもろまち署に戻る途中で「被疑者出頭」の第一報は来ていた。

「被疑者」こと瑞慶覧旅士の持って来たビニール袋の中にあったナイフには、血が付いていて、今鑑識に回しているという。

あいにく、捜査員達は捜査でほぼ出払っているため、臣が直接、最初の事情聴取をすることになった。

おもろまち署の刑事部の中にポン、と建てられた、外観は明るいクリーム色だが、出入り口も窓――マジックミラーになっている――も一つしかない、無愛想なデザインのプレハブ小屋めいた取調室に入る。

四畳半ほどの大きさの部屋の中、書記用の小さな机とは別に、部屋の真ん中に置かれた机の向こうには、年季の入ったパイプ椅子がある。

パイプ椅子には、勾留用に貸し出される灰色のスウェットに着替えた青年が、身を縮こまらせるようにして座っている。

「こんにちは、県警の臣です」

臣は、短く名乗ると、向かいの椅子に腰を下ろした。

彼の後を付いてきた、記録係の職員が、壁のコンセントに電源をつないだノートPCを開いて、頷くのをちらりと見て確認、事情聴取を開始する。

「まず、お名前と、住所を──」

青年はややうつむいたまま、自分の姓名と生年月日、今住んでいる一人暮らしのアパートの名前、両親が五年前に他界し、殆ど親戚も居ないことなどを、臣に聞かれるがままに答えた。

「井上さんを殺したのは恋人が理由、ですか?」

「はい」

「あなたとの出会いから、お話しして貰えますか?」

一般人は、自分の行った行為を、個別に切り取って喋《しゃべ》ることは、まず出来ない。

本人が動機を最初に言っているのなら、まず、そこにたどり着くまでの過程を掘り下げさせることが大事だ。

裁判の判決が下りるまで、彼はまだ容疑者で、犯人ではない。

それが臣の身上でもある。

青年は、顔を上げぬまま、スチール製のデスクの中程に視線を落として話し始めた。

「僕の恋人だった、保栄茂真澄《びんますみ》さんは、出会った頃、大学に入ったばかりでした。彼女のご両親は疫病で次々と亡くなられて……彼女は働きながら、学費を稼がねばならなかったんです」

そのため、真澄は粗食と、短時間睡眠と、アルバイトに慣れていた。

大学に入ってからは、三つのバイトを掛け持ちしていた。

朝はコンビニ、夕方は自家用スクーターによる宅配代行、そして夜はキャバクラ。

「僕も、似たような境遇で、その、彼女の在籍していたキャバクラでボーイのバイトをして……最初は、派手で騒がしい人は嫌いなので、彼女もそうだと思って、遠ざけていたんですが」

きっかけは、真澄の鞄からミニ六法と呼ばれる、抜粋小型化された六法全書が落ちたのを拾ったことだった。

旅士も同じ物を使っていた。そこでふたりは、大学は違うが同じ法学部に入っていて、共に司法書士を目指していると知った。

水商売の従業員同士で、学問の話は禁句であり、そもそも理解出来ない人間の割合の方が大きい。

根が真面目な旅士と、同じく真面目な真澄が意気投合し、互いに法学部ならではの苦労を共有し合うところから、恋愛感情が生まれるまで、さして時間はかからなかった。

だが、ある日、キャバクラの客に、井上が来た。

彼は目鼻立ちのくっきりした真澄に一目惚《ひとめぼ》れした、といい、しつこく食事に誘った。

やがて、店長はおろか、オーナーにまで金を渡して、真澄とのデートを斡旋《あっせん》してもらうツテを作り、やむなく真澄は「デート代」が出るということで渋々頷いた。

「三十万、でした。たったの」

ぎゅっと、旅士の膝の上で拳が握られる。

開店前には、デートが終わって出勤だ、というのに、真澄は来なかった。

その翌日になっても。

電話を何度もかけたが、彼女は出ず、やがて、電池が切れたか、電波の入らない場所にいると自動音声が回答を始めた。

家にも行ったが、中に人の気配はない。

「来るわけないでしょ」

翌日も、脚を棒のようにして探し回ったものの見つからず、仕方なく出勤してきて、なおも心配している旅士に、真澄が大学生だと知って、目の敵《かたき》にしているキャバクラ嬢の一人が、吐き捨てるように言った。

「今頃、ホテルで汗だくでセックスし放題よ」

という意味のことを、野卑な方言の隠語交じりで言い、ケタケタと笑う女の頬を、旅士は張り倒した。

ボーイにあるまじき行為に、店長以下に取り押さえられて、店の裏でヤキを入れられていると、どさっという音がビルの中に聞こえた。

やがて悲鳴が外から響き、別のキャバクラ嬢が駆け込んできた。

「スーミーが死んでる！」

スーミーとは真澄のキャバクラネームだった。

動揺した店長たちを、死に物狂いの力で振り払い、旅士は外へ駆け出た。

店の入っていたビルは五階建てで、その屋上から身を投げた真澄の、見開いた目は、虚《うつ》ろにネオンを映して、二度と瞬《まばた》きしなかった。

大人しいデザインのワンピースは乱れ、破れ、靴を履いていない足の裏は泥だらけで、白い太腿《ふともも》の内側には、くっきりと青黒い指の痕があったことを、旅士は憶えている。

状況からして、間違いなく、何者かにレイプされたことが、彼女を屋上から飛び降りさせたのだということは明白だった。

が、保栄茂真澄には肉親も家族もおらず、親戚もいない。

つまり、法的に捜査を行え、と言える立場の人間が、いない。

それでも人が一人死んだのだから、と旅士は警察に訴えたが、彼女と結婚してもいない青年の言葉は、法的根拠になり得ない、と門前払いを食らったという。

「……そうでしたか」

その頃といえば、まだ阿良川係長も班長に過ぎず、喜矢武《きやたけ》課長の時代である。

(なにか、記録があるかもしれないな)

頭の片隅にメモを留めながら、臣は、しばらく黙った。

司法関係者として安易に謝罪することも、同情することも、今は出来ない。

同時に奇妙な違和感が、この若者にあることを知覚する。

言葉の選び方が、何度も練習したかのように思えた。

だが、覚悟を決めた生真面目な人間が出頭してきた場合、前もって自分のやったことを整理することは、ごくたまにだが、ある。

しかし、それでも実際に自分の犯した罪を告白するとなれば、声には震えが出たり、言葉につまったりするものだ。

単に、司法書士を目指すほどの青年・瑞慶覧旅士がまっとうすぎるぐらい生真面目な人間だということなのか、それとも違うのか。

臣は、質問を続けることにした。

「どうやって殺したのか、教えてください」

「はい」

旅士は頷く。臣を見ようともしない。小心者だからか、あるいは罪の意識か。

「まず、どうやって井上さんが沖縄のあの宿泊施設にいると？」

「はい、その……僕はもう、夜のバイトは水商売じゃなくて、コンビニに切り替えたんですが、昔のキャバクラのボーイ仲間の人たちが、たまに買い物に来てくれたりして……」

その中のひとりが、世間話として未だに井上が沖縄に定期的に遊びに来ていること、マッチングアプリで隠語を使って少女買春をしていること、などを教えてくれた。

「なんで彼はそのことを知ってたんですか？」

「今でも……井上は……あの店に、来て、自慢話……する、そうです」

静かな、しかし、己のはらわたを食いちぎるような口調で、旅士は言った。

「この前は中学生を買ったとか、何人と同時にした、とか……」

臣の頭の中を「性行為依存症《セックスディペンデンス》」という単語が過ぎていった。

セックスの回数や相手の多さを誇る人間は、逆を言えば、それ以外の自己肯定の手法を持たないことになる。

「シンベエ」こと新堀兵衛という大きな成功者の横に居て、井上自身には常に「シンベエの金庫番」という言葉しか与えられない。

そのことが、セックスへの執着を与えていたのだろうか。

ともあれ、今は旅士の話を聞くべき所だ。

「それで、その、色々調べて、女の人のふりをして、奴が使っているのと同じマッチングアプリの会員になりました」

この手のアプリの常として、成人女性として正式に登録するには、身分証がいる。

つまり、身分証による正式登録をしていないのは、面倒くさがっているか、あるいは、年齢を知られたくない人物ということになる。

このことを逆手にとって、「簡易登録の女性」として身分証を使わず、特定の隠語を使って、アダルトな目的で募集をかける未成年がいる。

あとはやりとりをして、文章が妙に整っていたり、レスポンスが早すぎる相手を警戒していくと、より安全性が増すという。

話を聞いていて、興味のなかった分野だけに、臣は軽く驚きを感じていた。

つまり、ネットで、その辺の隠語と仕組みを調べて理解すれば、どんなに幼くても売春が出来る、ということになる。

　もしも、自分の娘の雪乃が、と思うと、心臓が凍り付きそうだった。

　だが、今は、そのことに思いをはせている場合ではない。

「それで、どうやって井上さんのアカウントを突き止めたんです？」

「マッチングアプリの中の、独自のルールを調べて、本人のＳＮＳと比較して調べていけば簡単でした」

　うつむいたまま、旅士の顔に侮蔑の笑みが一瞬浮かぶ。

　井上のアカウントはすぐに判った……他のＳＮＳと書き込み内容が連動していたためである。男の側も女の側も、頻繁に日記や書き込みをしているほうが、業者ではないと信頼されるからだとはいえ、随分雑な話だった。

　あとは、井上のプロフィールをチェックし、所在地が「沖縄」に変わったところでメールを打った。

「よく、バレませんでしたね」

　井上は馬鹿ではないし、そういうことを常習としている人間なら、警戒心もそれなりに働くはずだ。

「実は、バイト先に来てる子に頼んで打って貰ったんです、メール——表向きは知り合いの浮気をとがめたいから、ってことにして」

旅士の答えは、あっけない物だった。

「そしたら、引っかかりました——あとは、ただ」

指定した日時と同じ日に、同じホテルに部屋を取った。

「相手の部屋番号は聞いていたんで、前日に向かいの部屋を取りました。805号室です。あとは、奴が来るのを待つだけ、でした」

「どうやって部屋の中に？」

「援交相手のメッセンジャーのふりをしたんです。メールを打って、一人だけか確認させてほしい、と」

「中には、入れましたか？」

「怪訝に思ったみたいですけれど、僕はその……見ての通りで、強そうにも、怖そうにも見えないみたいで、だから、あっさり入れてくれました」

「それから、どうやって？」

「彼が、財布か何かを取り出そうと背中を向けた瞬間に、ナイフで、刺しました」

「何回ぐらいですか？」

臣が尋ねた瞬間、ちらっと、旅士は、上目遣いにこっちを見た。

「——傷口の数、どれくらいでしたか？　多分、それだけ刺しました」

上手い誤魔化し方だ。

多分、必死に考えたのだろう……臣は内心の苦笑を隠し、真顔のままで続けた。

「刺した後は？」

「それは、そちらがご存じだと思いますが」

「すみません、事情聴取なので、全部、貴方《あなた》の口から話して貰わなければなりません」

穏やかに臣が言うと、旅士は目を閉じて、しばらく黙った。

「――よく憶えていないんですが、とにかく慌てて、その場を去りました」

「部屋の鍵は？」

「ああ、かけました。多分。テーブルの上に、カードキーがあったんで」

「カードキーは？」

「途中で捨てました。あとは……廊下で火を付けました」

「何を使いましたか？」

「マッチです。それと灯油と……」

マスコミの憶測発表そのままのことを、青年は口にした。

「――どうして、出頭なさったんですか？」

「最初はあんな奴、死んで当然だと思いました」

訥々《とつとつ》と、瑞慶覧旅士は言葉を選ぶようにして話す。

「僕の恋人をレイプして、自殺に追い込んだ後も、図々しい、というか、何も変わらず、テレビや新聞とか、雑誌に出て、偉そうなことを言って——でも、一日経って考え直しました。このままでは僕は奴と同じだ、と」

だから出頭してきた。

「……判りました、ありがとうございます。しばらく勾留しますから、勾留手続きまで、ここでお待ちください。何かあれば外にいる警備のものに声を掛けてください」

言って、臣は立ち上がった。

★

外へ出ると、阿良川係長はじめ、数人の捜査員が戻ってきていた。

「どうします？」

阿良川係長が困り顔で尋ねた。

どう見ても、瑞慶覧旅士は犯人ではない。

古いテレビの刑事物なら、ここで「どうぞお帰りください」と取調室のドアを開けて、瑞慶覧旅士に言う所だ。

「手順はよく考えられてると思います。着火剤と、殺害後のことでボロが出なければ、私も彼を信じたかもしれない」

あれだけの刺し傷で出来た返り血を、どう処理したのかまで、考えが及んでいないのは「よく考えた嘘の犯罪自供」だと告げているようなものである。

「ナイフの血は、上から漂白剤を振りかけているのでDNAは使えないだろう、と鑑識から言われました。調理用の豚の血でも振りかけたのかも知れませんな。彼のバイト先のひとつは、スーパーの精肉コーナーですし」

阿良川係長の言葉に臣は頷いた。

沖縄では「チーイリチー」という豚の血を炒《いた》めて固めた料理がある。

今は主に金武町《きんちょう》で食べられている料理だが、たまに他の地域でも家庭で作ることがあって、精肉店に注文すれば、新鮮な豚の血は入手できる。

「つまり彼は、殺害までの手順と、犯人《ホシ》を知っている。おそらく顔見知りで、親しい間柄。ひょっとしたら犯行計画を打ち明けられたのかもしれない」

「金を積まれた身代わりの可能性は？」

「それならボロを出さずに、全部言ってのけるはずです」

「どっちにせよ、あの瑞慶覧旅士を調べにゃなりませんね」

阿良川がため息をついた。

「この事件の犯人じゃないにせよ、偽証罪と捜査妨害の罪には問わなきゃなりません」

「そうですね。ただ基本、彼の偽証について立件はしない方向で行きましょう。彼はこのまま勾留、その間に、彼の周辺から真犯人《ホンボシ》が割れるかもしれない」

「ですね。班割りをしてきます」

阿良川が一礼して、無線機へと向かった。

★

那覇市の新たな都心、おもろまち。

臣雪乃が通う私立高校は、その中心地から、やや外れたところにある。

中途入学可能な小中高一貫制で、大学は、関東にある姉妹校の大学に行けるようになっているが、殆どの生徒は県内の国立大学、あるいは本土の別の大学へ通うことを目標とし、学生の平均偏差値の高さは、九州地区でもトップ3に入る。

あの日、事件現場にいた生徒達は、授業中にひとりずつ、生徒指導室で女性警官と一対一の事情聴取に挑むこととなった。

窓の外は今日もスコールのような雨が降り、雲は分厚く垂れこめている。

「添島《そえじま》巡査長です。リンと呼んでネ」と、事情聴取にやって来たのは、にこやかでほっそりした身体つきの女性刑事と、「内間隆《うちまりゅう》巡査です」と名乗った、つぶらな瞳のスリムな美男子。

女子は添島巡査長、男子は内間巡査に事情聴取となった。

やがて、雪乃の番になる。

なるべく正確に、しかしそれでもこの学校の品位を落とさないよう、言葉を選びながら、雪乃は一生懸命、記憶を思い出して証言する。

「事情聴取は、何度も来るから怒らないように」

母が存命で、よく父の仕事の話をせがんだころ、母も父も同じことを繰り返した。

「人間、何度も話すことで思い出す事もあるし、嘘をついているならそこにほころびが出る。刑事はそれを知りたいと思うから、何度も来る――」

父は、小学校五年生の娘が「お父さんの仕事について知りたい」と初めて聞いたとき、満面の笑みを浮かべて説明した後、「その相手になった場合」の注意の中でこう言った。

「事件の捜査というものは、いずれ誰かを裁判にかける。人の一生を決めることだから、慎重に、丁寧にやらなくちゃいけない」

当時は、言われていることがチンプンカンプンだったが、こうして当事者になるとよくわかる。

「——ひょっとしたら自分も、疑いをかけられるかも知れない。無実なのに、『何度も聞かれるのは面倒だから』と適当に答えた人のせいで、刑務所に入れられたら、嫌だろう？」

こういう点で、父は尊敬に値する人物なのだ、と雪乃は嚙《か》みしめていた。

その父と同じようなことを、目の前の女性刑事は聴取の前に述べ、深々と頭を下げた。

雪乃が臣の娘だからではなく、誰にでもそうしているのが、気配でわかる。

「……父がその場に残るように皆に言い聞かせて、上の階に戻っていきました。私たちがその場に残っていると、刑事さんや報道の人たちがきて……」

そして、鑑識が到着し、父から「今日は帰りなさい」と言われて、迎えに来た叔母の車で帰ってきた、というところまで話すと、女性刑事は「ありがとうございました」と持って来たカセットテープレコーダーのボタンを押して止めた。

「お疲れ様でした……少し、休んでいってください。授業終わるまで、あと十分ぐらいありますし」

添島リン巡査長の言葉に、雪乃は暫《しばら》く考え。

「あの……父は、みなさんにとって、どんな感じの人なんでしょうか？」

と不意に問いかけてみた。

「父の仕事」は知っているが、父の仕事関係の人、というのは亡くなった川辺のおじさんともうひとり、奥瀬真紀《おくせまき》という女性の他は、しらない。

　叔母の澪に言わせると急逝した川辺はともかく、奥瀬の方は、「お近づきになってもいいことはない」らしいが。

　この前、事件現場に来た人たちも、直接の部下なのか、違うのかが判らない。

　だが、事情聴取に来たのなら、この女性刑事は直接の部下だろう。

「あ、そっかー、娘さんだものねー。うーん……」

　ポニーテイルにした髪をまとめ直しながら、女性刑事は暫く考え込み、

「少なくとも悪い上司じゃないかなー。ここぞとばかりに、私が、あなたに仕返ししないのが、その証拠」

「仕返ししたり……するんですか？」

「ケーサツだって人間だからね。嫌な上司だったら、それなりの仕返しはする……ただし、法律に触れるようなことはしない。かな？」

「だとしたら……」

「ただひたすら、全部、厳格にルール通りにやる。今回の事情聴取で言えば、あなたが家に帰って寝床につくまで、誰と話し、メッセンジャーアプリのやりとりを誰としたか、今日ここに来るまでの間、何人にその話をしたか、その人たちの連絡先と住所

はどこか、正確に番地から、アパート住まいなら部屋番号まで、それこそ『全部』話をしてもらう」

「……そうなんですか」

「今回の事情聴取は二回目で、あなたたちは別に容疑者でも犯人でも、重要参考人でもないから、これぐらいが『普通』」

「ということは、父は普通の上司、ということでしょうか？」

「私たち、ヒラの刑事にとっては、それが一番ありがたいのよ……あなたのお父さんは管理官。つまり、私たち全員を監視して、管理する立場にある人だもの。変に独創性とかあったら、結構下の人間は迷惑するの」

「そういう、ものなんでしょうか？」

「普通であることは大事よ。有能であるのと同じぐらいに……だって、いつコケるか判らないでしょ？　人間って。有能すぎるとコケた時に立ち上がろうとしても、足を引っ張られるから」

つまり、雪乃の父親は可もなく不可もなく、ということらしい。

「ホッとしました……ありがとうございます」

雪乃は丁寧に頭を下げて、部屋を出た。

教室に戻る頃には、ちょうど休憩時間のチャイムが鳴るだろう。

歩き出し、ホッとしたついでに、「お姉さん」である華那にメッセージを打ち込んで送信する。

「事情聴取、終わりました。緊張しましたが大丈夫です」

ちょっと迷って絵文字をつけて送る。

授業時間だが、華那は通知を切ってあるから、後で見てくれるだろう。

一回だけなら単なる近況報告だ。

それでもなにか、心が浮き立つ。

「姉妹制度」の話を聞いたときは、南の果ての楽園らしい不思議な制度だなあという程度だったのに、当事者となると、これだけ浮き立つ気分になるとは思わなかった。

誰かに「選んでもらえる」ということが、これだけ誇らしく、楽しいこととは思わなかった。

自分が他者の認めた「特別な存在」だという事実がある。

エリート官僚の父、そして死んでしまったが、伝説扱いされるデイトレーダーだった母。

「特別」な両親の間に生まれたのに、自分は何から何まで「平凡」だと思っていた。

そんな雪乃にとって、それは驚くだけではなく、いきなり背中に翼が生えて違う世界に飛び立ったような気分があった。

同級生という、価値観の似た相手ではなく、上級生という「大人」から与えられた、どこまでも飛んでいける翼。

そんな気がした。

あと数年、この華やかで晴れやかな空を、自分は飛んでいく。

信じられない輝きに、雪乃は包まれていることを自覚している。

学校に行くのも、授業を受けるのも、勉強をするのも、そのためなら辛くなかったし、楽しい。

多少トラブルがあったとしても、華那という「お姉さん」に相談出来る。その安心感が、少女を万能感の幸福に包んでいた。

★

やがて、授業が終わった。

雨はすっかり止んだが、雲はまだ低い位置に垂れ込めている。

ともあれ、家に帰るまでの間は持ちそうだ。

「姉妹たち」は自然と、いくつかのグループに分かれ、まとまって下校する。

雪乃は、待ち合わせ場所である、校門近くにある噴水の前に急いだ。

学校によっては「姉妹たち」のグループの関係は複雑で、いがみ合うものもあるという。

グループごとのいがみ合いは、この学校には、ない——雪乃はそれを華那の存在感がなし得ているのだと理解していた。

凛《りん》としていて、いつも背筋が伸び、運動でも勉強でも、常にトップの存在。自慢するでもなく、人に請われれば教え、一緒に歩いて行ってもくれる。

ボランティアも熱心だ。その中にはごみ拾いや、どぶさらいのような「汚れる作業」も入っている。

それだけに、どのグループの人間からも一目おかれていた。

いつ、この少女《ひと》にはプライベートな時間というものがあるのだろう。

雪乃がいつも、ふと、そう思う程、華那は優雅に、しかし常に誰かの為に、走るような速度で、歩んでいる。

華那は「妹」だから、と雪乃に、自分のやること全てに、付き合わせようとはしない。

誘いをかける時は、必ず、何らかの形で楽しめるように、華那は心がけていてくれたし、帰り道にお茶をしたり、というお楽しみを設けてもくれた。

最近は雪乃のほうから言い出して、ボランティアに参加するようになっている。

「お待たせしました！」

と雪乃が到着すると、雪乃同様の「妹」、牧志由美《まきしゆみ》と、その「姉」金武城真奈美《きんじょうまなみ》が、笑顔で手を振った。

「事情聴取、面白かったねー」

由美が目を輝かせて言う。

「ドラマとかだと小さな部屋で、記録とってる人とかがいて……って感じだったけど、あの『リンちゃん』っていう刑事さんもすっごく気さくで優しくて。なんか普通にお喋りしてるみたいだった」

「確かに、あの女刑事さんはいい人だったねー……刑事だよね？　あの人」

真奈美が雪乃に尋ねる。

「あ、はい、刑事だと思います！」

「拳銃とか、もってるのかな？　ベレッタとか？　日本だったらSIG《シグ》か。ワルサーPPKみたいな奴」

真奈美は、アクション映画が好きで銃にも詳しい。

週末になると父親と一緒に、北部のサバイバルゲーム場に行って駆け回るのが趣味で、由美も付き合って、ヒーヒーいいながら走りまわっていたが、最近「なんか楽しくなってきた！」という。

盛り上がっている金武城姉妹が羨ましいな、と思っていると、

「ごめんなさい、遅れてしまって」

と、繊細なガラスの彫刻が発するような、澄んだ声がした。

振り向くと、息も切らせずに華那が立っている。

走ってきたはずだ。

それなのに、額には汗ひとつない。

この少女《ひと》はどうして、ここまで常に完璧なのだろう。

雪乃には、どうしても不思議でならない。

一度も失敗せず、ドジもふまず。増上慢にもならなければ、人の悪口も、イヤミも言わない。

面と向かって罵倒されても、ニッコリ笑ってやり過ごしてしまう。

一度、学年首位を奪われてノイローゼになった男子生徒に、華那が絡まれる現場を見たことがある。

聞くに堪えない罵詈雑言《ばりぞうごん》を、彼女は真面目に聞いて、そして「次はお互い頑張りましょう――私も、次にトップであるとは油断しませんから」と微笑み、男子生徒はさらに罵声を強めた。

見るに見かねた雪乃が割って入って、男子生徒に抗議した。

正直、人生、一世一代の勇気だった。

が、その様子に、ますます逆上した男子生徒が、雪乃を殴ろうとした。

その少年も文武両道で名を売っていて、空手の有段者の拳に、雪乃は思わず目を閉じた。

拳で殴られるというのがどういうことか、想像も付かないまま、来るであろう、激しい衝撃に身を硬くした。

瞬間、男子生徒と雪乃の間に、華那が割って入ると、相手の手首を取り、殴る勢いを利用してそのまま一回転させた。

背中から受け身も取れずに落ちて、一瞬、呼吸が途切れて男子生徒は気を失った。

武道を習っていても、弱いからいつも微笑んでいる、そう周囲に言っていた少女は、するりと立ち上がると、雪乃に向かって微笑みかけた。

「大丈夫？　怪我《けが》はない？」

その時も、今同様、息は上がっていなかった。

そんな「お姉さん」に選ばれたのは、今でも不思議だ。

「そういえば、去年、華那はアメリカで撃ったんでしょう、銃」

金武城真奈美が水を向けるが、

「お父様がラスベガスにＩＲのことで見学に行ったとき、お兄様と一緒に、好奇心で撃ってみましたけど、怖いだけでしたわね」

とあっさり話をかわし、それまで小脇に抱えていた、『棒大なる針小』というタイトルのハードカバー本を鞄の中にしまい込んだ。

「帰りましょうか」

にっこりと、華那は微笑んだ。

★

「うぉおおおおおおおおおお！」

遺体安置所に大声が響いた。

「い、いいいのうえええええええええっ！」

井上幸治の遺体にかけられたシーツを握りしめ、新堀兵衛は叫び声を上げた。身をよじり、黒いタイルが敷きつめられた安置所の床に、シーツを握りしめたまま倒れ込んでのたうち回った。

「おひいいいい、いおおおおおおおお！」

解剖後の縫合も生々しい、井上幸治の遺体は、もちろん全裸を晒すことになる。遺体にとっては、はなはだ迷惑な「熱演」に、背後で付き添いで入ってきた刑事ふたりと、検死官が顔を歪めて耳を塞ぐ。

それほどの大きな、わざとらしい声だった。

「なんで、なんで死んだんだ、いのうえええ！」

これが演技でなければ、アカデミー賞というものは、存在意義をなくすだろう。

駆け寄って予備のシーツを、全裸にされた遺体に掛けてやると、検死官は外に出た。

「ひでえのは、頭の中身だけじゃなくて演技もか」

ドアを閉める瞬間、微《かす》かに検死官が吐き捨てた呟きは、幸か不幸かシンベエには届かなかったようだ。

刑事はこの三文芝居の舞台から出るわけにはいかない。

佐久川班の佐久川警部補から引き継いで、シンベエをここへ連れてきた比嘉班の班長、比嘉秀樹警部補は、しばらく天井を上目遣いに眺めていたが、そろそろ新堀兵衛こと「シンベエ」の肺活量が限界に来た辺りで、視線を地上に戻し、神妙な顔を作った。

こういうときの比嘉警部補の顔は堂に入ったもので、ほっそりした顔立ちに、太い眼鏡フレームの中の優しげな細い目も相まって本気で悼んでいるように見える。

警官になる前は、数年間葬儀会社に勤めたこともある、地方県警ならではの変わり種だ。

故に遺族関係の聴取は彼とその班に任されることが多い。

隣にいる、ガッチリした、いかにも体育会系な見かけの高良剛《たからつよし》巡査部長も、同じく痛ましげな表情をさっと作った。

ちなみにこの高良剛巡査部長は、機捜・謝花班の高良巡査長とは、なんの血縁関係もない――沖縄においては金城、大城、比嘉、宮城などに次いで、高良はありふれた姓である。

こちらの高良剛巡査部長のほうが年齢が上なので「ツヨシさん」、謝花班の高良巡査部長は「機捜の高良さん」もしくは「高良君」と呼ばれる。

「間違い、ありませんか？」

故人の関係者に寄り添う、気遣った表情で高良巡査部長が尋ねる。

シンベエが大根役者なら、こちらはアカデミー賞を、十個は獲得している名演技だった。

「はい、間違いないです、井上幸治、俺の親友です」

「判りました。あとで確認書類に署名をお願いします」

比嘉は一礼して、「ところで」と切り出した。

「昨日の正午から三時にかけて、どちらにいらっしゃいましたか？」

「ああ、それなら国際通りのホテルの近くにある……えーと何ていったかなぁ？

……アッサラームだかインシャラーだかっていう古い、地下にある喫茶店でインタビューですよ、ええ」

「ああ、上がテイラーになってる？」

「そうそう」

比嘉警部補が目配せをすると、それまで穏やかな表情を浮かべて、比嘉、高良の後ろで、影のように立ってメモを取っていた、浜比嘉《はまひが》直人《なおと》巡査部長が、すっとドアの向こうに裏取りのために消えていく。

無口で温厚だが、仕事は確実にこなすことで、浜比嘉巡査部長は信任が厚い。

★

臣はボルボのハンドルを握り、県警本部へと向かっていた。

管理官と一課長の仕事を並列して行いつつ、捜査資料も分析していかねばならない。

新堀兵衛のアリバイの裏取りの報告を受けた後、臣は県警本部に自ら顔を出して報告することにした——あまりにも机の前にいすぎるのは良くない。

外に出ることは大事だ。

これまでの経験で、ストレスは限界が来る前に小出しにしておくのが一番いいことは理解していた。

ボルボのハンドルを握るのも、そういうストレス発散だ。

県警本部をあがり、自分の小さな管理官オフィスを、軽く覗《のぞ》く——幸い、まだ部屋に置かれた机の表示は臣のままだ。

オフィスにいる、他の管理官たちが、片手をあげた。

多くは喋らない。管理官は、機密を守る仕事でもある。

とりあえず安堵しながら、改めて本部長室に顔を出した。

本部長の秘書官が、

「どうぞお入りください。ですが、来客とご一緒になりますよ」

と、軽く忠告してくれる。

どうやら本部長は、自分に誰かを紹介するか、話し相手をさせたいらしい。

襟を正してから、臣は中に入った。

本部長が下座にいるのはいつもだが、上座に人影がある。

面長だが、目つきは厳しく、白銀の総髪を長く後ろに撫でつけ、左右に分かれた白い顎髭が目を引く。

（まるで明治の政治家だな）

スーツが、古い英国風なのもその感想を補強する。

節くれ立った手が、身体の前に立てられた太い杖《つえ》の上に置かれている。ガジュマルの細い木を数本、よじりあわせるように加工したものを樹脂で固めたとおぼしい、節くれ立ってねじ曲がった杖だ。

臣は、その人物が誰かを知っていた。

「お話しした臣管理官です」

本部長が、臣を見て紹介すると、

「ほう」

上座の人物の、引き締まった口元に、笑みが浮かぶ。

と、印象がガラリと変わって、人なつっこい好々爺《こうこうや》の顔になった。

「お初にお目にかかります、臣大介と申します。多和多《たわた》議員」

そう言って、臣は頭を下げた。

多和多堅龍《けんりゅう》・衆議院議員。

日本最大与党の中で、ここ数年で急速に、そして沖縄の議員としては、ほぼ初と言って良いほどの強い発言力を獲得しつつある人物。

臣にとっては、娘の雪乃の「お姉さん」多和多華那《かな》の父。

「本土のキャリアさんが、私をご存知とは光栄だね」

立ち上がり、握手を求めてくる多和多議員の手を、臣は取った。

拳や指の関節に、空手の有段者にありがちな「空手だこ」がある。

沖縄で、多和多議員の世代ともなれば、まず空手のひとつも習っているのは、議員としては珍しくない。

空手の有段者の多くが彼らの世代までは教師、警官、政治関係者に多かったためだ。

だが、手のひらの皮の厚さといい、たこの状態といい、生半可な精進のしかたではなかったと臣は推測した。

立ち姿にもそれが表れている。

両脚と頭頂部が、遥《はる》か天空から糸で吊《つ》ったように、綺麗な二等辺三角形を描いていて、ちょっとやそっとでは揺るぎそうにはない。

柔道の有段者——それも師範代クラスの身体の仕上がりといえた。

（取り押さえるとしたら四人がかりだな）

ふと、そんなことを考えてしまう。

「娘がいつもお世話になっています」

「こちらこそ。素晴らしい娘さんのようだ」

ここで謙遜すると、かえって嫌みになる。

「はい、父親に似ず、頑張ってくれています。それも議員のご息女のおかげです」

「あれは四人兄妹の末っ子でね、少々甘やかしすぎて、心配していたのだよ」

そう微笑む多和多議員の表情は、かなり誇らしげに見えた。

「人は、誰かを育ててこそ一人前といえるが、育ってくれる相手を見つける、というのも至難の業でね。キミの娘さんと巡り合えて、娘は幸運だ」

握手しながら、空いた方の手で、軽く臣の腕を叩いて、親愛の情を伝え、多和多議員は臣にソファーを勧め、自分も席に戻った。

「議員は今回の事件を気にかけてね、わざわざお越しになられたんだ」

事実を告げるだけながら、敬意を込めて軽く頭を下げつつ本部長が言う。

この辺、本当にそつがない。

「新堀さんに、疑いがかかっているというのは本当かね？」

「議員、先ほども申し上げましたが、捜査中のことは……」

「わかっている。もしそうなら、間違いだと私は思っている。ソレを伝えたくてな」

「そこはもう、臣管理官が、しっかりと管理しておりますので」

本部長が、臣に話を振る。

「捜査は、慎重に行っております。誤認逮捕はもちろん、風評被害も我々警察が忌むべきところですので」

及第点の答えを返しながら、臣は軽く頭を下げた。

頭を下げる、というのは非常に日本らしい回避の仕方で、国会議員などとの話し合いにおいて、このテクニックを生み出した、名もなき先達を、臣は尊敬し、感謝している。

話を賜った、という態度と、はっきりしていない返答を両立させることが可能だ。

「それと、私が推進しているIRカジノにおける、治安保全プログラムの話し合いの日程を決めたくてな」

「それは、そちらに合わせます」

本部長が穏やかに、こちらも頭を下げながら言う。

「とはいえ、次の国会でなんとか草案が通るかどうか、なので鬼の笑う話だがなあ」

快活に、多和多は笑った。

謙遜しているようで、その実は自慢。与党の大物政治家は、大体そういう振る舞いをする。

そうありたい、と思う若手政治家や、地方政治家も同じ行動をとったりするが、どうにも、やはり、身についていない者が殆どだ。

多和多議員には、しっかり身についていた。

噂通り、与党内での発言力は増しているらしい。

「で、確約してくれるのかね。新堀さんについては」

この程度では誤魔化されないぞ、という目が臣を見た。

「慎重に捜査をする、それはどなたに対しても変わりません。殺人事件ですので」

臣は静かに頭を下げた。

多和多議員からの不機嫌な空気が吹き付けてくるのを感じたが、無視する。

死んだ川辺とともに、法務省周りをしていた頃の記憶が、一瞬、臣の脳裏によみがえる。

川辺が目指していたのは、日本版FBI——県や市町村を越えて事件を俯瞰《ふかん》し、広域的に捜査することを可能とする、強力な捜査機関の設立だった。

あと三年、川辺が存命だったら、多和多のいう「次の国会」に、沖縄IRカジノ構想と並んで、草案が審議にかけられていたかもしれない。

ノスタルジーに逃げ込みたくなるのを制し、臣は目の前の人物の動静に集中する。

〈政治家の『お願い事』にうっかり言質を与えるな。そうなったら官僚は、一生そいつの操り人形だ〉

川辺が、臣と最初に、法務省回りをするときに口にした警告を、思い出す。

「年号が変わってから、警察や地検が、官邸の言いなりになるのが多くなってきたのは、内閣人事局のせいもあるが、自分で尻尾を振るやつが増えたのと、うっかり言質を与えてしまうぐらい、官僚の質が低下したからだ」

川辺、臣ともにまだ三十代直前の頃だ。

川辺の妻はまだ生きていて、臣の妻はお腹の中に雪乃が育っていた。

あまりに怖い物知らずに聞こえ、当時、臣は「それは言い過ぎだ」と川辺をたしなめたが、ある意味、今は事実だと痛感している。

ここで「まあ」とか「考えてみます」というような、類いの返事を返せば、言質を与えたことになる。

政治家というのは、官僚にとって、そういう微妙なところをこじ開けて無理矢理自分の都合に合わせようとしてくる生き物だ。

「……そうかね、だがこれは、沖縄の未来がかかっていることなんだ」

重々しい声と鋭い眼光が、臣に向けられる。

「君は、ここへ来たばかりで解《わか》らんだろうが、ＩＲカジノは沖縄の、観光以外の産業活性化と貧困問題を解決する、重要な一手となる。新堀さんはその要の人物だ」

沖縄でいやな目に遭えば、それが、彼の働きぶりに影響を与える。

だから、くれぐれも「軽率な真似」は、しないで欲しい。

「軽率な真似」とは、何なのかを言わぬまま、多和多議員は臣に、噛んで含めるような調子で告げた。

「ところで、犯人が出頭してきたそうだね」

「現時点ではまだ、容疑者ですが、そうです」

自分の言葉遣いを正されると、不機嫌になる議員が多いが、多和多は不思議に、ここに関してはそんな態度を取らず、

「おお、そうだったな。どうもドラマの見過ぎらしい」

と鷹揚に頷いた。ひょっとしたら、こちらを試したのかもしれない。

(思ったより、面倒な人だな)

と、臣が思っていると、

「あー、臣管理官。私はまだ多和多議員とお話があるので、報告は後でいいよ。メールででも頼むかなぁ」

本部長が、助け船を出してくれた。

「……承りました」

それ以上、何も言わず、立ち上がって臣は頭をさげた。

何か言えば、それが敵対にせよ友好にせよ、多和多議員に言質を与えるキッカケとなる。

「では、これで失礼いたします」

顔をあげた瞬間、本部長が一瞬だけ、「貸しにしておくぞ」という笑みを浮かべたのを、臣は見逃さない。

どうやら、まだ本部長は、こちらの味方でいてくれるらしい。

だが、どうして自分の味方をしてくれるのか、その理由は考えねばならない。

官僚同士、上下関係での貸し借りは、ちゃんと原因を把握しておかないと思わぬ罠に化ける。

★

学校を出て、雪乃と華那たちは、モノレールのおもろまち駅まで、しばらく歩く。

おもろまちは「中途半端な街」と、よく言われる。

返還前は広大な米軍兵士のための住宅地で、アメリカの石油大手カルテックスのガソリンスタンドが、町の真ん中に据えられていた。

周囲には青々とした芝生と、紙くず一つ落ちていない通り。いつもペンキ塗りたてのような美しい建物ばかりが並んでいた。

さらにレストランや、スーパーなどの日用雑貨品店や学校、郵便局などもあり、その中で全ての生活が成り立つように出来上がっていた。

その後、更地にされて、日本に返還されたあと、色々な都市計画が進んだ。

が、結局、利害関係を調整していった結果、「那覇新都心」という別名とは裏腹に、ショッピングモールを中心にした新興住宅地とも、観光客中心の免税通りとも、本土系金融機関の出先通りとも、高級ホテルの建ち並ぶ、観光ベースの町ともつかないちぐはぐな場所になった。

かつての国際通りのような那覇市民、沖縄県民の生活圏と呼ぶには中途半端に高級で、ハイソサエティな観光客相手の街としては、一部を除いて庶民的すぎる。

雪乃達の学校はこの「一部」に当たり、ここが高級住宅地になると見越して、設立された経緯があった。

なので、モノレールのおもろまち駅に近づけば近づくほど、風景が混迷してくる。

役所とパチンコ屋と一流企業のビルに、ショッピングモールに、かつてはレンタルDVDで有名になった書店チェーン店の、九州地方最大の支店。

さらに安売りの背広チェーン店、そして居酒屋の先に、今度は高級免税店のひしめく巨大ビルが入っている。

やたらコンクリートのハコモノが目立つ割に、奇妙に活気がなく、かといって静かというわけでもない。

街を行く人も、観光客にサラリーマン、一目で役人と解る高級な、かりゆしウェアの人々に、近くの公立高校から、足を延ばしてきた同年代の少年少女と、実に雑多だ。

「……だからよー」「……であるわけサー」「でーじ！」

テレビで観《み》る「沖縄訛《なま》り」があちこちで聞こえ、それとは別に、携帯やスマホで喋る人たちの東京言葉や大阪弁なども混じる。

雪乃自身は、この風景に対して、特に不満も感慨もない。

聞こえてくる声と、日差し、そして道ばたや、コンクリートの隙間に、しぶとく現れる雑草などの緑の強い匂いは、いかにも沖縄という感じだが、それも数ヶ月過ごせば慣れてしまう。

が、牧志由美たち、地元の人間にいわせると「本当にチグハグで、その割に面白みのない街」ということになるらしい。

ショッピングセンターを、半周する道筋に入ったところで、珍しく華那が、

「お茶しませんか？」

と言い出した。

「あら、珍しい」

牧志由美の「お姉さん」である、金武城真奈美が微笑む。

滅多に寄り道しない彼女の提案に、異を唱える者は居ない。

すぐに書店チェーン店の一階にある、世界的コーヒーチェーン店によく似た内装の店に行こう、となった。

それ以外の場所は、公立高校の生徒達の縄張り、という意識が雪乃達にはある。

また、因縁をつけてくる者やナンパの学生もやってくるので、避けたかった。

書店のそれより一段高い、絨毯敷きの床に、落ち着いた雰囲気の内装を持つ店内は、コーヒー自体の価格の高さもあって、公立高校の生徒達の姿は少ない。居ても、場所を弁《わきま》えているのか、静かに珈琲《コーヒー》を飲み、読書している、ひとり者が殆どだ。

四人がけの丸いテーブル席へ、雪乃、華那、由美、真奈美と時計回りに座る。

最初のうちは、他愛《たわい》のないおしゃべりに興じていた。

ネットで見かけた可愛らしい動画の話、笑い話。そして、学校でのちょっとしたエピソードを語り合っていたが、不意に、沈黙が落ちた。

「提案なのですけれど」

華那は静かに、雪乃たちを見回すようにして、寂しげな笑みを浮かべた。

「この事件が収まるまで、しばらくは別々に行動した方がよいのではないかしら？」

「……え？」

「事情聴取はこれから何度もあると、あの刑事さん、仰ってたでしょ？　私たちがこうしてお話をしているうちに、なんとなく事件の話の流れになってしまったら……それは口裏を合わせてしまうことになるのではなくて？」

「ああ……それは、そうね」

真奈美が頷いてしまった。

「確かに……それは、その、良くない事だとは、思いますけれど、事件のことを話さないようにすればいいだけのことで……」

すがる思いで雪乃は、口にしたが、

「雪乃。全てが明らかになるまで、そんなに長い時間はかからないと思うわ」

にっこりと、華那は優しく微笑んだ。

その微笑みに、たとえようのない、切なくて、昏いものを雪乃は感じ取ってしまった。

ここで受け容れてしまったら、未来が、その色に塗りつぶされるように、思えた。

「でも……」

「そうしましょう、ね？」

やさしく言われると、なにも言えなくなる——ふと、真奈美がこちらを見て、軽く頷くのが解った。

（大丈夫、そんなに長くないから）

と伝えたいらしい。

「……わかりました。お姉さんが、そう言うなら」

渋々、雪乃は頷くしかない。

氷で汗を掻《か》いた、中サイズのコーヒーカップの中、蜂蜜とクリームのシェイクされたその中身は、そのときだけ、雪乃にはひどく、苦く思えた。

★

捜査本部。

「ディレクターの裏が取れました」

警察無線が鳴って、スピーカー越しの声が響く。

「そうか、で、周辺の方は？」

臣が書類から顔を上げる前に、ボードに向かって捜査資料を整理して、夕方以後の捜査会議に備えていた阿良川係長が問う。

「それは糸数班がやってます」

戻ってきた佐久川班班長の佐久川允滉警部補が答えた。

「テレビ屋はヨ、嘘つくからナ。頼むョ」

珍しく阿良川係長の声に、沖縄訛りの上下するイントネーションが混じる。

「周辺証言、よろしくな、って糸数班に伝えて」

そう言って資料整理に戻る。

「はい」

(ここはもう、阿良川係長《さん》に仕切らせて、俺は個室で書類作業だけしてればいいのかもしれんな)

皮肉や嫌みではなく、ストンと腑《ふ》に落ちた気分だった。

元から、厄除《やくよ》けのおまじないのような一課長代理である。

再び、臣は書類に目を通していく。

テレビドラマと違い、警察の業務の半分は書類仕事だ。

捜査報告書は多岐にわたるし、それに加えて経費精算、勤務日誌、部下たちの査定資料、また部下たちから上がってくる、報告書の査読。

横並びの各部署から来る回覧書類の処理……管理官や課長クラスは、これらをスムーズに処理しつつ、捜査指揮を行い——。

不意に、臣の机の上の、据え置き電話が鳴った。

「直通」のランプが点《つ》いている。

取ってみた。

『あの……警視庁の、捜査二課長の奥瀬さんからお電話です』

オペレーター係の声は戸惑っていた。

臣の口元が、我知らず不機嫌なへの字に変わったが、すぐに元の一直線に唇を結び直す。

悪いのはオペレーター係ではない。

「解った、取り次いでください」

『ご無沙汰』

ハスキーだが、媚《こ》びていない女の声が聞こえてきた。

奥瀬真紀。警視庁捜査二課の第二係を去年から率いている切れ者の女性官僚だ。

臣にとっては従姉妹《いとこ》であり、川辺と共に警察改革を誓い……警察に入ってすぐに川辺と臣を裏切った。

川辺と臣はそのおかげで、警視庁内の、とある有力派閥から睨《にら》まれ、一時苦しい立場に置かれた。

その派閥の長が、別のスキャンダルで失脚しなかったら、臣は川辺が死ぬ前に警視庁から放り出されていただろう。

以後は、絶縁状態に近い——もう、軽く五年は経っていた。

「何の用だ？　勇斗《ゆうと》くんの、大学受験のお祝いの催促なら、ちと気が早すぎるぞ」

とりあえず、従兄弟として当たり障りのない挨拶をしてみる。

『何言ってるの』

ハスキーな声が笑いを含んだ。

『ウチの勇斗の高校受験は再来年。会わないと忘れちゃうわねえ』

「……じゃあなんだ？」

『「シンベエ」の金庫番が死んだでしょ？　ウチからも二人ほど応援をよこそうか、って話』

「まだ経済がらみと決まったわけじゃない。それに沖縄県警にも二課はあるぞ、そっちに話を通すのが筋ってもんだろ」

『バカねえ。そうなっちゃったら事件は一課から二課におとりあげよ？』

「……根拠は？」

『今言えるのは、この半年、被害者《ガイシャ》の井上と「シンベエ」は、秋風吹く、離婚寸前の夫婦仲だったってとこかしらね』

「で、何があったっていうんだ。言えるところまで喋れ」

この従姉妹の性格は理解している。

思わせぶりな台詞《せりふ》をちりばめ、その謎解きをしてもらうように仕向け、ただの報告ですむ話を「極秘の情報をあなただけに打ち明けた」という「貸し」に錯覚させる名人だ。

同時に、伏せておくべき情報はどんなに聞き出そうとしても黙っているところと、本当の極秘情報を、あっけらかからん、と、こっちに引き渡す駆け引きも心得ている。

つまり、翻弄されるだけ時間の無駄だ。

話せるところまで話させて、臣はさっさと電話を切りたかった。

『シンベエ自身はＩＲに今でも乗り気だけど、二年前に、ＦＸしくじって、とんでもない損失を出しちゃったのよ——今、あいつの肩にはかなりの額の借金がのっかってる』

「ほう」

『ＩＲ自体は上手くいってるけれど、ＩＲの実利が彼に回ってくるまであと五年はかかる。でもそんなに債権者は待ってくれない——で、相方の井上は、無名時代にやってた仕事を、そっちの離島で、またやろうと言い出した』

「宮古島で地上げか」

尖閣《せんかく》諸島を中心にした中国との関係において、宮古島に米軍と自衛隊の共同で、遠距離ミサイル基地を配備して牽制《けんせい》する案は、すでに確定事項と成り、今その候補地を探っている。

今の県知事は若くて、革新派ながら、かなり思想も柔軟と評判だ。

自衛隊員と米軍、およびその家族の移住に伴い、離島の地域活性化が確実視される以上、あとは、沖縄本島からの基地削減（つまり本島において基地の占有する土地を戻して貰うのと、そこの部隊を移動させたという名目）という妥協点が見いだせれば、来年にも工事は始まる予定だという。

そして、シンベエこと新堀兵衛は、二十代の頃、地上げに携わっていた——といっても、警察に捕まるようなヘマはしていなかったが。

『その通り——でも、シンベエ自身は地上げはもうダサい、ってことで抵抗してて——で共同経営者でもある井上は、シンベエに黙って、沖縄で独自に動いてたみたいね』

「で、シンベエはそれを知って沖縄まで来た、と？」

『とある昔なじみから、その話を銀座のクラブで聞いたときは、えらい剣幕で怒ってたらしいわよ。ところで、容疑者が出頭したって聞いたけど？』

おそらく、臣が動揺するのを狙ってのひと言だろうが、先ほど多和多議員との会話で、彼が既にそれを知っていたことで、予想できるゆさぶりだった。

「耳が早いな」

『まあね』

おもろまち署に瑞慶覧旅士が出頭して五時間、出入りの地元新聞の記者が、何か嗅ぎつけているだろうし、奥瀬は、おしゃべりな情報源を見つけて声を掛けるのが上手い。

まだ仲が良かった頃そういう人物を「カケスのサミー」と呼んでいたのを思い出す。

後で、誰が沖縄県警における「カケスのサミー」なのかを確認しなくてはならない。

『あんたのその反応からすると……』

「そうか、切るぞ」

『あ、ちょっと!』

相手が何か言う前に、臣は人差し指でフックを押して電話を切り、オペレーターを呼び出して「以後、さっきの電話はつながないでください」とだけ命じて切った。

オペレーターには災難だが、どうせあのまま喋らせていたら、とんでもない交換条件を要求してくるに違いない。

「損だけはしない女」が、奥瀬の子供の頃からのキャッチフレーズだ。

電話が鳴る。

「臣です」

受け取ると、機動捜査隊の謝花警部だった。挨拶もそこそこに、

『すみません、出過ぎた真似だとは重々承知なんですが、念の為顔見知りの「青パト」に声をかけて映像貰ったところ、気になる人物が映ってまして』

機動捜査隊《キソウ》は、初動の現場確保までが仕事だ。

だが、「青パト」に直接声をかけるというのは、普段から顔見知りの、謝花警部たちでなければ出来ない。

「青パト」とは、沖縄で始まり、今や全国に普及しつつあるパトロールカー、および民間警備の手法の一つである。

その起源は二〇〇八年、沖縄で、米兵による少女レイプ事件が起きたことに遡《さかのぼ》る。

今と違い、まだ復帰前の米軍統治下、「ストライク・スリー」として「三人殺さない限り軍法会議にかけられることはない」とまで言われた、米兵の横暴とそれに伴う、痛ましい事件の記憶を持った世代が、少なからず居た頃である。

また九〇年代に起こった、米兵による少女拉致、暴行監禁事件から十年ほどという時節も重なった。

さらに、普天間基地の移設問題が、当時の総理の強硬な態度もあって、大分荒れてきた時期も重なり、当時の沖縄県警は七〇年の「コザ騒動」が再び起こることを本気で警戒した。

「青パト」登場の最大のきっかけは、二〇一〇年代半ばを過ぎて起こった米軍属による暴行殺人事件である。

その地元慰撫《いぶ》工作の一環として、那覇防衛施設局（当時）が開始したのが、青いパトランプをつけた自主パトロール隊である。

当初は施設局の職員が「自主的に」行っていたが、翌年から予算が付いて、民間の警備会社の警備員が乗車するようになった。

彼らには何の権限もない。あっても私人逮捕の権利程度だ。

それでも「常に誰かが見回っている」という事実は、不良米兵以外にも有効で、今や市町村単位で「念の為に」と、この「青いパトランプを載せた巡回車」、通称「青パト」を走らせるようになった。

市町村単位なので数は警察のパトカーよりも少ないが、その巡回コースはかなり微細にわたることがある。

特に、近年はインバウンド需要と共に増えた、外国人犯罪やトラブルの防止にと、町内会単位で行っている場合もある。

が、その殆どの社主が、もと警察ＯＢとはいえ、ツーカーの仲、とは行かないのが民間警備会社と警察の関係だ。

特に本土系の警備会社は、中間管理職にも警視庁や警察庁ＯＢが多いため、気位が高いとよく言われる……というより、近年、どういうわけか、そういう困った性根の人間を沖縄に回すことが増えた。

そこに物怖《ものお》じせずに注目したのは、機捜の中でも異色の経歴のある謝花警部ならではだ。

「誰ですか？」

『「シンベエ」です。現場から四十分の距離を、死亡時刻の三十分後に歩いてます』

「……」

どうやら、ディレクター達の証言は嘘か、ごまかしがあったらしい。

「わかりました、ハードディスクを押収……いえ、提出してもらってください。書類関係はこちらでまとめます……謝花さん、ありがとうございます」

『いえ、今回は特別、だと思いまして』

臣に褒められて舞い上がらないあたりが、謝花警部の苦労人具合を表していた。

電話を切ると、臣は阿良川係長に話の中身を伝えた。

「映像がある、っちゅーことは、ディレクター関連の証言は嘘だと見なしてさらに洗い直しですな」

言いながら、聞き込みに回った糸数班を呼び出し、注意を与える。

「……というわけで、多分、ディレクターの方は嘘だと思って聞き込みしてくれ。だが、頭っから否定するなよ。わかってるとは思うが、あくまでも『忘れてたコトはないか』で攻めてくれ」

気の荒い人間なら「なにガセ摑まされてんだ！」と怒鳴り散らす場面だが、阿良川係長は、滅多に声を荒らげない。

（内側にため込むタイプだ）

臣はその様子を好もしく思いつつ、課長就任辞退の話も含めて考察する。

(係長だけに、ため込まず、こちらへ話すべきことの判断は、つくと思うが……)

普段から、彼の観察を怠らない方が良さそうだ、と頭の片隅にメモを留める。

「じゃ、青パトのほうに、全面協力を依頼するためにも、検事局に行って書類、申請《とっ》てきます」

臣は立ち上がった。検事局に直接、出向いた方が話が早い。

臣と同時期に、沖縄に異動となった高津《たかつ》検事は、警視庁時代からの知り合いで、何かと心やすい。川辺の死後も態度の変わらない、数少ない知り合いの一人だ。

すでに那覇地裁の裁判官とも、かなり懇意になっているらしいから、令状の発行は早く済むだろう。

おそらくシンベエこと、新堀兵衛の任意同行から、逮捕までを視野に入れる必要がある。

スマホが懐で鳴った。仕事用ではなく、個人用のスマホだ。

発信者を見ると、奥瀬だった。

(よく覚えていたな)

臣は、そのまま「無視」のアイコンをタップする。

世の中には、応じることはもちろん、気に掛けてもいけない話し合いの申し入れ、というものがあって、これがその典型だ。

おそらく、シンベエを任意同行、ないし容疑者として逮捕拘束することがあれば、本庁二課もかませろ、という話だろう。

多分、シンベエは二課の追いかける事件の、重要な証拠か、証言を握っている。

（瑞慶覧旅士の出頭の件、金回りもやはり調べた方がいいかもしれない）

政治利権が絡むかもしれないのであれば、どんなことでも起こりうる。

その詳細が、奥瀬には欲しいのだろう。

が、くれてやる気には、なれなかった。

◇第五章：アリバイ、証言、嘘《うそ》。

★

車を走らせ、那覇地裁に出向いた臣は、「青パト」からの情報が出たその日のうちに、これからの捜査に必要になりそうな、各種書類の発行請求を終えた。

その中には、瑞慶覧旅士の勾留書類もある。

「起訴するの？」

検事に聞かれたが「周辺捜査が終了してからでよろしいですか？」と答えると、

「それしかないよね」

と、苦笑して、検事は書類を通してくれた。

明日の朝には全ての書類が決裁されるだろう……これは検事と共に同行した臣が、受け取った裁判官自ら口にした言葉を聞いた。

〈こういう大きな厄介ごとは、さっさと片付けるに限る〉

そういうニュアンスが、苛立った裁判官のこめかみに浮かんでいた。

裁判所から戻った臣は、夜に緊急の捜査会議を開き、情報の再共有と、その後の補足情報の統合を行う。

すっかり暗い外に合わせ、煌々とLED照明が点く中、捜査員達の殆どが、顔をそろえる。

日中、捜査のために、ずっと歩き回っていた疲労感はまだ、顔に出てはいない。

「やはり、ディレクター達はずっとシンベエ……いえ、新堀と一緒に居たわけではないようです」

事情聴取に向かった、糸数班が報告する。

「ロケ開始は午前中、朝十一時ごろから夕方六時までの長時間でしたが、機材トラブルがあって、二時間ほど、ディレクターたちも含めて新堀を構うどころじゃない大騒ぎになったようで……」

「で、喫茶店周辺の監視カメラをチェックしたら、タクシー拾って国際通りを出て行く、新堀が確認出来ました」

一同の前に置かれた大型モニターが四分割されて、違う角度から、守礼門側の出口を出て、龍潭《りゅうたん》池をぐるりと回るようにして歩きながら、シンベエが手を挙げてタクシーを呼ぶ姿が見える。

「タクシー会社を調べて当たったところ、新堀は現場近くまで移動しています。車内の防犯カメラにも顔が写ってました」

どよめきが広がった。

ここへ来て、有名人が犯人、の可能性が、出てきたからだ。

もっとも、ベテランの捜査官たちの表情は動かない。

人の感情で左右される「真実」ではなく、「事実」が重要で、現状解っているのは「シンベエが現場近くにいた」という、カメラの映像から判明したことだけだ。

「去って行く姿の映像もピックアップしました」

映像が別のものに切り替わる。

走り出したいのをこらえている感じの、早歩きで、こわばった表情が見えるシンベエが、角を曲がって、モノレールの通る病院通りの道を、首里に向けて遡っている姿だ。

「……返り血がないですね」

比嘉班の、浜比嘉直人巡査部長が、ぽつりと言った。

「その通りです」

臣は立ち上がる。

「服装は行きも帰りも同じ。被害者の様子からすると、どう考えても返り血を、どこかに浴びていなければおかしい」

臣はマウスをクリックして、画像を拡大した。

粗いドットの中、時刻が大写しになる。

さらに並べて、タクシーを降りるときの動画から、降りる瞬間の静止画を切り取り、時間を拡大して並べる。

「タイムコードを見れば解りますが、彼がタクシーを降りてから二十分後に帰り道を目撃されています」

降りた場所から、現場である民泊施設までの時間は、徒歩でおよそ十分弱。

「なので、風呂に入ってる時間はなかったはずです。つまり、彼は何かを見たか、知ったか……という可能性が高い」

捜査員の中に、くすっと笑う人間がいるのは、方言で語尾を上げながら「知ったか」という言葉が「知ったかぶり」に通じるからだろう。

（それに絡めた冗談の一つも、飛ばすべきだったか？）

と臣は思ったが、今は、捜査会議を進める方を優先する。

「よって、明日の朝八時に任意同行を求めます。機捜にも応援を求めて、新堀氏がホテルから逃げ出したりしないように見張っておく。補佐には……」

臣が視線で阿良川係長を促すと、阿良川係長は立ち上がり、

「あー、宮城班と比嘉班でね、よろしく」

と、それぞれの班長に、にっこり笑って任務を割り当て、腰を下ろした。

比嘉警部補は微笑と共に、片手を挙げて応えたが、宮城警部補は、どこか、こちらを探るような目で、軽く会釈するだけだった。

明らかに宮城警部補には敵意とまではいかないまでも、臣に対する鬱屈があるらしい。

が、今はそれを解消している暇はない。

「同行は、予定時刻に担当している班にお願いする。記者に警戒しろ。現時点では、あくまでもまだ任意同行だ。逮捕だと誤解させるな」

そしてもう一つ、と臣は付け足した。

「新堀氏が何かを見て、未だに隠しているということは、我々は犯人に近づきつつあるということです。電話を掛けるときは口元を、スマホでメッセージを送るときは、努めて人に見えない箇所で文章を作成、これを改めて徹底するように」

全員が厳しい顔で一斉に頷いた。

ここでドジを踏めば仲間へ面目が立たない。

「なお、サイバー班に今、PｰNT《ピーエヌティー》の再チェックをして貰ってる。潜り込んでる怪し

い奴がいれば、削除される。故にサークルリストの面子《メンツ》が増減するが、気にするな。自分のアカウントが消された者はすぐに申請するように」

Ｐ－ＮＴは最近導入された警察用のＳＮＳである。盗聴技術が発展し、デジタル無線、スマホのハッキング、クラッキングが日常となった現在、警官のみの、閉じたイントラネット的ＳＮＳとして、本庁が開発したものだ。

といっても、実際の開発は、サイバー大国の一つ、イスラエルで、警察庁はかなりの予算を支払ってこれを譲り受けたらしいが。

情けない余話として、当初、警察庁は「警察ライン」という名称で採用予定だったが、イスラエル首相から米国大統領経由で「もう少しマシな名称に」とＰ－ＮＴに変えられたという。

が、それは臣のような官僚にとって、アメリカが日本の警察情報までも一手に握っている、という証左のように思えてならない。

エシュロンと呼ばれる通信傍受網をアメリカが世界中に張り巡らせ、ＡＩによって犯罪予測を行い始めているという噂はもはや、噂の域を超え始めている。

デトロイトでは、すでにＡＩを使った組織犯罪の摘発が実験的に行われているのだ。

アメリカは日本の警察の情報までも掌握し、９１１からのテロ戦争を勝ち抜こうとしている。

問題なのは、米国側が持っている情報は、こちらに流れてこない、ということだ。理由は、日本国内にアメリカのようなスパイを防止する法律がない、という事実である。

（いつまで経っても手下扱いか）

と、いう思いはあるが、それはそれとして現場の刑事達からは意外に好評だ。スマホだけでなく、絶滅寸前のガラケーにも対応しているからかもしれない。

「犯人《ホシ》はまだ見つかっていない。容疑者は関係者全員である、これに変更はない――阿良川係長、どうぞ」

臣は捜査会議を阿良川係長の言葉で締めくくることにした――あくまでも阿良川係長は状況が変われば、課長に納まるのだと、捜査員には逐一アピールせねばならない。

阿良川係長は静かに立ち上がり、咳払《せきばら》いして捜査員全員を見回すようにしながら告げた。

「とにかく宿泊施設内と、周辺を徹底的に聞き込みすることに変わりはない。聞き込みは一日おいて、何か思い出したことはないですか、と、ご近所付き合いのつもりで行うように……以上、解散」

全員が立ち上がり、頭を下げる。

臣は、内心ため息をついた。有名人の任意同行は気を遣う。

まして、相手はへそ曲がりと、カメラがあるところでは、権威にゴネてみせるのが売りの、迷惑系の有名人だ。

明日も、素直に任意同行に応じるとは、思えない。

その場合もなんとかするテクニックは臣にもある。が、困るのは相手が暴力に訴え出たときだ。

そうなったら、普通に公務執行妨害で現行犯逮捕だが、それも手荒にやると、こちらのマイナスイメージになる。

（下手すれば明日は一日仕事だな）

昔は、有名人といっても芸能人レベルだったが、動画配信者という「迷惑行為で金を稼ぐ」連中が出てきてから面倒なことが増えた。

去年も、そういう迷惑系動画配信者を任意同行するために警視庁の捜査一課の捜査員が丸二日間、彼の自宅に詣でる形になり、それが逐一配信されるという、困った事態が発生した。

今日、裁判所にも、本土の大手新聞社と、テレビ局の中継車両が何台か停まっていて、ひやりとしたものだ。

だが、臣が乗っているのがボルボだったことが幸いした。

警察の人間がそんな高級車に乗ってやってくるとは、報道の人間は普通、思わない。警視庁に詰めていた人間なら多少は、臣のことを知っていたかもしれないが、そういう連中はまだ来ていないらしかった。

三々五々に散っていく捜査員たちと、阿良川係長と話し合っている、宮城と比嘉の姿が見えた。

ひと息入れる必要がある、と臣は立ち上がって部屋を出た。

廊下の奥にある自販機コーナーに向かおうとする背中に、

「臣管理官《さん》、いいですかねー？」

語尾の半分上がった、沖縄訛りの低い声がかけられた。

振り向くと、五十代半ば、小さな目と天然パーマの強い髪を丁寧になでつけた、背広姿の刑事が、人なつっこい表情を浮かべて、片手を挙げる。

「お疲れ様です、お久しぶりです。白間《しらま》ですぅ」

沖縄訛りとも、大阪訛りとも付かない、不思議なイントネーション。

「ああ、ご無沙汰してます」

臣は深々と礼をする。

県警の組織犯罪対策課の係長、白間秀一《ひでかず》警部だ。

「ちょっと、コーヒータイム、いいですかねー？」

穏やかな声と、表情。その服装も組対には見えない。

普通、どこの県警も組対の刑事は、ヤクザにファッションセンスと雰囲気が似てくる。

数年前、ヤクザの事務所のガサ入れの際の、大阪府警の柄の悪さが、ネットで話題になった。

それは、舐《な》められたら負けの、組対の仕事の必然でもあるのだ。

だが、白間警部は、葬式帰りの市役所の職員のような、温厚な雰囲気で、服も普通の、焦げ茶の背広に細身のネクタイだ。

服の手入れもよく、上着も丁寧にブラシがかけられている。

以前は丸々と太っていたというが、数年前大病を患ったとかで、今は細身で頬もこけていた。

それでも、優しげな顔つきは変わらない。

「はい……じゃ、ちょっと一本」

臣が頷いて自販機に金を入れようとすると、白間はスマホを取り出してあっさりと一本、コーヒーを買っていた。臣の好みの銘柄の、ブラックコーヒー。

「久々の出会いに、一本、ということで」

にっこり笑って、白間はそれを臣に渡すと、壁沿いの薄いソファーに腰を下ろした。

「じつは、阿良川係長《さん》のことでお話が」

★

スマホの画面には、真っ黒な四角の中、「このアカウントは凍結されました」という日本語と英語の文字が並んでいる。

「あーあ、チャンネル削除かー。運営のクソが！」

そう言って、シンベエこと、新堀兵衛はスマホを、那覇市の一流ホテルのスイートルーム、ベッドの上に放り投げた。

まだ陽《ひ》は高いが、外へ出るとマスコミが、列を成して追ってくる。

ただでさえウンザリしているのに、「知りたい欲求」の代表である、芸能マスコミは、かつての政治系記者達の持っていた、執拗《しつよう》な熱意を持って有名人を追い回す。

「ちったぁ、それを政治家に向けろ、ってんだ」

今回の沖縄旅行――のみならず、東京に戻ってもしばらくは、「友の死を悼んで自主謹慎」する必要があるだろう。

高級マットレスは軽く、一流メーカーの高級スマホを弾ませたが、すぐに、優しく抱き留めるように沈み込ませる。

「やっぱ二日連続、井上の追悼ネタはまずかったかぁー」

スマホの横に、ベッドサイドの椅子から移って、新堀は仰向《あおむ》けに寝転がった。

「人の死を扱った不謹慎なコンテンツ、だって？　ばっかじゃないか？　俺が死んだら井上だってそうするってのに！」

ブツブツいいながら、スマホに銀行口座画面を呼び出す。

「まあ、今月、来月はいいとして、問題は再来月だよなあ。九月と十月ってのは、どうしてこう、いろんなサブスクの更新が重なるんだか」

スマホが鳴った。

顧問税理士だ。

「どうした？　え？　せ、先輩が来てる？」

新堀の顔が半笑いのまま凍り付いて、次の瞬間、ベッドから飛び降りるように床に直立不動になった。

「や、山貸《やまがし》先輩、お久しぶりッス！」

九十度頭を下げて、声をあげる。

「は、はいっ、さ、削除されたからって、先輩への返済は滞ったりは、しませんっ！」

『おめーよう、井上殺したのか？』

スマホから聞こえてくる声は、ガマガエルを踏み潰したようにガラガラだ。

「こ、殺してません」

背筋を伸ばしたまま答える新堀の脳裏に、ニキビ跡だらけの顔の中、ぽつんと埋め込まれた小さな目が浮かんだ。

数百キロ離れた東京で、顧問税理士の隣にいる男は、かれこれ二十年以上、彼の人生を縛っている。

陰では「ヤマガー」と呼ばれ、新堀の住んでいた地域では、有名な半グレだ。

暴力に躊躇《ちゅうちょ》がなく、挨拶代わりに、人の腕を折るぐらいは当たり前、その上に頭が切れて、自分が絶対に罪を被らないように立ち振る舞う。

新堀が知る限り、かれこれ十人はこの男の癇《かん》に障った、あるいは、金に手を出して命を落としているはずだ。

(俺は幸運児《ラッキーメン》、俺は幸運児《ラッキーメン》、俺は幸運児《ラッキーメン》)

余計なことを考えないよう、十代の頃、自己啓発セミナーを受けて作り上げたキーワードを新堀は頭の中で唱え続ける。

『ちぇっ、つまんねーやつ』

舌打ちしたその度合いに、新堀は内心胸をなで下ろした。

井上を殺していたら、多分、自分はこの男に生涯、全ての儲け……生き血を吸われ続けていただろう。

「で、ですので、必ず金は今月、来月も含め、毎月返済します、ので……」

再来月から先は判らない——安堵のあまり、本音が出た。

悔やむヒマもなく、即座に「ヤマガー」が耳ざとく、新堀の言葉に「足場」を作った。

『どーやって返すんだよ、来月以降はよ？　フツーならそこで毎月とかいうだろ？お前今、本音出したんだよな？　あ？』

しまったと後悔しても遅い。

いつも、こうして「ヤマガー」は「足場」を作ると、そこからとんでもない要求を呑《の》ませるべく、論理の飛躍という、ちゃぶ台返しをする。

『チャンネル削除されたろ？　お前どーすんだ。再来月以後の支・払・い。俺に返す金は？』

「ま、毎月二〇〇万ッス……で、でもすぐ新チャンネル開設して、ドカーンとまた人集まりますから」

（俺は幸運児《ラッキーメン》、俺は幸運児《ラッキーメン》、俺は幸運児《ラッキーメン》）

必死に頭の中でキーワードを唱える。人生、これでなんとかやってこられた。

今だって、これからだって上手くいく。「ヤマガー」相手であってもこのキーワードを頭の中で唱えている限り、なんとかやってこられたのだから、と新堀は必死に唱えた。
『集めるにゃ、話題がいるだろ？ なにすんだ？ ん？ いってみろ』
「だ、大丈夫です、そ、それぐらい俺にも……」
じぇろり、というぬめった音がした。
スマホを舐めたらしい。後ろで、税理士が「う……」と声をつまらせるのが聞こえた。
税理士のスマホも新堀同様、かなりの高級機種だ。
『おめえの声には、嘘の味がするぞぉ』
ああ、どうして「ヤマガー」は勘までいいのか。
ため息をつきそうになるのを、慌てて新堀は飲み込んだ。
ここでため息をつけば、これから来る無理難題が、さらにレベルアップする。
『なあ』
だが、「ヤマガー」の要求は、新堀の予想を遥かに超えていた。
『井上、お前が殺したことにしろや』

★

夕方予定だった捜査会議は、全員の集まりが交通渋滞によって遅れ、夜七時近くになった。

臣はこういう場合の為に、署の売店で大量の菓子パンを買って、捜査本部入り口近くに置いた、机の上に積んでおく——空腹は冷静な判断の敵だ、とこれまでの経験で身に染みている。

ようやく全員がそろい、会議が始まった。

挨拶もそこそこに、臣は尋ねる。

「まず、瑞慶覧旅士容疑者の件から。宿泊施設の部屋、利用状況はどうでしたか？」

宿泊施設に聞き込みに行った、佐久川班班長の、佐久川《さくがわ》允滉《のぶひろ》警部補が手を挙げた。

「瑞慶覧《ずけらん》旅士《たびと》はこの日、確かにチェックインしましたが、『忘れ物をした』とすぐに部屋を出てるのを、隣の部屋を清掃していた清掃員が会話して憶えてました、チェックインに関しては、クロークのカメラで確認済みです」

「部屋の中は、どうでした？」

「鑑識さんが転送した資料通りです」

おもろまち署の事務員が頷いてPCを操作し、一〇〇インチの液晶に、ホテルの室内写真を出す。

ベッドのシーツにサイドテーブル、そのほかにも動かした形跡がない。人が居た気配が殆どなかった。

「部屋の備品は使われてませんね」

「ところが、シャワールームに血痕がありました。ただ、こちらも例の漂白剤で綺麗に洗われてて、遺伝子的証拠は皆無です」

シャワールームが映される。安っぽい、白いタイルで、壁も床も敷き詰められた、バス・トイレ洗面台、一体型のユニットが現れた。

「当日、当該時間の水道使用量と、下水の排水量から考えて、浴槽を使用してはいないようです。シャワーだけですね」

佐久川警部補は、PCを操作する職員を促して数枚後、洗面台横の、網カゴの中に並べられた使い捨てトリートメントや歯ブラシ、ひげ剃《そ》り、洗顔用石けんを映した。並びがわずかに乱れている。一番奥にあることの多い、身体用の圧縮スポンジの入った袋が消えていた。

「ごらんのように、ホテルの使い捨てスポンジが袋ごと二つ、なくなっていました。

注意してとったものと思われ、他の用具の袋からは一切指紋は検出されてません。この清掃員が取り替えるときは念の為に、ゴム手袋をしたままでやるそうで」

「ゴミ箱にスポンジの入ってた袋とかは？」

「見つかりませんでした——驚く程用心深い犯人だ、と宮里課長も感心してましたよ」

　この事件の真犯人は、用意周到で、頭が切れる。

それがどう、恋人がレイプののちに自殺した、瑞慶覧旅士と繋がるのか。

「……で、バイト先はどうなってますか、宮城班？」

佐久川警部補が座り、宮城誠警部補が立ち上がる。

ホテルマネージャーへの聞き込みなどで見せた愛嬌のある表情はそこになく、臣への内心の嫌悪を隠しもしない一瞥《いちべつ》をよこしたが、臣は正面からそれを受け、なおかつ無視をする。

一瞬の攻防のあと、宮城警部補は能面のような表情で、報告を始めた。

「最初はその時間居なかった、と誰もがいい張ってたんですが、『偽証罪』という言葉を使ったらあっさり……」

宮城警部補は、能面の無表情を崩し、メモを読み上げる時だけかける読書用眼鏡を、ちょっと指先で直しながら苦笑いした。

「どうも当日は、バイトのシフトを忘れていたらしくって、犯行時間は仕事先のコンビニで、ずっとレジ打ちをしてました……監視カメラの映像で確認済みです」

「宿泊施設の鍵は返してないのか？」

阿良川係長の言葉に、宮城警部補は答える。

「カードキーは紙に磁気記録層がコーティングされてて、宿泊客一人につき一枚、記念にお持ち帰りください、とシリアルナンバーが印刷されてるようなしろもので、当人は『ウチに戻った後、恐ろしくなって燃やした』と言ってましたが、アパートを捜索《ガサ入れ》したところ、何かを燃やした痕跡はありませんでした」

それに、と宮城警部補は続ける。

「瑞慶覧の前歴を調べましたが真っ白です。今年大学を卒業、司法書士試験には落ちましたが、県内大手の、第三琉球司法書士事務所から声かけられてます。今は奨学金返済のため、三件のバイトを掛け持ち……ところで、一つ、気になることがありまして」

「なんでしょう？」

「管理官の事情聴取の記録を読むと、メールの代筆はバイト先の女の子が、ってなってましたが、彼の勤務してるコンビニも含め、どのバイト先も彼より、年下の女性はおらんのです」

資料を見ているぞ、お前の細かいミスがあるぞ、といいたげな表情で、宮城警部補は続けた。

「そこで死んだ恋人であるところの、保栄茂真澄の周辺を調べました」

臣は表情を動かさない。

「どうでしたか？」

「瑞慶覧旅士の供述通り、保栄茂真澄には家族も親族も居ませんでした。ですが瑞慶覧以外にも親しい知り合いがいます。住んでいたアパートの大家がよく憶えてました」

自分の悪意が、無視された苛立《いらだ》ちを抑えながら、宮城警部補は続ける。

「二人居ました。一人は小学生の少女で、大学に入る前からの知り合い。もう一人は大学以後の知り合いで、現在二十四歳。ただ、こちらは大分ガラが悪くて、腕に注射器の跡が幾つもある女だったそうで」

頷いて、臣は宮城を真っ直ぐに見た。

「宮城班はその瑞慶覧さんのバイト先の聞き込みを細かく。周辺の人間に前歴《マエ》がないかも含めてお願いします。糸数班、フォローに入ってください」

「ああ、それと阿良川係長」

臣はつい数分前に来た鑑識からのメッセージを思い出した。

「鑑識の宮里係長が『宿泊客の荷物を開けて調べたいので、早く客の許可を取って欲しい』、と」

「ああ、すみません」

阿良川が、ぴしゃりと額を掌で叩いた。「ああーしまったしまった」と繰り返す。

「一課の居残り組のケツを叩いておきます、まだ出してませんでしたか」

「昔なら殺人事件だから、と強制執行も出来ましたが、裁判所もせめて過半数の許可証明がいると言いまして……」

臣《おみ》としては責める気はない。とにかく現代の警察捜査は手順が増えているのだ。

「よろしくお願いします。どうも鑑識が気になる荷物を見つけたらしくって」

言って、こちらも頭を下げた。

★

臣雪乃にとって、叔母の澪の営む喫茶店は、一種の避難所だ。

多和多華那から「しばらく会うのはやめましょう」と言われて呆然としたまま、家に帰る気になれず、叔母の喫茶店に来た。

叔母の店は那覇のジュンク堂の並び……俗にいうガーブ川と呼ばれる小さな川の畔《ほとり》

にある、古い建物を改造したものだ。

小さなポーチがあって、中に入ると涼しい風が吹き付けてくる店内は、カントリー・ウェスタンが二割、残りはハバナやジブチなどの南国風バーの要素が入っている。

顔を見るなり、カウンターを磨いていた叔母は、何かを察したらしい。

「二階にあがってなさい」

と言われ、そのまま、叔母の家のリビングにあるソファーに横になった。

ため息が出る。

思っていたより精神的ダメージは大きく、雪乃はまぶたを閉じると、瞬間的に眠りに落ちていた。

珍しく母親の夢を見た。

★

臣大介の妻、雪乃の母であった臣彩香《あやか》は、元は証券会社の優秀なデイトレーダーで、ＦＸ取引の女神とまで言われた人物だったが、雪乃にとっては、いつも慌ただしく、こちらを顧みない人、という印象が強い。

小学校の三年生までは、全く違った。

母との関係は普通の親子のそれと同じで、時たま叱られると怖かったが、いつも優しく、にこやかに笑っていて、よくあちこちに連れて行ってくれた。

だから、雪乃は母に勧められるままに、ピアノを習い始め、よく母娘《おやこ》で時間を見つけては連弾をした。間違えても彩香は雪乃をフォローし、いつしか、雪乃も母親をフォロー出来るほどピアノが上達し、それをとても喜んでくれていた。

クリスマスともなれば、父である大介を怒鳴りつけてでもホームパーティに参加させ、父は苦笑しながらも娘と妻とを抱きしめつつ、スマホのカメラに収まっていた。

だが、三年生の秋、我が家に何台ものタワー型パソコンと、モニター類がやってきて、専用の回線が引かれたときから事態が変わった。

「ごめんね、雪乃」

彩香は、雪乃を抱きしめて、こう言った。

「ここから、お母さん、戦争に行くことになる、三年間だけ。三年間は何処にも行けなくなるし、遊びにも付き合ってあげられなくなるけれど、我慢してくれる？」

今考えればズルイ話だ。

小学校三年生にとって、親は全知全能の神に等しく、まして母親がシリアスな顔で自分を抱きしめてそう言われて、「いやだ」と即断できる子供など、いない。

その日から、母親はＰＣの前から、動かなくなった。

不思議なのは父である大介は、それをいぶかしむことも、怒ることもなく、むしろ進んでそれに協力していたことだ。

母は、FX取引のハードな世界に戻っていった。

家には宅配の食品が山と積まれ、雪乃の食事もそれがメインになった。

一緒に母が食べてくれることはなくなり、たまに戻ってくる父と、ごく稀に沖縄から戻ってくる叔母の澪がその相手で、それ以外は——。

最後に母と一緒に行った、浦和《うらわ》の巨大遊園地で購入した、黄色い熊のぬいぐるみが、対面の椅子に腰掛けて、もっぱらの食事相手となった。

母が何をしているのかは解らない。

だが、鬼気迫る雰囲気の背中を、部屋のドアの隙間から見て、雪乃はそっと、自分の部屋に帰るしかなかった。

母は三日も四日も、風呂に入ることがないのが当たり前になり、着るものもジャージ——それも何着も通販で同じ物を買っていた——だけとなった。

髪は伸び放題になって、それを切りに行くのも面倒だと、通販で買ったバリカンで丸刈りにしたこともある。

そのバリカンの使用も、PCのモニタを見ながら、だった。

家の中はドンドン散らかり、やがてそれを三日に一回、「掃除のおばさん」が来て片付けてくれるようになった。

そして毎日「食事を作りに来てくれるおばさん」が、来るようになった。が、食卓に母が戻ることはなかった。

雪乃が、五年生にあがった頃から、たまに会う母の口から「お父さんがバカだから困るわ」という悪口を聞くようになった。

最初はどうしていいか解らず、戸惑い、やがてそれが酷く不快な言葉であることに、気がついた。

雪乃の中で、父と母は絶対で、不快感を感じてはいけない、というバイアスがかかっていたというのもある。

小学校六年生のある日。

夕方、綺麗な、埃一つ見当たらないリビングのソファーで、雪乃が読書をしていると、不意に母親の部屋のドアが開いた。

大抵はそのまま急ぎ足、あるいは駆け足で彩香は、部屋の中を駆け抜けて、階段を降り、家の電話で何かを早口にまくし立ててまた、もの凄い速度で部屋に戻る。

だが、その日は違った。

ゆっくりとした足取りで、彩香はバスルームに行き、風呂に入り、そして、ビクビクと様子をうかがっていた雪乃に、すっかりまた伸びた髪の毛をアップにまとめて、にっこりと笑った。

これまでの血走った目と、こわばった表情ではない。

三年前の優しい「お母さん」の笑みだった。

「終わったわ」

彩香は、呟くように言った。

「お父さんが……バカだから……とんだ目に」

「え……？」

父をコキ下ろすようなことを言う母に、今度こそ何か言ってやろう、と立ち上がった雪乃の前で、彼女は風呂上がりのバスローブ姿そのまま、ふらっと目を閉じて、横倒しになった。

ごとん、と母親の頭が、磨き抜かれたフローリングの床に跳ねたときの音を、雪乃は今でも覚えている。

思わず駆け寄り、かすかに揺さぶってみたが反応がない。

脳が「これは大人を呼ぶべきだ」と判断を下した。

次の瞬間、雪乃は慌てて家の電話で一一九番を押した。

脳溢血。それも脳内大動脈瘤《りゅう》破裂だった。

母の部屋からは、大量のドリンク剤の空き缶が、ビニール袋に詰まって何十袋と出てきた。

未開封の物は、まだ二ケースあった。

興奮剤であるカフェインと、血管拡張のための糖類の塊のような、その飲み物を、それだけ飲んだから、かどうかは解らない。

解っているのは、この瞬間、母彩香の脳の血管は切れ、心臓は鼓動を止めた、ということだ。

ともあれ、それが母親との、最後の会話だった。

救急車が来たときには、所謂《いわゆる》「心肺停止」——そのまま雪乃の母は帰らぬ人になった。

後のことは、夢の中の話のようだ。

家中が花で飾られ、親戚一同はもちろん、たまに見たことのある人、見たこともない、偉そうな雰囲気の人が大量に家におしかけてきた。

リビングを布で覆って作った祭壇に手を合わせ、何事かをささやきあい、勝手に自分を哀れんで「かわいそうに」と抱きしめるのをただ、雪乃はやり過ごした。

あっけなく人は死ぬ。

その事実を、受け止めかねていた。

ようやく、それを受け止めたのは、納骨が終わり、参列者一同が全員帰った真夜中過ぎ。

リビングから、聞いた事のない、悲しげな声が聞こえてきた。

ウトウトと、眠りかけていた雪乃は、二階の自分の部屋から降りてきて、父親の大介が、祭壇の前で正座したまま、背中を丸め、嗚咽《おえつ》しているのを、見た。

（泣くこと、ないのに）

素直に、そう思った。

お母さんは、お父さんのことを「バカ」って言ってたのに、どうして泣くの？

そう言ってやりたかったが、言ってはいけない、とも感じた。

父の背中を見ている自分を、雪乃は、またその後ろから見ていた感じだ。

やがて、当時の雪乃は踵《きびす》を返し、足音をさせないようにそっと階段を上って、自分のベッドに戻って、眠った。

起きたとき、父はいつも通りの、優しい笑顔で、

「今日からは、いつもの日に戻るね」

と、微笑んだのを覚えている。

（あのとき、話しかけるべきだった？）

謎は、未だに解けない。

そして、振り返ると、今日の夕方の自分と、華那たちがいた。

「提案なのですけれど」

　華那は静かに、雪乃たちを見回すようにして、寂しげな笑みを浮かべた。

「この事件が収まるまで、しばらくは別々に行動した方がよいのではないかしら？」

「……え？」

「事情聴取はこれから何度もあると、あの刑事さん、仰ってたでしょ？　私たちがこうしてお話をしているうちに、なんとなく事件の話の流れになってしまったら……それは口裏を合わせてしまうことになるのではなくて？」

「ああ……それは、そうね」

「確かに……それは、その、良くない事だとは、思いますけれど、事件のことを話さないようにすればいいだけのことで……」

　すがるようにいう自分に、華那が優しく微笑む。

　このときも、自分は言うべきだっただろうか？

「そんなことは、いやです」と。

　だが、

「雪乃。全てが明らかになるまで、そんなに長い時間はかからないと思うわ」

　夢の中で見る華那の笑みに、今回も雪乃は、何か昏いものを見た。

　この昏い色に、未来が染められることは、避けられない。

誰かが、耳元でささやいた。
「違う！」
叫んだ。
夢の中だ。自分の都合良く、ことが進んでもいいはず。
なのに、目の前の自分は、何も言わないまま、うつむく。
雪乃は、自分で自分を押しのけて、その中に入ろうとした。
夢の中だけでも、結論を変えられるはず、と。
足が進まない。いや、動いてはいる。
でもいつまで経っても、数歩先に腰を下ろした自分自身に、たどり着けない。
「待って！　待って！」
店内にかかるBGMが、非常ベルに切り替わった。
周囲を全員が見回し、席から立ち上がろうとする。
「待って！　待って！」
叫びながら、雪乃は涙を流して、それでもなんとか走る。
自分自身に手が届かない。
夢の中でも、自分は上手くいかない。
そのことが悔しくて、悲しくて。

非常ベルは、ドンドン大きくなってくる。

椅子が小刻みに揺れ、華那たちは店の中という舞台セットから、その周辺に広がる暗闇の中に不安げに顔を見合わせながら、ゆっくり移動していく。

「待って！　待って！」

泣きながら、雪乃は華那に手を伸ばし、

――目が覚めた。

非常ベルの正体は、スマホの呼び出しに設定した音だと気づいた。

★

「父さんだ。寝てたのか、悪いな。ご免」

臣は白間警部との話し合いを終えた後、プライベート用のスマホを握りしめて、捜査本部のある署の、屋上に続く階段に腰を下ろしていた。

映画やドラマと違い、警察署の屋上は、報道カメラが向けられることが多い。

しかし、プライベートな事まで提供してやる義理は、公僕とはいえ、ない。

なので、昭和の時代からそのまま、という風な、薄汚れたグレーの壁と真新しいリノリウムの床。

本来二本の所を一本に減らされた蛍光灯が照らす、薄暗い階段の踊り場だ。

『ううん、大丈夫――どうしたの、お父さん』

少し寝ぼけた声で雪乃が返す。

「いや、事件からこっち、三日目だからな。疲れがどっと出てくるかもしれないと思って――大丈夫か？」

『うん、だいじょぶ』

声からすると、まだ半分夢うつつのようだ。

『それに、よかった……やな夢見てたから』

思わず、臣の顔に笑みがこぼれる。

中学生になって、制服に身を包むようになり、ひどく大人びた気がしても、やはりどこかまだ、小学生の部分が残っているらしい。

「話してみなさい。悪夢は、三人以上に話すと逆夢になると言うぞ」

遠い昔、本で読んだうろ覚えの迷信を、臣は口にした。

『いい――どんな夢だったか忘れたし』

「そうか」

『……ねえお父さん』

「なんだ？」

『この事件、お姉さんは大丈夫だよね？』
「なんで、そんなこと聞くんだ？」
『なんとなく、不安になったの』
（まさか——雪乃は、何か見たのか？）
臣の中で、不意に刑事としての自分が顔を出して、考え込む。
苦笑しながら、臣は刑事としての自分を、頭の中に押し込んだ。
（いや、考えすぎだ）
雪乃が、不安を抱えるのは、無理もない。
「そうか……」
雪乃はまだ十三歳。
犯罪に巻き込まれるのは、刑事の娘としても初めてだし、他の刑事の家族だって、
犯罪に巻き込まれることは滅多にない。
それが成り行きとはいえ、事件現場になった所に居合わせてしまったのだから。
しかも、殺人事件。
「確かに、怖いところにいたんだものな」
殺人という言葉を、なるべく使わず、穏当に表現する。
犯人は、まだ特定されていない。

不安に思うし、犯人に狙われたら、という漠然とした不安があってもおかしくはない。

『うん――あの時はなんかドタバタしてて、解らなかったけど、なんかその……』

雪乃は、何か言葉に詰まっている。

十三歳は微妙な年齢だ。自分の中の感情を、まだ上手く言語化出来ない。

大人が、急《せ》かしてはいけないこともある――これは、妹の澪からの受け売りだが。

黙っていると、

『もの凄い、不安で……それにお姉さんからも、事情聴取の前に事件の話をしたら、それは話し合いになって、記憶が正確にならなくなっちゃうから、しばらく会わないほうがいいって……ねえ、お父さん、本当？』

それは本当だ、と頷いてしまえば、賢い子だから、納得してしまうだろう。

だが、娘の口調から、本当に自分に言って欲しいことは別だ、と臣は感じた。

沖縄に来て以来、妹の澪のおかげで、そういうものが見えてきている。

「お前は、どうしたい？」

また、しばらくの沈黙。

『お姉さんに、会いたい』

「――そうか。なら、そうすればいい」

『でも、事件のことを話し合ってしまって、それで私とお姉さんの証言が、ごっちゃになっちゃったら……』

「警察も馬鹿じゃない。お前が心配するほどのことは、ないんだよ」

いい聞かせながら、自分が恐ろしく、大きなことをいっているのを、臣は感じた。

それは、たとえ実の娘であっても、証言が時間と共に、大きな食い違いを見せたり、あるいは、何かを隠すような反応が出てきた場合は、遠慮なく疑わねばならない、という未来をも指し示している。

そのとき、果たして自分は娘を疑えるのか。

あるいは娘の大事な「お姉さん」を疑えるのか。

(そう、しなければならない)

これは、警察官としての矜持《きょうじ》で、義務だ。

本当に、それが出来るか。

(やれるか、ではなく、やるしかない。その時は、その時だ)

覚悟を決める。

胃をぎゅっと摑まれる感じがしたが、臣は笑みを崩さなかった。

電話であっても表情は、相手に伝わる。

『……』

「あした、お姉さんに話をしてみたらどうだい？」

『──頑張って、みる』

「そうか。上手くいくことを、お父さん願ってるよ」

『うん……あの、じゃあ、もう、寝るね』

雪乃の声に、わずかに明るい響きを感じて、臣の笑みはますます深くなった。

妻が残してくれた宝物だ、と柄にもないことを思ってしまうのは、こういう瞬間だ。

父親という存在は、子供のためなら、なんでもしてしまう生き物なのだ。

また、つとめてそうあるべきだと、臣は思っている。

「ああ、お休み。また明日」

側に居て、顔を見たいと思うが、ビデオ通話もはばかられるのが、十三歳という微妙な年齢だ。

それに、自分の疲れた顔を、娘に見せたくはなかった。

明日も、色々立て込みすぎている。

『おやすみなさい』

通話が終わった。

長いため息をついて、臣は背広の内ポケットにスマホを仕舞う。

しばらく、ほこりっぽい空気の階段の踊り場で、一本だけが輝く蛍光灯を見上げ、妻が死んでからのことを考える。

『アンタが馬鹿なおかげで、酷い苦労させられてるわ』

川辺と自分が目指すことを口にしたとき、迷うことなく彩香は、デイトレーダーに戻るといい、それ以来、苦笑交じりに、その言葉を口にするようになった。

普段は、注意深く封印していたが、彩香はかなり口が悪かった。

と、いっても、誰かの陰口、悪口を言うのでは、ない。誰に向けてというものでもなく、思わず何事に付け、罵声が出るのだ。

証券会社のトレーダーとして生きていく上で、必要なガス抜きのための技術——というのが嘘の皮なのは、学生時代から付き合っていた臣には解っている。

責任感が強く、いつも無理をして、その責任に応えるのが、貧困家庭の長女に生まれた自分の役割だったから、くじけないために罵声罵倒が、無意識に口に出てしまうようになった……というのが彼女の話した「真相」。

女性が一人で社会に立ち向かうなら、大金と気の強さと口の悪さは、今の時代にはまだ必要なのだ。

だから、彩香は、臣の望みを聞いたとき、迷わずデイトレーダーに戻った。

官僚の世界で、何かを行うには金が要る。

法に触れる賄賂ではなく、「献金」や「募金」という形で動く金は、間接的に人を動かしていくし、また必要な人間に「この仕事に集中してくれ」と渡す生活費としての必要も起こりうる。

一つの法案を通すのに、省庁によっては、数億の金が動く。

それは政治家、政治団体、天下り先のNPO――金を積まねば通れない場所、積めば上手く動いてくれる所が、大量にあるからだ。

多くは不道徳だが、合法だ。

非合法の話はさらに高額だが、そちらはもっとショートカットできる。

「合法だけを狙おう」

それが川辺の方針だった。

日本版FBIの創設――インターネットやSNSの発達で、民間情報の共有が始まり、また、組織ノウハウと、それに伴うハードウェア、ソフトウェアを高額で売りつけたいアメリカからの圧力もあって、気運は高まってきている。

後一押し、二押しあれば。

川辺も臣も、そう思っていたが、その「押す」為の資金をどうするか、うっかり家で飲みながら話したところ、彩香が胸を叩いたのだ。

「三年で用意してあげる。その代わり、三年は、あなたの妻でも、雪乃の母親でもなくなる。アフターフォロー、よろしく」

有無を言わせぬ口調だった。

本気かどうかは、その時はわからなかったが、数日後、FX取引を行うための専用回線工事に加えPCとモニター複数台を購入した彩香は、あっという間に、デイトレーダー時代の厳しい表情に戻った。

投資の元になったのは、臣も知らない、彼女の隠し口座にあった二千万。

それが一年で億単位になった。

二年で十億に届いた。

臣と川辺の読みでは十五億あれば、という話が具体的になってきた。

川辺が動き、臣も動いた。

だが、川辺が倒れて十二時間後、彩香も十五億稼ぎきった翌日に倒れて帰らぬ人になった。

遺産相続のドタバタで臣は半年休職せざるを得ず、その間に、川辺と臣でまとめていた派閥はあっという間に分解された。

復職した臣に下りた辞令は、沖縄県警への出向——守ってくれる存在は、もう何処にも居なかった。

かつては、アポを取らずに現れても、快くドアを開けてくれた警察官僚たちは、軒並み居留守を使うようになり、政治家も、一人を除いて電話を取らなくなった。

人によっては秘書や部下を通じて「お付き合いを遠慮する」と、告げてきたところもある。

手のひらが返る、とはこのことだと臣は思った。

川辺には、いつの間にか、幾つかの汚職の疑いがかかり、その内の数件は「被疑者死亡により捜査中止」という「送検にはいたらなかったが不名誉に違いない」刻印が押された。

自分と川辺は、ともに、やり過ぎたのだろう。

まだ五十にもならない若造が、日本警察が五十年以上作れなかった組織を、二人だけで実現しようとしたのが、間違いだったのか。

だが、彼らの代わりに動こうとする、目上の人間は皆無で、多くが諦めているか、既得権益を侵されると信じ込んで、反対するばかりだった。

だから、ふたりでやるしか、なかった。

奥瀬真紀も、それに加わるはずだったが、彼女は川辺が倒れる直前に、逃げた。

「風向きが変わるわよ」

といい残して。

それは、川辺が、死んだ後の、このことなのか、と臣は脱力感にさいなまれながら理解したものだ。

だが、彼らは臣を、警察から取り除くことは出来なかった。

皮肉にも臣を守ったのは「川辺ノート」と呼ばれる、彼の残した、大量の手帳の存在であり、相続税他で大分目減りしたが、それでもなお億単位で銀行の金庫に眠る、彩香の遺産であり、今も利を生み続ける、彼女の債券類だ。

金と秘密。

この薄汚いものが、臣をまだ、警察庁につなぎ止めてくれている。

もっと、金をしかるべき所に流し込むか「川辺ノート」を手放せば、臣の将来はそれで安泰になるだろうが、臣にそのつもりはない。

そんなことをしてしまえば、「清濁併せ呑む」から「盗泉の水を飲む」ことになる。

川辺と自分を、散々邪魔した連中の門下に降《くだ》る気は、ない。

向こうも、それをある程度理解している。

沖縄出向は「お試し」なのだろう。牙を抜かれたか、まだ反抗する気か。

(関係あるか)

川辺とは、どちらかが死んでも、遺志を継ぐと約束している。

アホらしい、子供のような約束だ。

だが、警察官が友との約束を守らないで、法律が守れるか、という想《おも》いがある。

だからといって、沖縄での仕事を手抜きすることは、絶対に出来ない。

娘だからといって、手を抜くこともしない。

酷く、面倒くさい道を、自分が選んでいるとは自覚していた。

それでも、やらねば、川辺の死が無駄になる。

（ヒロイックが過ぎるかもしれんな）

そう思って、立ち上がった臣の、背広のポケットで仕事用のスマホが鳴った。

「臣です」

『シンベエがホテルをチェックアウトしました。五分前です。タクシー拾って58号線《ゴーハチ》を北上してます。どうしますか？』

監視班の班長からだった。

「尾行をお願いします。こちらは可能性のある所轄署に話を通しますので」

答えながら、臣は階段を駆け下りた。

警察の中間管理職の、捜査における主な仕事は「話を通す」ことに尽きる。

那覇おもろまち署の管轄を越えてしまえば、それは本来、その所轄署の仕事になる。

場合によっては、協力要請も必要だ。

県警が指揮を執っているからと、協力要請や根回しをすっ飛ばせば、それは現場の混乱を招くし、場合によっては、応援要請をしてもなかなか増援が来ない、という事態に陥る。

慌ただしく、人が行き来し始めた捜査本部に戻ると、臣はPCのディスプレイに国道58号線沿いの地図を出し、片っ端から、固定電話で各署に電話を入れ始めた。

「県警本部の臣と申します、はい、ご無沙汰しておりますが、今、容疑者《マルタイ》がそちらの管内を移動中で、自分たちの捜査員が追跡しておりまして……はい、いえ、58号線沿いで移動しているので、応援は今のところ大丈夫ですが、待機をお願い出来れば、それと交通課のほうにも、お話を通して頂ければありがたいのですが……」

これを繰り返していく。

どこまで行くか、は大体の予想が付いている。

七〇年代、沖縄第四次暴力団抗争のさなか、とあるチンピラふたりが対立組織の組長を射殺、ひとりは出頭して懲役を勤めて足を洗ったが、もう一人は、北部に逃げて行方不明。

足を洗ったほうは生涯「あいつは海に飛び込んで死んだ」といい続けたが、実際にはとある漁師を中心とした密貿易グループの伝手《つて》をたどって、フィリピン経由で南米奥地を経由し、最後はアフリカの、ザンビアに逃げたといわれる。

その漁師グループも復帰後、事故あるいは別件で逮捕、投獄や引退などを経て大分減ったが、最後の一人が未だに北部の大宜味《おおぎみ》村近くの小さな港にいるという。

少なくとも、この二十年、そういう仕事をした痕跡はないが、もしも、シンベエが彼を頼るというのであれば、大宜味村に向かうに違いない。

「各移動、および追跡班に通達」

横で阿良川係長が注意を発する。

「絶対に、奴が港に入るまで接近するな。声も掛けるな。『逃亡の恐れあり』の可能性を残せ。いいな？」

上手い指示だ、と臣は電話を掛けながら唸《うな》った。

やはり阿良川係長が一課長になるべきだ、と。

『捜査本部、本部どうぞ』

「どうした？」

『悪い知らせです。シンベエの車をマスコミがつけてます。三台……五台です』

「どうしますか、管理官」

「応援を出しましょう」

臣は即答した。

「所轄にお願いして……あと、巡回中の機捜にも頼みましょう。例の逃がし屋の噂のある漁港まで、58号線を使わず、先回り出来れば……」

「了解です」

阿良川係長は頷いて、警察無線で機捜の謝花警部を呼び出した。

★

第一課の仕事は殺人の捜査ばかりではない。恐喝、傷害と多岐にわたる。

故に八十名居る県警の第一課、那覇おもろまち署の刑事部の数名は、他の業務の処理にあたる。

やはり一課の人間にとって、殺人捜査は花形の現場だ。

そういう「花形部署」から外されるのは大抵、新米の刑事と、退職前で専科ではない部署に来たばかりの老齢の刑事、ということになる。

この辺、所轄署の刑事部は逆で、主戦力は滅多に出さず、二線級だが、そこそこに腕の立つ連中を中心に固めていく。

県警の第一課もそんな連中が、人によっては淡々と、人によっては明らかに不貞腐《ふてくさ》れて、それぞれの作業をしている。

宮城班がそこへ戻ってきた。

「どうしたんですか？」

居残りの一課の一人が尋ねると、

「使ってた所轄の車が調子悪いんで、こっちのを使う。阿良川係長にはあとで報告しとく」

言って、宮城がキーボックスから鍵を取った。

「よう」

ドアが開いて、組対の白間警部が顔を出した。

「あ、白間さん」

警視庁から沖縄県警まで二十五年、組対一筋。

次の組対課長確定と言われる人物に、全員の背筋が伸びる。

「あー。宮城クン、ちょうど良かった。頼まれてクレンカー？」

独特のイントネーションで、白間は言いながら背広の懐から香典袋を取り出した。

「は、はい」

「明日の課長の葬儀ョー、俺は行けんから、お前ら頼むネー」

「わ、解りました！」

県警本部長から、賞状を受け取るような神妙さで、宮城が白間から香典袋を押し頂く。

「で、どうかー、管理官は？」

「一応阿良川係長を立ててる、って形にはしてますが、どうも……本土のエリートさんはエグい真似しますから」

宮城警部補はあからさまに不機嫌を表に出した。

「まー、そんなに、ヤマトゥーだからって、怪しんでないで、試しに信頼してみたらいいんじゃないかー?」

「そういうモンすかねえ」

なおも不満顔の宮城に、白間は片眉をあげてにやっと笑った。

「お前よ、これから出世したいだろう?」

「はい、そこそこには」

「だったらよ、まず、外から来た人には親切にせー。でないとよ、味方になってくれるのが敵に変わることもあるよー?」

「はあ」

「まあ、信頼出来る人間かどうかは、明日で解るかもねー」

「そうですか?」

首をかしげる宮城警部補へ、頬のこけた顔にニヤリと、深みのある笑みを浮かべて、黙ったまま白間警部は、県警一課の部屋を去って行った。

★

「うっわ、えっぐいなぁ……」

機動捜査隊のプリウスの助手席で、高良大輝巡査長が顔をしかめた。

ネットニュースで、今回の事件の記事を、なんとなくたどっていての声だ。

「どうしたの、高良さん？」

「いや、シンベエの奴、井上さんの死亡報告の動画で大泣きしながら実況したら、再生数が三〇〇万突破の大騒ぎだそうで」

「友人の死で荒稼ぎかあ。どこもかしこも世知辛いッスねえ」

ハンドルを握る花城仁一巡査長が、珍しく口を開いた。

「で、今夜パート2をやろうとしたら、チャンネル削除ですってさ」

「天網恢々疎《てんもうかいかいそ》にして漏らさず、ですか。いいことです」

後部座席で、仮眠すべく目を閉じていた謝花警部がそのまま声をあげた。

「でもなんでまた、ここで逃亡なんか」

「真犯人……とか？」

高良巡査長と、花城巡査長の言葉に、謝花警部は、

「まさか。人殺しの顔してなかったでしょ?」

と笑ったが、真顔で高良巡査長は、バックミラー越しに謝花警部を見やった。

「いやわかんないですよ」

「そうですかねえ?」

「世の中、自分の為なら、いくら人が死んでも構わないし、自分が殺す分は絶対無罪、っていう、ぶっ壊れがいますからね」

★

大宜味村の港は、国道58号線を外れ、331号線に降りて塩屋《しおや》湾に沿って進んだ先にある。

シンベエこと新堀兵衛は、公民館を過ぎた所にある、本土復帰前から在るような屋根付きの古いバス停の手前でタクシーを降りた。

白いジャングルハットに、白地に紅《あか》い熱帯魚がひしめくデザインのかりゆしシャツ、白いスラックスに、足下だけが安っぽいスニーカーという姿だ。

「ここまで来たことはどうか、マスコミとかには内緒に」

持っていたクレジットカードの一括払いに、さらにチップを上乗せして口止めする。

ついニヶ月前に、この仕事を始めたばかりで、自分が誰を乗せていたか、何も気づかぬ運転手は、思いがけない高収入に小躍りせんばかりの表情で、

「お帰りの際は是非呼んでください！」

と告げて、去って行った。

夜も九時、那覇と違い、この辺は民家ばかりで、真っ暗だ。

じっと、新堀は屋根と窓の代わりの穴が開いた壁がある、ままごと用の「お家《うち》」を巨大にしたようなバス停を見つめた。

「大丈夫、俺は幸運児《ラッキーメン》、俺は幸運児《ラッキーメン》、俺は幸運児《ラッキーメン》……」

口の中で、新堀は小さく何度も、いつもの呪文を唱える。

もう、限界だった。国内にいる限り「ヤマガー」こと山貸からは逃げられない。

あのとき「ヤマガー」は『井上、お前が殺したことにしろや』という言葉の後、こう続けた。

『お前が殺したことにして、再生数どーんと稼げや。このタイミングなら、それでどーっと人が来る』

さらに、こう付け加えた。

『それと、俺がアイディア出したんだから、今回の配信のアガリの半分は俺のな。今夜中にやれ』

絶対命令だった。

財を成し、風雲児と呼ばれ、どんなに有名になって、ちやほやされる存在になっても、「ヤマガー」にとっては中学時代からのパシリでしかない自分を、今度こそ新堀は自覚した。

半グレの緩いつながりで出来た腕は、何処までも長い。恨みに思ったら、その重さの分、金を支払えと何処までも伸びてくる。

(こうなれば、国外しかない)

その決意があった。

国外に逃げて、逃げて、逃げ延びて、そこで動画配信を再開するのだ。

「殺人とか、変な疑いを掛けられたんで、海外に逃げてみましたー!」

多分、これだけで話題になる。

犯罪も少なく治安もいい国に住む日本人は、基本的に犯罪に憧れてる。

ロマンを持ってる。

かつて「ネアカ、ネクラ」で人間を分けていた連中が世の中の「大人」と呼ばれる今、それはますます加速して、マジメに犯罪に対して目をつり上げることもなくなってきた。

何しろ首相と知り合いなら、国会議員なら、大金持ちなら、大抵の罪はもみ消されても、マスコミも騒がない。

図々しく、居座って、金をかき集めた者が勝ちだ。

そのためにも、

「なんでそんなことを？」

と思わせるような愚挙をやるのは、動画で再生回数を稼ぐための基本だ。

なにもそれは、コーラにメントスを入れて噴き出させることや、裸でワニの泳ぐ川に飛び込むことばかりを指すのではない。

「冷静に考えれば無実なのに、何故か国外逃亡をする」という馬鹿げた行為は、相手が警察なだけに、国内の注目を爆上げするに違いない。

上手くいけば国外にいたほうが、新堀の仕事は上手くいくのだ。

といっても「ヤマガー」からの借金を踏み倒す気はない。

金は返す。だが、これ以上むしられるのはご免だ。

そして「ヤマガー」から逃げおおせる——これまで、海外にいった連中相手になると、途端に彼が興味をなくすところを新堀は見ていた。

ある意味、自分の権限が、どこまでなら及ぶか、きちんと理解しているのだろう。

そこでムキになって追いかけてくるようなら、とっくに「ヤマガー」は死んでいる。

ただし、二度と戻って来ないことが重要だ——幸い、これが上手くいけば、何も問題はない。

国外サーバーからの投稿にまで、日本の動画配信サイトは関与しない。

同じ配信サイトでも、管理者と、その責任は国ごとに分けられているからだ。

大抵のサーバー管理者は、騒がれる前に外国からの投稿をブロックしたりしない。

それによって儲かるし、責任は自分たちにないからだ。

彼らも稼ぐ必要があり、そのチャンスがあるのなら、それは「いい動画」なのである。

これから新堀が逃げようとしているのは、最終的には、南米だ。

インターネット無法地帯と呼ばれ、しばしばダークウェブと呼ばれる犯罪者用のサイトのサーバーが置かれていることも多い。

犯人引渡条約を、日本と結んでいない国ばかりである。

「無実なのに逃げている」は「海外」と結びつけばロマンになる。

ここで冷静に考えれば、自分がやっていることは破滅への道だと理解出来るが、その冷静さを新堀は失っていた。

井上の死体を目撃して以来、夜眠れないし、食事もろくに食べていない。

何よりマスコミの追跡が酷い。

ホテルの従業員達が、とっくに買収されているような気もしていた。

ルームサービスを頼んでも、どこか薄笑いしながら持って来る気がする。

友人の死というショックから来る、一種の逃避衝動を、ボロボロになった理性がツギハギしていることに、まだ新堀は気づいていない。

バス停の中にも闇がよどんでいたが、タクシーのエンジン音が遠く消えたところで、ライターの点火音と共に、真っ白な角刈り、面長で古い傷痕だらけの老人の顔が浮かんだ。

「ひっ」

思わず後退《あとずさ》る新堀に、真っ白な無精ひげに覆われた口で、タバコを咥えたまま、老人はむすっとした声で、

「よく来たね、兄さん」

と、復帰前、沖縄方言が基本だった世代が、標準語《ヤマトグチ》を喋る時特有のイントネーションで告げた。

まるで日本語ではないように聞こえる声は、ドラマの中に出てくる「沖縄の人」独自のおかしみを、新堀の中に生じさせたが、ここで笑ったらおしまいだ。

「に、二百用意してきました」

言って、手にしたグッチのセカンドバッグの中から、札束の入った封筒を差し出す。

老人は、関節の所々が不気味にタコで盛り上がった、皮膚が分厚く、日焼けして真っ黒な指で、それを受け取った。

かちりと音がして、一〇〇円ショップで売っているLEDランタンが灯り、その明かりの下で中身を確認する。

色あせて首回りがヨレヨレになったローリングストーンズのTシャツと、膝下で適当に切ったジーンズ、島ゾーリと呼ばれる、ゴムの古いビーチサンダルを履いている。

「はい、毎度あり」

老人は、咥え煙草《タバコ》をぷっと吐き出して、数年前に販売が終わったはずの、青いバイオレットの箱から新しいのを取り出し、火をつけた。

「着いたら三百、忘れんけョー」

いいながら立ち上がり、LEDランタンを消して、指先にそれをぶら下げ、小脇には半分ほどに分量の減った、昔からある紅いラベルの、安い五合瓶《ごんごうびん》泡盛を抱えて道を横切った。

海側にそって作られた、ガードレールも兼ねたフェンスをひょい、と跳び越える。

「え？」

驚いて駆け寄った新堀が見たのは、フェンスの脚部に結びつけたロープで、海面に浮かべた小さなボートに、猿のように降りていく老人の姿だった。

「み、港じゃ……」

「ニーサン、アンタ馬鹿かね？《ヤー・フラーナー？》　港からまっすぐ出たら警察に見つかるだろうが《ミナトゥんカイ・マッシグイチュリバ、ケーシャチン・ミチカリティソーガー》！」

何を言われたか解らぬまま、たじろぐ新堀に、

「ハイ、早く降りて！」

最後通告とばかりに、ぶっきら棒に吐き捨てた老人に言われるまま、新堀はおっかなびっくり、フェンスを乗り越えた。

片手で、セカンドバッグごとフェンスの上端を摑みながら、そっと足を縮めるようにして地面からたれているロープに手を伸ばす。

急にサイレン音が鳴り響いた。

ダッシュボードの上に置かれたパトランプが、新堀の横顔を照らす。

ハイブリッドカーの、トヨタ・プリウスA、最新型ツーリングセレクションの黒。

電動走行によって、音もなく近づいて、からの登場であった。

「はい、そこの人、危ないから道に戻りなさい」

スピーカーから聞こえるのは、機捜の謝花の穏やかな、ユーモアさえ感じる声だが、聞く立場からすれば、状況が悪い。

驚いた新堀は、そのまま両手を離した。

フェンスの内側にあったセカンドバッグがアスファルトに落ち、当人は海に落ちた。

派手な水音に間髪入れず、ボートのエンジン音が響く。

「た、たすけてえ！」

謝花たちが駆け寄ると、非情にも、すでに老人とボートは去っていて、後には海で溺れかけている新堀がいるばかりだった。

「仕方ない」

そう言って、謝花が上着を脱いで、海に飛び込む。

「ロープ出してきます」

と花城が車に戻るのを見送り、高良は、鑑識用手袋を、上着のポケットから出して、セカンドバッグを拾い上げた。

中身を確認する。

「おいおい……」

百万円分の札の束が十個以上、なるべくバッグを薄く見せるように詰め込まれていて、その中にパスポートも見えた。

パスポートを取り出して開いてみる。

写真はそのまま、新堀兵衛とは、違う名前が表記されていた。

「これで、公文書偽造の現行犯だな」

高良は呟いて、軽く肩をすくめた。

「九時二十三分、被疑者確保……じゃなかった、保護ぉ！」

背後でバシャバシャと泳いでいた謝花が、新堀を助けたらしい。

「班長、確保でいいッスよぉ！」

高良は大声を上げた。

「偽造パスポート見つけたッスー！」

「あれまあ。文書偽造が加わっちゃいましたねえ」

巨漢の花城が、苦笑しながら高良の横に立って、端を輪にしたロープを、海面に放り投げる。

渋滞に巻き込まれて、大きく距離を空けられた、第一課の車とマスコミのバンが、ようやくヘッドライトを道の彼方《かなた》に姿を見せた。

◇第六章：聴取、参考・真相

★

濡《ぬ》れ鼠《ねずみ》になった新堀兵衛《しんぼりひょうえ》を、謝花《じゃはな》たち機捜《きそう》班が公文書偽造および所持、さらに旅券法違反の容疑で現行犯逮捕した。

ただし、彼を捜査本部まで連れて戻ってきたのは、宮城《みやぎ》警部補の班である。

「機捜は確保までが仕事ですんで――それに、充電不充分なまま、プリウスで急いだものですから、帰りのバッテリーが持ちそうにない」

と、マスコミ連中が来る前に、気前よく渡してくれたらしい。

宮城班の班長、宮城誠《まこと》警部補は、特に気にしていないようだったが、臣《おみ》にしてみればちと謝花班長は鷹揚《おうよう》すぎるのでは、と心配になる。

こういう手柄の譲り合いは、どこでもたまに起こるが、のちのち裏側で面倒くさいもめ事の遠因にもなりかねない。

とはいっても、逃走しようとした重要参考人を確保出来た。

新堀は署員用のシャワーを使い、前回、瑞慶覧旅士《ずけらんたびと》に貸し出された、留置場収容者用に用意されているグレーのスウェット（自殺防止で紐《ひも》が使われていない）を着用して、署に設置された、例のプレハブ小屋のような取調室に入れられた。

「なんで偽造旅券を？」

自己紹介した臣は、パイプ椅子に深く腰掛け、ネクタイを緩めながら静かな目で、新堀を見た。

「……その、えーと、判《わか》りません、ハイ」

まだ染めた金髪が濡れたままの新堀は、拳を膝の上で握ってうつむき、黙り込む。

友人の死体を見たことで、疲弊しきった神経は限界を超えて、呆然《ぼうぜん》の状態に新堀を追い込んでいたが、まだ自分の行動を冷静に見るまでには至っていない。

臣に、そこまでは判らない。

ただ、こういう様子を見せる容疑者や参考人が、酷《ひど》く疲弊していて、少し水を向け、待ってさえやれば、何でも喋《しゃべ》り始めることはこれまでの経験で知っている。

「押収された現金は一千万、あなたの財布にも三十万。ホテルを捜索したら、他にも三千万円の現金が押収されました。いつもそんなにお金を持ち歩いてるんですか？」

それきり、臣は沈黙した。

こういう状態の容疑者は、矢継ぎ早の質問による責め立てより、沈黙を恐れる。普段、狂騒的に自己アピールの激しい人間は、特に。

防音の取調室の中、壁の時計の秒針が回る音が、大きく響く。

背後に控えている、書記役の警官も、彫像のように動かない。

三分ほど、臣は黙った。

相手の呼吸を聞き取り、自分と同調させる。

そうすることで、相手の心の動きがある程度読める──少なくともそう信じて言葉を選んでいくと、自然と向こうが喋り出す。

必ず、ではないが、かなり確率が高い──本庁の捜査一課時代、臣を気に入ってくれた老刑事からこっそり教えて貰《もら》った秘技だ。

もっとも、老刑事の冗談だったのかも、しれないが。

さらに、一分。

「……せ、政治資金、です」

震える声で、新堀は答えた。

「お、沖縄のIRカジノ計画の為《ため》に、政治献金、あと……そのチャリティで、子ども食堂とかにお金を……」

新堀には今、自分が何故《なぜ》捕まったのか、この状況からすればどう答えるべきか、という冷静な判断は出来ていない。

ただ、新堀の脳の中、いつもフル稼働で動き続ける回路が「このまま嘘《うそ》をつき通す」というういつものことを行っているだけだった。

「四千万円の現金ですか。何処《どこ》と、何処に送る予定だったか、教えて頂けますか？」

「た、多和多《たわた》議員を通じて、与党の沖縄県事務所に三千万、子ども食堂に、一千万」

「なぜ、それを殆《ほとん》ど置き去りに？」

臣には、そうした理由は推測がついていた。

密航で出て行くときには大量の現金が必要だが、大量でありすぎれば命取りになる。

大荷物になって動きが鈍るし、道中、おかしなことを考える輩《やから》が出てこないとも限らない。

恐怖心に駆られて、今日、銀行で無理矢理引き出したはいいが、そのことに気づいた――あるいは、密航をさせてくれる老人が、そう指摘したか。

「その、ちょ、ちょっと気が変わって、与党には二千万にして、子ども食堂に一千万、あ、あとの一千万円で遊ぼう、と思って」

「沖縄にそんな場所があるんですか？」

「べ、米軍基地の中なら、カジノが……」

あまりにもチープな言い訳に、臣は苦笑した。

確かに、米軍基地の中に、カジノ「コーナー」はある。

だがそれは、型の古いスロットマシンとポーカーマシン、ルーレットマシンがある程度で、掛け金の上限は、米国本土《ステイツ》の、通常のカジノの数千分の一と決められている。

さらに日本のコンビニの半分ほどの広さしかないし、バニーガールなど公序良俗に触れそうなものもない——なぜなら、家族持ちの軍人の為の施設だからだ。

円安のご時世とはいえ、さすがに一千万も使う場所ではない。

「その、ご、合法ですよね？　基地の中は、か、カリフォルニアだから……」

これは本当だ。

米軍基地の中は世界中どこでもカリフォルニア州扱いになっていて、郵便物の住所もカリフォルニア区分けで届き、送料も米国からはカリフォルニア州への送料として計算される。

もちろん、本来の送料は違う。その辺を埋めているのが、しばしば問題にされる日本側の「思いやり予算」だ。

「嘘は、よしましょう」

臣は穏やかに言い切った。

「米軍基地の中であなたが一千万も使う場所なんかない。あるとしたら、大麻か銃器の密輸ぐらいのものでしょう……ですが、どちらにせよ偽造パスポートを持ってる理由が成り立たない」

「……」

「二日前の夕方、何かを、井上《いのうえ》さんが死んだ宿泊施設で見た、違いますか？」

「お、お、俺、こ、殺してない！」

うわずった声が、新堀の口から絞り出された。

テレビのワイドショーなどで、他人を薄笑いしながら揶揄《やゆ》する余裕も、尊大さもかなぐり捨てて、怯《おび》えきったチンピラのようにガタガタと震える。

「い、行ったときには死んでたんだ！　ホントだ、そ、そりゃ最近、将来の事で、そりが合わなくなって揉《も》めてたけどさ、アイツを殺したりしてない！　本当なんだよ、刑事さん！」

「そうでしょうね」

臣は、用意していた封筒から、何枚かの写真を取りだして机の上に並べた。

最初は、監視カメラの動画を、静止画にして撮影《スクリーンキャプチャー》されたもの……羽田空港の荷物検査場だ。

機内持ち込み可能なギリギリサイズのケースを持った新堀が、それを開けている。

中に掌《てのひら》より大きめで八角形の、銀メッキが施された、派手な箱が見える。

次の写真で新堀は、それをポケットに突っ込んでいた。

「検査官は見逃したようですが、これ、五年前に製造が終わって、先月メーカーから回収願いが出た、リチウム電池、ですよね。スマホ用の予備バッテリー」

新しい写真がその上に重ねられる。物差しと共に写っている焼けただれた耐衝撃ABSの破片。熱で歪《いびつ》に歪《ゆが》んでいるが、埋めこまれたプレートから、型番号と製造番号が読み取れる。

「製造番号で追跡したところ、六年前に、あなたがウェブで購入したものと解《わか》りました――なんでそんなものを？」

「て、手だまりがよかったんです……そのそれに、人気メーカーのもので女の子にウケるし……」

そして、芸能人という「キャラづくり」、というものも、あるのだろう。

「で、それをわざと踏みつけて発火させたんですか？」

「そ、そんなつもりなんかなかった！」

新堀は、青ざめた顔をクワッと持ち上げて、抗弁した。

「その、最後に話し合いをしよう、って思って、ホテル、っつーか民泊施設？　に入って、エレベーターで八階に行ったら……井上が、あいつが倒れてて、でもドアはチェーンが掛かってて、あの血の量じゃ死んでるとしか思えないし、声かけても返事ねえし……だから、怖くなって逃げて……」

走る途中、ジャケットのポケットに突っ込んでいた、八角形の予備充電機が床に転がり落ちて軽い音を立て、弾《はじ》けた。

火花が散って火が上がり、慌ててそれを踏みつけて消した。

あとは走って逃げた。それだけだ、と。

「だから靴を買い直したんですね？」

「！」

「あの後、タクシーを拾って、モノレールの首里《しゅり》駅近くにある、『首里リューボー』でスニーカーを買ってますよね。マスクしてたそうですが、接客した従業員があなたのファンだったそうで……置いていった靴も回収しました」

別の写真を臣は差し出した。

証拠保存用のビニール袋に入った、有名メーカーの高級スニーカーだ。

右の靴底から側面にかけて大きな焦げ跡が見える。

「あなたの仰《おっしゃ》るとおりなら、服にも靴にも血液は付いていないはずです」

一瞬、新堀の肩が震えたが、意を決したように頷《うなず》いた。

「や、やってください、お、俺あの中には一歩も踏み込んでませんから……でも、まさかあの後また火が点《つ》くなんて思ってもみませんでした……ホントです、殺して火を点けたりしてません！」

脂汗が新堀の顔中の汗腺からどっと出て、油を塗りたくったような顔になった。

「……なるほど、それなら、あなたは失火の責任はありますが、殺人や放火犯ではない、ということになりますね」

ここは、はっきりと、信用してみせる必要もある。

臣の言葉に、新堀がほっとする。

「ところで、何か他に見ませんでしたか。人影だとか、違和感のあるものを……」

「いや、チョット今は……」

「新堀さん、目を閉じて、ゆっくり思い出してみてください。あなたが思い出してくれるものと、現場から出た証拠が一致していればいるほど、あなたの無実を信じやすくなります」

こちらが、信用してみせたことを質問で納得したのか、新堀は息をついて目を閉じる。

臣もため息をつきたい気分だった……この尋問は認知面接の一種だ。

相手に証言が自分の有利になると情報を開示し、相手の「思い出す」やる気を引き出して、当人が「見たが思い出せない」ディテールを思い出させる手がかりを作る。

「あのときは、えーと……」

「エレベーターで上がったんですよね？」

その証言はさきほどしていた。

「はい。で、出てすぐに右に折れて、角を曲がって……」

「角にある自販機ルームには誰かいましたか？」

「いいえ……そういえば、遠くから女子高生っぽい集団の声が聞こえてきたような……あいつ、悪い癖があるんで、それで足が速くなって……ドアが、半開きになってて……あ、そういえば」

新堀が目を開いた。

「足跡！」

「？」

「水で濡れた人の足跡！　確か入り口から廊下横切って二つぐらい」

「大きさは？」

「そんなに大きくなかった……と思うんですが、俺すぐに逃げ出してしまって……」

しょんぼりと新堀はうなだれた。

「あれ、犯人のなんですかね？」

「解りません」

臣はその「濡れた足跡」の信憑性《しんぴょうせい》について考える。

新堀は見栄《みえ》っ張りで病的な嘘つきで、考えなしの愚か者だ。

だが、同時に今は、追い詰められて素直になっている。

濡れた足跡、というものを咄嗟《とっさ》に思いついたとしても、自分の疑いを完全に晴らすためなら、その足跡の行く先まででっち上げるだろう。

（それすらも引っかけ、ということは考えられるか？）

臣には安易に結論が出せない。

「ともあれ、今日はこんな所でいいでしょう。また明日、お目に掛かります」

そう言って臣は腰を上げ、ぺこりと新堀は頭を下げた。

まるで家庭教師に生徒がするように。

「でも、なんで逃げようとしたんです？」

最後に臣が問う。

「それは『ヤマガー』が……」

途端、頭を下げたままの新堀の肩が、ビクッと震えた。

頭をあげて、不意に新堀の顔は憑《つ》き物が落ちたようになった。

恐るべき「先輩」の名前をうっかり口にした瞬間、恐怖が新堀を元に戻した。

皮肉にも、臣の認知面接が、新堀の脳に安らぎと冷静さを与えたらしい。

「あ……べ、弁護士！」

叫んだ顔は、もう、テレビでおなじみの、傲岸不遜な自称・経済人だ。

「弁護士呼んでくれよ！　そうだよ弁護士だよ、俺、すっかり忘れてた、こういうときは弁護士じゃネエか！　くそ！　今のナシ、全部ナシ！　自白強要だ！」

「証言を記録するためのビデオは回ってます」

臣は静かに告げた。

「私が強要したかどうか、あなたが訴えれば法廷ではっきりしますよ……まあ、そこも含めて弁護士先生とご相談ください」

臣が視線で促すと、記録係の制服警官が立ち上がって「どなたにご連絡しますか？」と尋ねる。

新堀が東京の「金持ち専用」と言われる弁護士の名前と電話番号を思い出そうと四苦八苦するのを背中に、臣は取調室を出た。

「あれを信じるんですか、管理官」

宮城警部補が、怖い顔をして立っていた。

臣に対し、ずっと含むところがあるそぶりを見せていたが、今日もやはり敵意に近い感情を向けていた。

「なにをですか？」

「足跡のことです」

どうやら、マジックミラーと内部のマイクで、外から取り調べを見学していたらしい。

「連行した刑事」としては、気になるところだろう。

「わかりません。廊下はすでに様々な人が踏み荒らしていて、証拠は採取できないでしょう。苦し紛れで証言の追加をしたのかもしれません。ですが、一つ、気になることがあります」

宮城警部補の、いつもの反抗的な態度に反応する気は、臣にない。

本庁時代、骨身に染みたことは「全ての人間に好かれることは、自分には出来ない」という事実だ。

それを踏まえ、上司として、部下として重要なのは、それでも公正に、公平に接しようとする、ということだ。

とはいえ、相手が自分の感情を優先させて、業務や捜査を混乱させたりするようなら、それはまた別の対応となる。

「新堀の言うことが事実であれば、犯人は私がガイシャを発見する前、最初からドアを半開きにしていたことになります」

なので、臣はそのまま宮城警部補の感情を無視し、自分の話し相手として無理矢理巻き込むことにした。

まっすぐに目を見、瞬《まばた》きもしない。

「そ、そうですね」

予想だにしていなかった反応に、いささか怯《ひる》む宮城に、間髪入れず、

「おかしいですよね？　まるで見つけて欲しがってるかのようなのに、なんで手間を掛けたんでしょう？　なぜ、ドアに中途半端にガードなんか、かけたんでしょうね？犯人は誰かに見つけて欲しかったんでしょうか？　あんな小細工をしている最中、もしも人に見つかったら？　この事件の犯人は何を意図して被害者を殺したんでしょう？」

臣は、散発的な、頭の中に浮かんだメモのようなものを宮城にぶつけ続けた。言語化して吐き出すことで処理を速める。

同時に言外に「あなたの無礼な態度を私は気にしていません」というメッセージにもなる。

相手が気づかなくても、こちらは処理速度が早まるから、損はしない。

臣は一瞬、視線を横に外して、鋭く尖《とが》った顎に手を当てると続けた。

宮城警部補のことはもう敵対しているかどうかも含めて気にせず、単なる「話し相手」として認識している。

「犯行を隠すなら、普通、犯人はそれを徹底するはずです。最初、我々が放火を疑っ

たのはそのためですよね？」

「え、は、はい……」

「ですが、新堀の証言は現場の状況と一致します。彼が犯人で、放火による捜査の攪《かく》乱《らん》と遺体の隠避をもくろんでいたなら、もっと着実な方法をとったはず……」

一方で犯人には漂白剤を撒《ま》いて、指紋も含めた遺伝子的証拠を全て処分してから去っているような、用心深さがある。

何もかもがチグハグだ。

そもそも、何故、被害者は殺されたのか。

「……被害者の周辺を洗って貰う必要がありますね」

結論が出た途端、とある顔が浮かんできた。

整った顔立ちに「してやったり」という表情が浮かんでいる。

(めんどくさい事になったな)

もっと早く気づくべきだったが、これまでのいきさつが臣の目を曇らせていた。

今、日本で一番新堀兵衛――「シンベエ」の情報を集めている捜査機関はどこか、と言われれば、東京の、警視庁捜査二課だ。

奥瀬《おくせ》に頼むしかない。県警二課を通じて、では、あの女の性分からして、あれこれ言って拒否をする。臣が出てくるまで資料は来ない。

「私は警視庁の捜査二課に資料を請求します。宮城班は足取りを追ってください」

臣は覚悟を決めた。どっちにせよ、奥瀬が諦めることはない。

それに先ほどの事情聴取で、気になる単語が一個出た。

これは、交渉に使えるかもしれない。

「それと宮城警部補、『ヤマガー』という名前に聞き覚えはありますか？」

「なぜ、自分にお尋ねになられるんですか？」

さすがにこれは馬鹿にされている、という風に宮城警部補は判断したのか、臣を睨《にら》み付けるように言った。

どういう悪意を臣に抱いているか、臣には興味がない。

ここで捜査に協力するか、否かがこの宮城警部補の警官としての価値になる。

臣は答えた。

「警官としての、一課の刑事としての貴方《あなた》に信頼を置いているからです」

嘘も、気取りもてらいも無く、真《ま》っ直《す》ぐに臣は宮城警部補を見据えて、言葉を放った。

沈黙。

この半年、チクチク刺さる針のような悪意にはある程度慣れてきたが、そろそろこちらとしても、使える人間と使えない人間を切り分ける必要がある。

いわば、これは最後通牒《つうちょう》だった。

じっと臣は宮城警部補の目を見た。

互いのまなじりに一瞬、力がこもった。

が、先に視線を外したのは、宮城のほうだ。

自分の悪意も意に介さず、まっすぐに話しかけ続ける臣に、何か感じ入るところがあったのか、宮城警部補はそれまでの、不機嫌そうな表情を改め、引き締めた。

「……いえ、お恥ずかしながら」

どうやら、効果があったらしい。

「解りました。一課案件だけを当たるのじゃなく、他の課にも聞いておいてください。組対は特に」

「了解です」

宮城警部補は敬礼して踵《きびす》を返した。

どの警官も基本、根はまっすぐな人間が多い。

まっすぐすぎるが故に、世の中の不条理の最たるものである犯罪との対決を望むが、同時にその不条理が彼らを、どうしても複雑怪奇なものに、歳月と共に仕上げてしまう。

翻《ひるがえ》って、警察庁の人間で、そこに未練のある自分はどうか。

（間違いなく、彼らよりは不純だな）

そう結論づけざるを得ない。

「ここに居たのね、臣管理官」

数時間前、電話で問い合わせてきた声が、背中から聞こえて、臣は振り向いた。

「いいのか、二課長補佐が、こんな所に顔を出して？」

微苦笑と共に臣は皮肉を言った。

「シンベエを逮捕するとっかかりになるんだったら、って、二課は諸手《もろて》を挙げて送り出してくれたわよ」

警視庁二課、第二係長・奥瀬真紀《まき》警視はしれっとした顔で言い切った。

タイトスカートのスーツ姿に、腰の上までの長いつややかな髪、大きなボストンフレームの眼鏡は、奥にある眼《め》同様、やや垂れ気味で、親近感を演出している。

が、実際には、それが罠《わな》の一種であることは、臣が一番よく知っている。

「奥瀬警視、ちょっとご相談がありますが、よろしいか？」

「ほい来た」

にやり、と奥瀬真紀は、アメリカのアニメに出てくる、サメのキャラクターが浮かべるような、笑顔を浮かべた。

★

那覇市久茂地《くもじ》にある、沖縄独自のステーキチェーン店。

ほどよく暗い照明に浮かぶのはハワイのマウイ島をイメージしたトーテムや、かがり火と岩や木を模した装飾。

「井上は、金庫番ではあったんだけどね。最近シンベエから別れて、逃げだそうとしてたのは間違いないわ」

分厚いサーロインステーキを、鉄板の上で遠慮なく切り刻みながら、奥瀬は続ける。

「原因はシンベエが、イーロン・マスクを気取って宇宙開発にジャブジャブ金を突っ込み始めたこと」

「そんなことしてるのか？」

「ほら、最近世界的大ヒット飛ばしたアニメのスタジオとよ。まあ、見るからに失敗しそうな怪しい組み合わせだけど、元ＪＡＸＡ（宇宙航空研究開発機構）の技術者まで引き込んで結構本格的にやってるみたい」

本格的というのは、金が掛かる、ということとイコールであると、奥瀬は続けた。

「で、最初のロケットの打ち上げまでに、やつの資産は半分以下に目減りしたじゃない？　これ以上はご免だ、って井上はごねたらしいけれど、財産自体はシンベエのものだから、彼が好きに出来る権利があるわけ」

となれば、金があるウチに逃げ出してしまうしかない。

「退職金貰って、沈む船から逃げ出したい井上と、井上に頼り切ってて、細かい金の管理が出来なくなったシンベエとで、結構揉《も》めてんの」

「で、二課としてはなんでシンベエを逮捕《あ》げたい？」

「決まってるじゃない、目的はあいつを刑務所にぶち込むことじゃないわ」

小さく切った、ステーキの欠片《かけら》を、塩と胡椒《こしょう》だけで口の中に放り込み、奥瀬は応えた。

「刑務所の門近くまで連れてって、『やり過ぎたらまたここだぞ』って、はしゃぎすぎた犬に見せつけて、しつけをやり直したいのよ」

「誰が」とは、奥瀬は告げなかった。

が、そこはさすがに臣にも解る。

つまり、政治家関係だ。

シンベエこと新堀兵衛は彼らの役に立つ存在だった。

経団連の現会長や、最近勇退した、日本最大の人材派遣会社の社長同様、ハデに動き回り、与党政府を擁護し、野党をＳＮＳやメディアでクサし、批判的な勢力に冷笑を浴びせる。官邸の望むラインに大勢を誘導するために。

だが、IRカジノに片足を突っ込んだことで、自分たちの頭の上で見過ごしてくれていた……どころか、便宜を図ってくれていた存在同士の争いにまで、首を突っ込み始めた。

コレが間違いだ。

おそらく、今回、奥瀬に行くことをそそのかした「上の方の誰か」は、シンベエに「身の程」を弁《わきま》えさせたいのだろう。

効果がない場合は、おそらく、税務署かそれ以上の経済ダメージの切り札を握っている役所によって、身ぐるみ剝がされる。

でなければ、取引先の銀行から全て差し押さえになるか、あるいは社会的に抹殺されるレベルのスキャンダルが公開される。

ひょっとしたら、東京地検特捜部、あるいは警視庁が、動かざるを得ない「何か」が明るみになることだってある。

この国の権力者の、その権力の使い方は、姑息《こそく》なまでに効率的で、効果的だ。

既得権益を守るときとなると、それは特に鋭さを増す。

IRカジノは、新たなる既得権益元の出現であると同時に、サッカーや野球を公営ギャンブルとして活用しようとしている、一部スポーツ関係の族議員派閥などからの反発もある。

さらに最近活発化している、「美しき日本主義」という、懐古主義派閥の問題も。

さらにＩＲカジノ自体が、内側に二つの派閥を抱えている。

沖縄と九州に誘致しようという多和多議員の派閥、関西に誘致すべきと力説する関西派閥。

特に関西派閥は、形だけは野党の第二与党的な議員たちを多く抱え込んでいて、与野党巻き込んでの攻防となっている。

「だから、あんたに協力してあげるから、シンベエを警視庁に引き渡して」

「失火罪だけだぞ。警視庁に送る理由がない」

刑法一一六条に規定されている失火罪は以下のようなものである。

〈失火によって現住建造物等又は、他人所有の非現住建造物等を焼損した者は、五十万円以下の罰金に処する〉

「古いバッテリーを落っことしたら火を噴いた、踏み消したつもりが火種が残ってた……まあ、確かに浅慮《バカ》だが、業務上失火罪でもなければ、重失火罪でもない」

「そこはなんとかしなさいよ」

「無茶言うな」

臣はようやく三〇〇グラムステーキの三分の一を食べ終えたところだが、奥瀬はすでに四〇〇グラムのステーキを半分以上食べ終えようとしている。

ガッガッしているようには見えない食べ方なのに、会話をしつつ、異様に早い。

彼女の人生もそういうところがある。

迅速かつ、抜け目がない。

「俺達は警官だ。犯罪者を捕まえて裁判に掛けるまでが仕事だ。勝手に罪を増やしたり重くしたりすることは仕事じゃない」

「そんな性分のくせに川辺《かわべ》君と組むから、今みたいに地方に飛ばされてるんでしょうが」

奥瀬はにべもない。

「官僚ってのはね、多少、上の融通は聞いてやるものなの。あたしみたいにね」

「管理官はそうはいかん」

「ま、管理官ってのは何者でもない存在だからね。課長でも部長でも係長でもない。

県警じゃ現場を仕切るだけ……いい気なモンよ」

何か言い返したくなったが、ある意味事実だ。

臣は好きで管理官という立場に拘《こだわ》っている。

県警に、永久出向で骨を埋めるつもりはない。

だが、他の役職に移動すれば、どうしてもその派閥の色が付く。

何者にもならず、どの色も付かない。

川辺真一郎《しんいちろう》という男の旗の下に立ったからには、今さら、のこのこと身の安全の為に、誰かの旗の下につくことが出来るか、という意地……というより、意固地もある。

「で、お前のホントの狙いは新堀兵衛《シンベエ》じゃなくて、『ヤマガー』なんだろ？」

「！」

図星らしく、奥瀬の手が止まり、きょとんとした顔で臣を見た。

「本名は山貸光男《やまがしみつお》。元々は不動産屋の跡継ぎで、最近関東では名前が知られてきた高利貸しで金融ブローカーを名乗ってる男だ。でも実際は関東のとある組の系列の半グレ」

つい数十分前、組対の白間《しらま》から聞いた情報を、さも「他にも知ってるぞ」という風情で告げる。

「四課主導での合同捜査で、今、奴《やつ》を追い詰めようとしてるんだろ？　それなら今回の取り調べで、いいネタが出てるぞ」

ほんの一言、『ヤマガー』という単語が新堀の口から転がり出ただけのことだが、それは言わないでおく。

「本当？」

「俺は少なくともそう思ってるがね……だから、奴の最近のトラブルと事情を全部教えろ」

奥瀬は、ステーキナイフを止めて、数秒沈黙した。

「まあ、いいわ」

そう言って、奥瀬は再びステーキにナイフを入れ始めた。

「で？」

「このところ井上が付き合ってるのは石垣《いしがき》島経由で宮古《みやこ》、与那国《よなぐに》島の地上げを画策してる半グレよ。『713』っていう」

「聞いた事があるな。かなりヤバいのも飼ってると聞いた」

臣の眼が細くなる。

「713」は元々、本土《ほんど》の大手暴力団が、暴対法発効後、将来を見越して作った半グレ集団の一つだ。

表向き誰一人「暴力団員ではない」とされ、いわゆる「杯を受けた」人間は一人も居ない。

だが、歴然としたつながりがある。

武闘派で知られる関西の某組系の「血を引いている」という触れ込みで、構成員は一千人とも言われ、去年だけで二十件以上の殺人に関与しているとも言われている。

現状として、彼らは皆暴力団員ではない。そして半グレは、縦横のつながりがヤクザよりも遥《はる》かに緩やかで、強い連帯意識もない。

さらにいえば、暴対法の外にいる存在で「一般人」なだけに、やる事が昔のヤクザ以上に過激だ。

正確に言えば、人を殺す、ということへの心理的ハードルが異様に低い。

オレオレ詐欺、の通称で知られる特殊詐欺において、受け子と言われる金の引き出し役の態度が悪い、と「713」の幹部の一人がバールで撲殺、遺体をバラバラにし、コンクリ詰めにして青森の山奥に捨てようとして見つかった事件が、去年あった。

幹部を逮捕したところ「俺だけじゃない」と証言をはじめ、その山の中に、この十年近くで殺された合わせて三十人の死体が埋まっていて、世間は騒然となった。

どれも幹部、もしくは構成員の不興を買って殺された被害者で、中には顔面が完全に陥没した死体がいくつもあるという。

ヤクザは仕事で人を殺す。感情の行き違いが原因のこともあるが、必要以上に死体を損壊させることは滅多《めった》にない──この辺が「シロウト」に分類される半グレの恐ろしさだ。

そして自分かわいさにそれを白状《ゲロ》することも。

「で、見つかった三十体のうち、八体の被害者の死に関わりがある、っていう男がどうも沖縄に居るんじゃないか、って噂《うわさ》」

「聞いてないぞ」

「解ったのは先週だからね——組対に聞けばわかるんじゃない？　又善《またよし》なんとかって言ったと思う」

殺人に関係があるなら一課にも連絡があってしかるべきだ、と言いかけて、臣は黙り込んだ。

そのことは、急死した喜矢武《きやたけ》課長が、知っていたかもしれない。

（どっちにせよ、面倒くさい事になってきたな）

課長の急死は、驚く程に深い影響を、今の沖縄県警に与えているようだ。

「……で、他に何しに来た」

「あんたの金で沖縄美味《うま》いもの巡りしようと思って」

「巫山戯《ふざけ》るな」

すました顔で奥瀬はステーキを平らげ、さらに鉄皿に残った脂を、小さくちぎって残してあった、付け合わせのパンに吸わせるようにして拭った。

「あんたねえ。自分の置かれてる立場、理解してる？」

それを口に放り込んで奥瀬は、冷たい視線を臣に向けた。

「上は、未《いま》だにあんたが川辺の遺志を継いで、おかしなことを始めやしないかと思ってるのよ」

「おかしなこと？」

「日本版ＦＢＩを自分の手で作る——あなたたちの夢だったじゃない」

それは、最初の頃、奥瀬の夢でも会ったはずだが、彼女はそんなことは最初からなかった、と言わんばかりの口調で続けた。

「川辺真一郎が死んで、臣大介《だいすけ》は袁紹《えんしょう》を見抜いた趙雲《ちょううん》になったか、それとも劉備《りゅうび》亡きあとの諸葛亮《しょかつりょう》になるか、上はアンタを見てる」

「そりゃ随分と買ってくれたもんだ」

古くさい、三国志演義を使ったたとえに、思わず臣は、笑い出しそうになるのを、何とかこらえた。

奥瀬のセンスではあるまい。彼女は、こういうたとえを好まない。

役人が、自分たちを歴史の英雄、偉人にたとえるのは恥だ、と考える奇妙な潔癖さが、この世渡り上手の塊のような女にもある。

今の言葉は完全に、上からの伝言を伝えただけ、だろう。

趙雲が下につくことを拒んだとされる袁紹は主《あるじ》としての器量に欠けた人物として描かれ、劉備玄徳《げんとく》亡き後の諸葛亮、いわゆる諸葛孔明《こうめい》は亡き主への忠義から、器量に欠けたその子を担いで王朝を守ろうとした。

が、途中で五丈原《ごじょうげん》の戦陣内にて病没、遺言によって己《おの》が死をも利用した計略を見せ、司馬懿仲達《しばいちゅうたつ》を撤退させ、「死せる孔明、生ける仲達を走らす」という言葉さえ生んだ。

だとしたら、買いかぶりすぎ、である。

そういう例えを使うあたりが、日本の警察の官僚らしいとも思う。

(思想が昭和のままで停《と》まってるんだ)

川辺が生前、くどいぐらい繰り返した言葉が、耳の奥に蘇《よみがえ》る。

「俺は趙雲みたいに強くもなければ、孔明みたいな軍略もない。むしろそれを全部一人でやってたのが川辺だ。俺はせいぜい張飛《ちょうひ》ぐらいの役回りだよ」

「どっちが背負《しょ》ってるんだか」

鼻を鳴らして奥瀬はナプキンで口を拭いた。

「あたしにとって、アンタは実力のない夏侯淵《かこうえん》もいいとこ。闇雲に突っ込んでいって、自分の分も弁えない大望をいだいて、あちこちに迷惑掛けて」

「そりゃどうも」

夏侯淵は曹操《そうそう》の部下の一人だ。

やってきたデザートのジェラートを、奥瀬はスプーンでひとすくいして、飲み込み、続ける。

「川辺君は間違いなく曹操だった。野望の途中で死んだのも含めてね」

「そりゃどうも」

じゃあお前は三国志の誰なんだか、と毒づきたくなったが、こういう口喧嘩《くちげんか》で、滅多に奥瀬に勝てないのは知っているから、黙って臣はステーキを口に運ぶ。

赤肉ならではのミディアムレアの肉汁の芳醇《ほうじゅん》さとステーキ専門店故の下ごしらえによる、柔らかい歯ごたえが、一瞬、浮世の憂さを忘れさせてくれる。

（ああ、雪乃《ゆきの》にも買って帰らないとな）

コロナのおかげで、数年前は考えられなかったことに、こういうそこそこの高級店でも、持ち帰りサービスや、弁当などを出すようになっている。

コンビニ弁当と比べれば、倍以上の値段だが、それに見合う味があるので好評だ。

県警の職員の中にも、この店が出す、昼のステーキ弁当を心待ちにしているものは多い。

「とにかく、あんたには川辺ノートと、奥さんが残した遺産がある――本庁に戻したら、アンタが川辺君よろしく暴れ回るんじゃないか。上は、それを恐れてるのよ」

ジェラートを綺麗《きれい》に平らげて、奥瀬はスプーンを置いた。

ウェイターがすかさず器を下げていく。

「――となると、川辺君と違う現場肌の臣大介は、恐ろしく厄介な存在になりかねない」

「買いかぶりも極まれり、だな」

苦笑いしながら、臣は冷たいノンアルコールビールで、口の中の油を落とした。

「俺は日本版FBIが出来ればそれでいい。俺の手柄にする気もない。他に積極的に川辺の遺志を継いでやってくれる人が居るなら、喜んでその人の下につく」

「――そんな純粋無垢《むく》な中学生みたいな話、上が信じると思う？」

「信じないだろうな」

臣は答えながら、冷め始めたステーキ肉の上に、「A1ソース」をかけた。

沖縄のステーキと言えば、と県民が連想するこの酸っぱいソースは、意外な事に英国製だ。

戦後すぐ米軍と共に入ってきたステーキという文化だが、この辺にイギリスに対する元植民地アメリカの、複雑な感情が見て取れる……かもしれない。

ともあれ、冷めてきたステーキにA1ソースはピタリと合う、と臣は感じている。

「で、どうだ。あれから警察庁や警視庁の上の方に、日本版FBIを本気でやろうとしてる人はいるか？」

「まあ、もう一押し、ってところね」

奥瀬は真っ白なテーブルクロスの上に肘をついて手を組み合わせ、その上に細い顎を乗せた。

傍《はた》から見ると、随分親密そうに見えるが、こういう偽装は奥瀬の得意とするところだ。

「川辺君があちこち説得して回って育てた芽が、このところの犯罪の大規模化と、貧困層による『無敵の人』犯罪の増加で、ようやく上の中で芽吹いているところもある、ってとこね」

「まあ、元首相が、火薬まで手作りの銃で撃たれるまで、誰も本気にしてなかったというのは情けない話だな」

川辺が急死したその年、地方遊説中の元首相——その数年前まで現役だった——が手作りの銃で射殺されるという大事件が起こった。

臣は妻の死で休職中だった頃である。

政界は未だにその後遺症と、死後発覚したスキャンダルの後始末にのたうち回っている。

警察においては、警備体制とそのマニュアルも含めた、日本の警察の縦割り構造の問題を露呈させた。

最近は警察庁を「警察省」に昇格させて組織改編させるべき、という意見なども出てきて、日本版ＦＢＩに急速にリアリティを持たせている。

「あんたの悪いところはね、大介」

ため息交じりに、奥瀬は言った。

「正しければ何を言ってもいい。そう思ってるところと、理屈があるなら、それが通らないのがおかしい、と信じて疑わないところ」

「事実だ。そして警察官はそうあるべきだ」

「その前にあたしもアンタも役人なんだから、腹が立っても黙るとか、おべっか使うとか、遠回しな表現使うとか、そろそろ憶《おぼ》えなさい。川辺君はもういないんだから」

こうして話をしていると、実は奥瀬は川辺の遺志を別の形で継ごうとしている、とも受け取れる——が、臣は彼女を子供の頃から知っている。

どんな高邁《こうまい》な理想——それを若い頃固く誓ったような、気高い価値観があろうとも、自分が生き延びるためなら、真っ先に投げ捨てることが出来る。

彼女が守るのは、まず自分とその家族の生活。理想はそれが出来て余裕があれば、なのだ。

(母は強い、とはいうが……)

同時にそれは、信用出来ない味方ということになる。

今回も、今の会話だけを聞けば、こちらを慮《おもんぱか》って様子を見に来たようにも思えるが、実際には上の連中から言い含められて探りを入れに来ているのだろう。

あるいは、当人の中でも、その辺は曖昧なのかもしれない。

そこが彼女が昔から持っている「愛嬌《あいきょう》」だ。

だからこそ、臣もこうして食事をしている。

もっともそれは、派閥の中で、安全に泳ぎ回る小賢《こざか》しさにも通じているから注意は必要だ。

「まあいいわ。ともかく、沖縄に来てからのシンベエの足取り資料、頂戴。片っ端から当たってみるから」

「勘弁しろ、せめて県警の二課と協力してくれ。俺に直接取りに来るな」

「県警の今の二課長、ソリが合わないのよー」

「さっき、上手《うま》くやるのが役人の本道って言わなかったか？」

「それはそれ、これはこれ、よ」

「……お前の上とは対立する派閥の人間か」

奥瀬の沈黙は雄弁な答えだ。

「まぁいい。それは別勘定だ。見返りはあとで考えておく」

「メアドは変わってないから」

「何言ってる？　捜査資料をコピー＆ペーストでメールで、しかも一課以外の部署に送ることなんて、出来るか」

「えー！」

「明日朝イチで来い。コピー機一台空けといてやる」

「……ケチ」

奥瀬の声を聞きながら、臣は最後の一切れをゆっくり咀嚼《そしゃく》して、喉の奥へと落とした。

かなり、美味い。

明日待ち受けている厄介ごとの前に、いいゲン担ぎができた。

◇第七章：葬儀、誘拐、桜の代紋

★

早朝。

那覇中央にある、新築の高級マンション。

多和多華那《かな》の部屋に、父親の多和多堅龍《けんりゅう》議員が厳しい顔をして現れた。

週三回来る家政婦と、当人の努力もあって、綺麗に整理、掃除された部屋では、靴箱の上にある一輪挿しが、鮮やかな黄色い花を咲かせている。

壁に掛かる絵も壁紙の色使いも、少女のセンスの良さがもたらす、明るく、軽やかな雰囲気のものだ。

その中に、重厚な喪服姿の、威風堂々たる多和多議員が、ガジュマルで出来た太い杖《つえ》を手に立っているというのは、どこか、奇妙なちぐはぐさがあった。

「私がここに来た理由は、判るな？」

多和多の言葉に、華那は、静かに頷いた。

「今日から、学校へは行かないでも構わん。お前はしばらく私と、本家にいて貰う。持ち出すものはあるか。十分だけ待ってやる——電話は置いていけ」

「いいえ、お父様。用意は出来ています。電話も部屋の奥に。お母様の写真も置いていきます」

「いいだろう、では、来い。お前には喪服を新調せねばならん」

「？」

一瞬、いぶかしげに首を傾《かし》げた華那に、

「今日は葬式が三件ある。今日、学校には忌引きとして扱って貰う以上、葬儀に出ないわけには、いかんだろう」

「明日以後は？」

「お前は、体調を崩したことにする」

無表情に多和多は言い、華那は父親以上の、能面のような顔で、

「そうですか」

とだけ答えた。

★

翌朝の捜査会議で「シンベエ」こと新堀兵衛《しんぼりひょうえ》の証言を裏付ける証拠が、鑑識から提出された。

回収された靴の焦げ跡から、出火原因だったリチウム電池の、燃焼時に出る成分が検出され、さらに踏みつけた靴底の跡がバッテリーに残された痕跡と一致。

驚いたのは証言通り、足跡とおぼしき血痕の残留物が、廊下で発見されたことだ。

「お話を聞いた後、当該の宿泊施設に行って廊下を詳しく調べたところ、ルミノール反応が出ました」

鑑識の宮里《みやざと》課長が言い、写真が提示される。

「足の大きさは約二十センチ」

「小柄ですね……女性でしょうか？」

「ええ。血痕は廊下を斜めに横切って、向かいの部屋で途切れています」

臣は指示を出した。

「なお、すでに鑑識には瑞慶覧旅士が予約していた部屋に入って貰い、何か痕跡がないかを調べて貰っています……明日、明後日《あさって》までには何らかの結果が出ると思われます、それまで瑞慶覧旅士は重要参考人であり、犯人ではない、という扱いで」

共犯者の可能性があっても、疑わしきはこれを罰せず——建前だと解っていても、それをあえて口にするのが、上に立つ者の務めである、と臣は考えている。

「さて、瑞慶覧旅士ですが、共犯者の可能性もあるので、本当にシフトが当日入ってたのか、不自然な行動はなかったか、誰かと接触していないかを徹底的に」

阿良川《あらかわ》係長が後を引き継ぐ。

「それと青パトの映像も再チェック。瑞慶覧旅士が映ってるものがないか。あと彼の銀行口座のチェックも、二課に話を通してあるんで、一緒に。不自然な大金の入出金がないかについての書類は夕方までに出る。なので明日の朝一で。交友関係も徹底的に」

捜査員達が一斉にメモを取る音が響く中、臣は頭を回して、この人物が犯人であるなら、残しそうな痕跡について考え、言語化し、指示に変える。

臣は阿良川の横で手を挙げて「付け加えます」と告げた。

「今回の現場になった宿泊施設に、彼が以前にも泊まったか、他の宿泊者と何らかのつながりがないかも調べてください」

すでに、それぞれの役目（捜査対象）は各班に割り振られている。

「彼が共犯者かどうかはともかく、少なくとも、彼の予約した部屋に殺人犯が入った可能性があり、それが女性のように小柄な足跡を持っている以上、彼の証言、そのカードキーの行方が今回の事件の鍵だと思います」

保栄茂《びん》真澄《ますみ》の死と、その周辺にいた女性の一件についても、臣は念を押した。

「では、よろしくお願いします」

臣が頭を下げ、捜査員達が「はい！」と一斉に頭を下げる。

「……それと、捜査には関係のない話ですが」

臣は黒ネクタイの襟元を少しただしながら、最後に付け加えた。

「お昼二時過ぎからの喜矢武課長の葬儀、できうる限り出席してください」

言葉を切って、念を押す。

「これは、命令ではなく、同じ警官としての頼み事です。では、解散！」

★

火葬場のスケジュールがようやく空いた、死去して三日目の昼過ぎから、喜矢武課長の告別式が始まった。

那覇市役所近くの大きな寺だ。

沖縄ではそれなりの地位の人物の葬儀によく使われる。

五百人は入る客席は、入れるだけの満杯で、入りきれない人間が、小雨の中、外まで長い列を作っている。

沖縄には珍しく、梅雨の雨が、牛の涎《よだれ》のように途切れない中だというのに、参列者はかなりの数に上った。

県警本部長の挨拶に続き、東京の警察庁長官、警視総監の、型通りだが、ぐっと箔《はく》をつける弔電、県知事、公安委員会からの弔電がさらに続いた後、県警本部長自らの弔文が読まれる。

警察官の日常は、常に地道な聞き取りやパトロール、さらに書類との戦いで、派手な祝いやねぎらいの言葉とは無縁である。

が、葬儀の場では、これでもかと言わんばかりに、弔意という名の賞賛が押し寄せる。

人生最後の場、葬儀において「警察官はこんなに大事な存在である」と民間人に知らしめ、カラクリを知る警官たちをさえ「真面目に勤め上げれば、こうやって見送ってもらえる」と安堵《あんど》させるのだ。

喜矢武課長は、業務中の急死ということで、殉職扱いとなった為、二階級特進で、警視長扱いとなった旨を県警本部長が告げると、遺族は感極まって泣き出した。

警察官の家族は、やはり感性も警察官と同じになる。

夫や父が、本庁の官僚と肩を並べる階級に、死後ではあるが、なった。

そのことは、喜びに値する。

また、死後の警察年金も、その階級に見合ったものとなる。

喪服で参列した臣は、複雑な思いで、その参列者の中にいた。

葬儀は儲《もう》かる商売だという証明のような、分厚い座面を持つ、高級なパイプ椅子の上に座っている。

腰の後ろの「装備品」の位置に気をつけながら、座る位置を改め、背筋を伸ばした。

喜矢武課長は、上手いタイミングで世を去った、と改めて思う。

裏で半グレとつながっていることが、明らかになっていたら、とてもこんな華々しい葬儀にはならなかったろう。

汚職が発覚したあと、自殺した刑事の葬儀に、臣は一度参加したが、荒涼とした風景と、がらんとした葬儀場にたなびいていた、か細い線香の煙の匂いを覚えている。

「……では、喪主様、ご挨拶です」

司会進行役の、葬儀会社の社員が、神妙な顔でマイクから外れる。

二十代後半とおぼしい、喜矢武課長の娘が、両脇に子供を連れ、嗚咽《おえつ》をこらえながら、マイクの前に立ち、喪主としての挨拶を行った。

普段なら喪主は妻になるが、喜矢武課長の妻は、娘の後ろで力なく車椅子に座っている。

肌の色艶や、虚《うつ》ろな目つきから、長く健康を害しているのは明らかだ。

(そういえば、半年前から入院していたんだっけ)

喪服の裾から見える足の細さが、長く歩いていないことを示していた。

娘の弔辞は、適度な長さで、そろそろ終わりを迎えようとしていた。

「……父は、色々欠点もある人でした。ですが、私たち子供にとっては、いつだって全力で願いをかなえてくれる、スーパーヒーローでした」

最後の言葉が臣の胸に響いた。

たとえ半グレと通じている汚職警察官であったとしても、子供達にとってスーパーヒーローであった、という言葉で見送られる喜矢武課長は、父親として、幸せだと思う。

(俺はさて、どんな父親に見えてるんだろうな)

親子といえども、距離が出来ることはある。

今のところ臣と、娘の雪乃の間は冷え切るほどの関係ではないにせよ、そこまで言ってもらえるほどのことをした、という感慨は、臣にないし、雪乃もどう感じているのやら、実のところは解らない。

（『棺覆いて、人定まる』というが――）

その棺の蓋がこじ開けられるのも今のご時世だ。そう思うと、喜矢武課長に関する内偵も、今後の状況によっては、再開する可能性はある。

その時、本当に喜矢武課長と半グレ組織が繋《つな》がっていた場合、遺族の受けるショックはどれくらいだろうか、とも思う。

娘が一礼して下がると、司会進行が、またマイクの前に現れ、焼香の開始を告げた。

読経と共に焼香が始まり、しばらくすると、まるで、野焼きでもしているかのように、大量の線香の煙が、途絶えることなく立ちこめていく。

一課の捜査員たちも、今日は数名の電話番役を除いて、全員参加している。

焼香が終わったら、若い職員から急いで帰り、電話番を代わる。

沖縄において、葬式は「外交」と、呼ばれるぐらいの重要事だ。

それなりの立場になったなら、毎朝の新聞の死亡欄チェックは欠かせない。

死亡欄に、知り合いと同じ姓の人物があったら、次は遺族欄に目を通し、その中に知り合いと同じ名前があれば電話をし、どういう関わりの人物かを聞いて、葬儀に出席する。

単なる同姓同名であれば、それを話題のきっかけにして、久闊《きゅうかつ》を叙する。

場合によっては一週間からひと月、葬儀に出席する日々、ということもある。

そのためか、沖縄の香典の相場は、本土より遥かに安い。

一般家庭であれば三千円。重役クラスでも、よほど親しくない限り、五千円でも文句は言われない。

その代わり、弔われる対象が親しければ親しいほど、七日《ナンカ》ごとに仏壇に線香をあげにいく必要があり、さらに百日、一周忌、新盆、三回忌……と回数は増えていく。

よく出来た仕組みだといえた。

だから、若手も電話番だからと、焼香を回避するわけにはいかないのである。

管理職はなるべく遅く、若手に、焼香の順番を譲ることとなる。

業者か、遺族は弁えたもので、焼香の列は三つ作られていた。

真ん中は一般、左右が警察関係者だ。

一般焼香客の中には、黒の喪服型かりゆしウェアの着用者が多いが、警察関係者はきっちり上下の喪服である。

基本は若手と高級幹部が優先、中間管理職は一番最後、そして関わりが深いことが多いから、出来れば遺族と何らかの会話を交わす、というのが無言の作法だ。

つまり、臣は、しばらく焼香を待たねばならない。

読経が流れる中、位牌《いはい》に書かれた戒名を見て、それが短いことに臣は気づいた。

沖縄の人間は戒名の長さや、階位の重要さに興味がなく、大抵の葬儀の場で坊主は戒名代を大して取れないという話を聞いた事があるが、喜矢武課長の遺族もそうらしい。

呼び出しでも受けない限り、どうせあと一時間は、捜査本部に帰れない。

頭の中で、臣は事件の整理をすることにした。

まず、現状で判明している事実。

1／被害者は腰にタオルだけの姿で、身体《からだ》を十数カ所も刺され、失血死している。

2／周辺の部屋に、当時客はなく、階下の客もいなかったため、目撃者はない。

3／被害者の部屋のドアは開いていたが、ドアガードがかかっていて、即座に中には入れない状態にあった。

4／刃物は細いナイフ状の物。犯人は井上とほぼ身長が同じか、やや低め。

5／残された足跡は、おそらく女性のもの。だとしたら相当に、力は強い。

6／殺害後、犯人は血まみれの格好のまま、漂白剤を使って現場の遺伝子的証拠を一切消去し、立ち去った。

7／が、建物から出た形跡は現在見つからず（ただし、ホテル自体に監視カメラの類いが殆どないため、すり抜けて出て行く可能性はある）。

8／その前に、瑞慶覧旅士という青年が借りて、結局使用しなかったらしい部屋に入り、身体を清めた。そこでも漂白剤を使い、遺伝子的証拠をほぼ抹消。

9／建物内だけでなく周辺にも殆どカメラの類いはないため「青パト」の映像の、各警備会社に「提出願」を書面で出しているが、まだデータはそろっていない。

10／殺害後、一時間して、新堀兵衛が現場を最初に発見。

11／慌てて、逃げる際に落としたモバイルバッテリーから出火——偶然、残された数少ない証拠も消火活動で多くが消えることとなった。

新堀兵衛が、何故、わざわざ偽造パスポートまで作って逃げ出そうとしたのか、についてては、今日になって弁護士から全ての事情の開示があった。

聞いてみれば馬鹿らしい話だ。

大学のサークルや、ブラック企業と今日《こんにち》呼ばれる会社などでよく見られる、「囲い込みによる洗脳」。

弁護士によると、学生時代から続く関係と「ヤマガー」の凶悪凶暴さが、新堀の思考を縛って追い詰め、心神喪失状態になった……と。

それなら、あの唐突な逃避行も説明が付く——奥瀬にこのことを知らせたら、「ヤマガー」の尻尾がつかめるかもしれないと喜んでいたが。

それとは別に、被害者は、新堀の反対していた、地上げがらみのトラブルに巻き込まれている可能性もあるようだ。

となれば、殺人の動機はある種の見せしめ、という可能性も浮かび上がってくる。

だが、どういうわけか、現場の様子にはそういう粗暴な犯人の印象は皆無だし、素人の半グレじみた雑さもない。

怨恨。それも衝動的なものではなくて、入念に計画をするほどの怒りが見える気がした。

そうでなければ遺伝子的証拠の徹底的な消去の理由にならない。

十数ヵ所の傷は、殺意の大きさを意味するだろう。憎悪の大きさ、ともいえる。

(では、なぜドアは開いていた……わざと開けて、ドアガードだけ?)

読経が終わり、故人や家族が希望したらしい音楽が流れ始める。

最初に掛かるのは、美空《みそら》ひばりの「川の流れのように」。

随分とセンスが渋い。

(証拠を、あそこまで消去するほどの用心深さがあるのに?)

犯人の考えている事が読めない……と結論を出しかけ、臣は気づいた。

(……つまり、事件は追って欲しい。でも自分がかばわれては困る)

確信犯の中に、こういう心理と行動を起こす者が出てくることがある。

自分は正しいことを行った。だがあっさり自分が特定され、逮捕されると、井上とそれに繋がるシンベエ、そして政界のつながりから、事件そのものが「配慮」されてしまう可能性が出てくる。

犯人が本当に望んでいるのは、自分が逮捕され、その犯行理由を滔々《とうとう》と述べる機会を得る、あるいは翻弄される警察に対して何らかの犯行声明を出すことで、自分の意見を世に示すことではないか。

故に警察を刺激するために、死体を見つけやすくし、その上で指紋や遺伝子に繋がる証拠を全て消去した。

立地条件も含め、監視カメラの映像が殆ど得られなければ、警察はあらゆる面から本気で捜査せざるを得ない。

入念な思考と、決断力、情報収集力が必要だ。

（だとしたら、間違っても半グレの思考じゃないな）

彼らは暴対法の下で生きるヤクザとは、比べものにならないほど短慮だ。

気に食わない、面子《メンツ》を傷つけられた、損をさせられた——とくると瞬間湯沸かし器のように頭を沸騰させて暴力を振るう輩《やから》が大半だ。

こんな計画的なことは出来ない。

となれば。

まず、二年前のレイプ事件の被害者周りの人間が疑われる。

一番の動機持ちの瑞慶覧旅士にはアリバイがあり、彼は間違いなく、誰かをかばっている。

あれから何度も取り調べたにもかかわらず、瑞慶覧旅士は未だに「自分がやった」と言い張っていた。

実際の犯行現場との差違を突きつけても「気が動転していた」「忘れていた」と証言を二転三転させてまで「自分がやった」と言い張る。

一課でもコワモテの連中にも頼んだが、あの気の弱そうで、大人しそうな青年はまだ、粘っていた。

やはり、自殺した保栄茂真澄の周辺が、犯人に繋がる「本筋《ホンスジ》」だろうか。

(比嘉《ひが》警部が、そっちは調べていたっけ)

結果が出るまではこれ以上は考えても無駄だ。

別の角度から検討をしてみる。

(政治犯か？　利害関係か？)

「シンベエの金庫番」を殺すことに意義を見いだす政治的な結社、あるいは宗教的な信条を持った犯人、というのも考えられた。

被害者が地上げに絡んでいる、というのも気に掛かる。

やり合うのは半グレ同士だとしても、その背後にもっと大きな組織や権力があれば、

「警告」として被害者を殺すことはあり得る。

　誰に対する警告か？

　シンベエこと新堀にだろうか。だとしたらなぜこのタイミングで、沖縄でなのか。

（地方なら捜査が行き届かないとでも思ってたのか？　それとも逃げやすいからか）

東京……関東は広い。そして逃走経路はさほど多くない。Nシステムと監視カメラが至る所にある。

一方沖縄は狭い、というより「海」という最大の逃走経路までの距離が短い。

新堀がやったような逃走方法は、そうそう使えなくても、逆に今の時代、小金持ちでクルーザーを持っているような人間に頼んで、沖合で「乗り継ぐ」ことは出来る。

あるいは小型のボートを盗んで有視界航行で島伝いに移動していけばフィリピンまでいけるし、そこからさらに遠くへ逃れることは容易だ。

　理屈で考えれば、こっちのほうがホンスジのような気もする。

（井上はそれほどの大物か？）

それだけの周到な計画を立てるとなれば、それだけの価値が井上という人物に必要になる。

だが、何処まで行っても井上の話は「シンベエの親友」「シンベエの金庫番」という評判ばかりだ。彼が単独でなにをしたかという話は、地上げの話以外、驚く程聞こえてこない。

新堀がうっかり口に出した「ヤマガー」こと山貸《やまがし》光男《みつお》の筋も考えられる。

(奥瀬に聞くしかないか)

今必要なのは、東京に拠点を置いて動いている、被害者とシンベエの情報だ。

必然的に警視庁の情報、ということになる。

幸い、まだ奥瀬は沖縄にいる。何か聞き出せるだろう。

警察官として事件のために情報を得ることは重要で、それが合法的手段で可能であれば、なおさらだ。

「お先に失礼します、管理官」

阿良川係長が臣の横を通って焼香の列に並んだ。

中間管理職にはありがちな、慣れきった手つきで焼香台に向かう。

臣の喪服の内側でスマホが震えた。

「……?」

警察用のメッセンジャーアプリで、比嘉秀樹《ひでき》警部が報告してきている。

【瑞慶覧旅士の恋人、保栄茂真澄の友人の行方が判りました。名前は、西武門《にしんじょう》ひとみ

（二十四歳）。二週間前まで刑務所にいたようです。罪状は傷害と麻薬の不法所持、常習者でもあるようです。他にも前科ありました。いずれもこの二年です】

時間帯を見越して、電話ではなく、メッセンジャーアプリを使う気配りが、比嘉警部らしい。

すかさず、フリック入力で「ありがとう、後続の報告をお待ちしています」と送信し、臣は立ち上がった。

まずは、この保栄茂真澄の友人、西武門ひとみの線を調べ尽くす必要がある。

と、会場に、声に出ない、静かな驚きが広がった。

驚きの気配に振り向くと、入り口に多和多議員が現れた。

生地からして他の出席者たちとは違う、落ち着いた色合いのつややかな、しかし悪目立ちしない輝きの黒い喪服に身を包み、背筋を伸ばして、トレードマークともいえる髭《ひげ》をなびかせ、太いガジュマルの木を遣って作られたステッキをつきながら現れる。

その後ろには、第二秘書であり、いずれは彼の後を継ぐであろうと評判の長男、そして華那がいた——多和多議員の妻はすでに死去し、娘達は全員本土に嫁いでいるらしいから、その名代なのだろう。

十四歳とは思えない、落ち着いた美貌が、袋袖のワンピースになった喪服に包まれている様は、奇妙なほどにしっくりと似合っていた。

葬儀会社の社員が伏し拝むようにしながら一般列に先行し、並んでいる人たちにささやく。

一般列が、モーゼが海を割るように別れ、多和多議員は先を譲ってくれた一般客に、ひとりひとり会釈しながら先に進み、焼香する。

長男と華那もその後に続き、父の多和多議員同様、遺族に軽く一礼して焼香していく……そして最後、会場を辞するときに、親子そろって深々と一礼した。

(大した物だな)

テキパキとしつつ礼儀を弁えて、死者への敬意を優先的に示し、そして目立つ。

「あんな分厚い香典袋、初めて見た……さすが議員さんだ」

どこからかそんな言葉が聞こえて来た。

焼香の列が、また元に戻り、動き始める。

その中に一課の宮城の姿が見えた。おそらく外回りに行く前に、ということなのだろう……が、その顔は多和多一族が消えた出入り口に向けられ、傾いている。

(どうしたんだ?)

とは思ったが、距離もあるし、焼香の列が動き出してしまった。

（そろそろ、自分も焼香して本部に戻らねば……）

腰をあげ、「装備品」が周囲に見えないようにしつつ、焼香の列に並ぶ。

宮城が焼香を終えるのが、遥か先の列に見えた。

しかし、本当に列が途切れない。

（これは見誤ったかもしれない。もう少し早く……）

そんなことを考えていた、臣の視界の片隅に、血相を変えた阿良川係長が、足早に会場を出て行く姿が見えた。

先ほどまで、遺族と何か、話し合っていたはずだ。

いやな予感がして、臣は列を離れた。

阿良川係長の後を追う。

幸い、痩身で身長も高い阿良川係長は、参列者の中でも目立つ。

彼が寺の境内を抜けながら、スマホを強く握りしめているのが見えた。

顔色は真っ青を通り越して紙のように白い。

予感がして、臣は駐車場に急いだ。

大急ぎで愛車のボルボを駐車場から引っ張り出し、寺の前につけると、阿良川係長を乗せたタクシーが、ちょうど出て行くところだった。

58号線に出ると、そのまま北上を開始する。

ダッシュボードの上に、固定したスマホが鳴った。

一瞥《いちべつ》して、見覚えのある番号なので、スピーカーで受信する。

「臣です」

『白間です。ウチの若いのがしくじりました』

組対の白間警部の声から、いつものノンビリした調子が消え、声も早口になっている。

『阿良川係長の末の娘《さん》さんが誘拐されました。相手は黒のバン、ナンバー確認したところ、盗難車で、近くの廃ビル裏に、すぐに乗り捨ててありました。阿良川係長をそちらで抑えてください、多分、例の又善が仲間内から何か言われて焦ったんじゃないかと……』

半グレのつながりは緩いが、足を掬《すく》う素早さはヤクザよりも苛烈だ。

又善、という名前——奥瀬真紀の言う「713」の殺人事件が、どうも又善星一郎という半グレと関わりがあるらしいことは、白間に問い合わせて判っている。

だとしたら焦って、衝動的にこんなことをしてもおかしくない。

だが、阿良川係長の末の娘といえば、たしか十歳にも満たない小学生だ。

又善は、阿良川係長とはまるっきりの他人という訳ではない。

沖縄なら、子供達も年に一回は「おじさん」として会っているはずだ。

そして、子供は世界の悪意を殆ど知らない……それを利用したのだろう。

臣の胸が痛み、同時に犯人への怒りがわき上がる。

「今、阿良川係長は血相変えてタクシーで北上してます。色々あって、私は今その三台後ろにいます」

臣は尾行中、という言葉を無意識に避けた。同じ仲間だ。

「随時連絡します。無線は積んでないんで、スマホでいいですか？」

『お願いします。今どの辺り？』

「松山《まつやま》入り口の横を抜けて、北上中」

『了解、こちらも急ぎます。ではまた後で』

電話の向こうで慌ただしく走って行く音が聞こえつつ、通話は終わった。

臣は追跡に戻った。

雨に濡れた、沖縄のアスファルト特有の滑りやすさに注意しながら、ハンドルを操り、アクセルを慎重に踏む。

牧港《まきみなと》を越えた辺りで、臣は腰の後ろの「装備品」を少し前に移動させ、いつでも使用出来るようにした……万が一の用心だ。

ところで、先に少し触れたように、暴力団構成員の人権すら制限する過激さを持つ

「暴力団員による不当な行為の防止等に関する法律」こと、暴対法は、沖縄ヤクザの凶暴さから生まれたという話がある。

元々、沖縄には「アシバー」とよばれる「素行の悪い人間」はいても、ヤクザのような組織だった存在はなかったのだ、と言われている。

これは、戦前までの沖縄の人口比率と、明治維新以前から続く、根本的な経済の困窮故、当然だったとする説もある。

世間では通常、ヤクザをはじめとした暴力組織は、人が、ある一定数以上集まれば、世界中、何処にでも湧いて出てくるように思われているが、それが集団を成して代々定着することさえ出来ないほど、沖縄は小さく、貧しかったのだとも言える。

ともあれ、沖縄に組織だった無法集団が形成されるのは、皮肉にも、米軍統治下においてのことだ。

暴力集団同士の暗黙のルールや格付けは、その古さで決定されていくが、沖縄は戦後一斉にヤクザ稼業がスタートした。

その発生と発展は、ヤクザと言うより、イタリアマフィアやアメリカのギャングに近い。

金が集まり、資本が集まる所で、腕自慢の男たちが殺し合い、殴り合いをしながら出来上がっていった、小さな不良グループが大人になった、という感じだ。

オマケに殆どが、激戦であった沖縄戦の経験者である。元兵隊もいれば少年兵も居る。

さらに「戦後」を知らないかのように、朝鮮戦争、ベトナム戦争に突入していた米兵たちは、未だに殺気立ち、時に戯れに沖縄の人間を標的にしていた。

本土ではヤクザ社会が高度経済成長に沸く中、沖縄のヤクザ社会では、生きる為には殺し、殺されることもありえる時代が、米軍に占領されたままで続いていたのである。

そのため、トラブルの解決に、殺人を選ぶまでの距離が、異様に短かった。『沖縄やくざ戦争』と、映画のタイトルにまでされるような、血で血を洗う抗争は、激しさを増し、今も沖縄の古い心霊スポット、と呼ばれる場所の、半分以上は、この時に、抗争の舞台になった、という因縁を持っているほどだ。

本土復帰後も沖縄県警は「機捜も銃を持たないと危ない」とまで言われ、実際、機捜が常に拳銃を装備していたという。

八〇年代末、その抗争の末、組事務所に窓ガラスを交換に来ていた、アルバイトの高校生が、巻き込まれて、射殺される、という事態が発生した。

このとき、当時の県警本部長が「いかなる実力行使をもってしてでも」と全捜査員に言明した時、地元マスコミを含め、どこからも非難の声が上がらなかったことが、その激しさと過激さを暗に示している。

世紀を改める前後、激動の時代を生き延びた、とある大物組長の骨折りで、沖縄のヤクザ抗争はようやく鎮静化したが、半グレの過激さは、間違いなくその血筋を引いている。

本土から弾かれて渡ってくる半グレも同じ過激さを有している、いや、むしろそれは戦後すぐの厄介な連中に逆戻りしているのでは……とも臣は聞いていた。

だが、警察官の家族を誘拐して脅す、というのは、蛮勇を通り越して愚かだ。

警察は縦社会だが、同時に家族意識が強い。

警察官の誰かの災難は、警察全体の災難。警察官の誰かへの危害は、警察全体への攻撃。

身内の被害は、どの犯罪捜査よりも力が入り、昔は「多少の暴走」さえ大目に見られた。

ヤクザどころか犯罪者も一般人もそのマズさを、経験やメディアなどを通じて知っているご時世だ。

それだけに、警察側も警戒しない、故に効果的だ、と踏んだのかもしれない。

沖縄のヤクザ抗争が落ち着いて二十年、警察にも油断は生じる。

白間警部が又善星一郎という存在に、強い警戒心を持たなければ、まんまと今回の一件は発覚もせず、相手の意のままに終わったかもしれない。

「半グレで、『又善スター』とか他人に呼ばせて、喜んでるような人間ですからね」

と強く警戒する理由について、白間は言っていた。

なんでも、かつてそう呼ばれた伝説のヤクザが、沖縄ヤクザ抗争を、激化させた張本人であるらしい。

★

阿良川係長は、浦添《うらそえ》を過ぎ、伊祖《いそ》インターチェンジの辺りでタクシーを降りた。

ここまで、自分以外の尾行の車は、まだついてきていない。

そこから五〇〇メートルほど、細い、住宅街へ続く未舗装の赤土むき出しの道を、阿良川係長は小走りに行き、小学校のそばを抜け、奥にある廃工場へとたどり着いた。

臣は遥か後ろから、ボルボで追いかけていたが、小学校の辺りで車を降りる。

雨はまだ降っていて、雨具が欲しいが、文句もいえない。

この辺は、再開発で新しい家が次々と建ってはいるが、まだ殆どが畑だったり野っ原だったりして、少し小高い丘の上には、廃工場――おそらく元は鉄工所だろう――

が、ぽつんと建っているのが見える。

出来れば、このまま応援がくるのを待つべきだ、と思うが、沖縄は本土と違い、車社会だ。警察といえども、交通渋滞に巻き込まれると、なかなか大変だ。

所轄との連携は、無事に取れていればいいが、どうもこの様子では違うらしい。

となれば、独自判断と行動も、やむを得なかった。

なにしろ人の……それも、子供の命が掛かっている。

本来なら浦添署に話を通すべき案件だったが、その余裕はなかった——もっとも県警本部長を通じて何かあれば連動する形で、話は通っているはずだ。

近くの民家の塀の陰に隠れ、臣は腰の「装備品」……拳銃を抜いた。

日本の警官は、アメリカと違い、バッジナンバーと拳銃は、紐付けされない。

あくまでも拳銃は、警棒や制服同様の「支給品」ではあるが、同時に「貸与」されているに過ぎないからだ。

なので、沖縄県警に出向が決まった時点で臣の銃は、警視庁時代のニューナンブ・サクラではなくなっている。

沖縄は暴力団抗争の激しさと、それに伴う海保との連携の強さ、また海保では銃がタフな条件下で使用されるため、しばしば警察の特殊班ＳＩＴやＳＡＴの銃器候補の試験採用がされる事情もある。

故に時折、海保において試験的に使用された銃器が、県警の銃器保管庫に回ってくる。

臣に割り当てられた銃は、S&WのM&Pという十五連発の銃だ。

ただし、昭和三十年（一九五五年）施行の「警察官けん銃使用及び取扱規範」に基づき、装填されている弾は五発。

（管理官にもなって、こんなものを）

という思いが臣にはあるが、仕方がない。

あのとき、葬儀場には一課の捜査員はおらず、組対の捜査員は全員、家族の警護に出張っていた。

白間に状況を報告するのがやっとである。しかも間の悪いことに、捜査本部で一課の捜査員達に指示を飛ばせる阿良川係長本人が事件の当事者だ。

と、音もなくプリウスが、臣のボルボの後ろに停まった。

機捜の謝花警部たちだ。

「応援に来ました。阿良川係長《さん》は？」

「今一〇〇メートルぐらい先だ」

「どうします？」

「これは組対のヤマだが、一課の係長が関わってる案件でもある。誘拐と恐喝だしな」

「はい」

「他の一課の連中は渋滞に捕まったみたいですね。多分二、三十分遅れですわ」

高良《たから》巡査長が言いながら、ショルダーホルスターから「装備品」を抜いた。

こちらは大分年季の入った、ブローニング・ハイパワー。

海保の所蔵品が流れてきたらしく、遊底の横に「海保70010３ブ」の文字の印刷されたラベルが貼ってあった。

謝花と花城《はなしろ》も、同じ様に海保のラベル付きの銃だ。

「随分デカイ銃だな」

五連発のニューナンブ・サクラと、中型拳銃のSIGのP230しか見慣れていない臣からすると、十三連発のブローニングは仰々しいほどに大きく見えた。

「ちょっと前まで沖縄の機捜は最前線でしたから」

謝花が笑って、やたらゴツゴツした短銃身の、六連発リボルバーを点検しながら、五発だけ入っていた輪胴弾倉に一発、足した。

「いいのか？」

例の規範には六連発でも装塡は五発までと決められており、かつては弾倉二つ分持つことを義務づけられていた予備の弾も、今は持たないのが普通である。

「ええ。こういう状況であれば、フル装塡出来ます」

　確かに「警察官けん銃使用及び取扱規範」はあくまでも「基本的には」を決めた「規範」であり、各所属上長が許可した場合にはフル装塡、ないし予備弾倉の所持まで許される――そうでなければ、SITの隊員たちも、三十連弾倉のSMGで武装出来なくなるからだ。

「私は五発だけだ」

「装備部の佐藤《さとう》係長《さん》か、豊里《とよさと》警部補《さん》に言わなかったんですか。マジメですねえ……ではなるべく管理官は下がっててください」

　謝花が、冗談めかして言い、「すみません」とすぐ謝った。

「悪い冗談で失礼しました……じゃ、とりあえず自分の予備の弾を」

　そう言って、謝花はポケットから、軟質樹脂のレール型クリップにまとめた弾丸を六発まとめて臣に渡した。

「自分はまだ六発ありますから」

　平成の頭まで、日本の警察官は予備の弾を弾倉二つ分持つことを認められていたが、今の沖縄県警では、非常時にそうしているらしい。

「リボルバーと拳銃じゃ弾が違うだろう？」

「ああ、自分と管理官の銃は同じ弾です。こいつ、ドイツのコースってとこのリボルバーっつって、38スペシャルじゃなくて自動拳銃用の9㎜パラベラム使うんで」

その後ろで花城が同じく、銃弾を一発加えて輪胴を元に戻しているのは、巨軀《きょく》に相応《ふさ》しい、S&Wの大型リボルバーだ。

銀色のステンレス製で、太い銃身の下に、丸太のようなパーツがくっついている。

(舘《たち》ひろしが昔使ってた奴か)

刑事ドラマで名をはせ、今では重鎮俳優の若かりし頃の姿を、臣は思い出した。

しかし、この装備類は、とても日本の警察には見えない。

「銃だけ見たらまるで八〇年代の刑事ドラマだな」

受け取った樹脂製クリップから弾を外し、自分の銃に慣れない手つきで装塡しつつ、臣はため息をついた。

昨日、組対の白間警部から「ひょっとしたら、阿良川係長に何かあるかもしれないので、気を配ってください。出来れば銃を携帯して」と言われ、暴力団や半グレ相手、ということでそれなりの覚悟はしていた。

が、副本部長と本部長が、通らないと思っていた銃の携帯を、あっさり認めたあたりで気づくべきだった――沖縄の暴力団や半グレは、本土とはまた違う凶悪さがあるのだ。

雨は止《や》んだが、雲は重く垂れ込め、夕暮れが近づいている。

緑の匂いが、むっと臣の周りに押し寄せた。

沖縄の緑は東京の緑と違い、恐ろしいほどの「強さ」を感じさせる。放っておけば枯れるどころか、家の中にまで生えてきそうな生命力。

半グレや暴力団も、似たような生命力といえる。

臣は、この先の最悪と、最善を考える。

「突入する気か？」

「又善《スター》の野郎、かなり短気ですからね。そして阿良川係長《さん》はああ見えて頑固な人です」

謝花の言葉を、高良が引き取った。

「短気と頑固がぶつかれば……」

花城がぱっと手を広げる。

「なるほど。確かに」

又善星一郎の経歴資料を見れば、その短気さと凶暴さはよくわかる。

中学生時代、松山でヤクザと喧嘩《けんか》して相手の片目を潰し、手指の骨を折り、少年院へ。

模範囚で、二年で出られるはずだったが、最後の年に、因縁をつけてきた相手の歯を、工作室にあったペンチで全部引き抜いて、函館《はこだて》少年刑務所に移管、さらに刑期が五年延長。

出所後、函館時代の担当官を、自宅近くで半殺しにし、刑事罰を受け、二年の服役。刑務所内でのツテをたどって、関東鏡壱龍会系の小さな組に入るも、直属の「親」が暴対法に掛かって、余罪を含めて懲役二十年を食らって、組は解散。

以後は知恵をつけたのか、鏡壱龍会と繋がりのある第八鏡龍会の「客分」扱いのまま、半グレとなって「グッドスター」というグループを率いて沖縄に戻ってきた。

そして、同じつながりのある「713」と緩く繋がり、そこの「実行部隊」となっているらしい。

彼が関わってると思われる犯罪は、特殊詐欺が五件、恐喝七件、婦女暴行は二十件、強盗傷害三十件、殺人五件、行方不明案件は、十二に及ぶ。

いずれも追及されるたびに、アリバイを証言する人間を用意し、さらには仲間が勝手にやったこと、ということで切り抜けてきた。

大抵の場合、半グレは逮捕されれば、暴力団と違って、仲間を容易に売るが、誰もが、みな又善を恐れている。

だから誰も彼を売らず、又善の関与が立証できないらしい。

狡猾《こうかつ》というより、運がいい、とは白間警部の言葉だ。

暴力を振るえばなんとかなる、以上の考えがないため、却《かえ》って周囲が恐れて、自然に箝口令《かんこうれい》が敷かれているのだという。

「しかし、君らは落ち着いてるな。何度目なんだ」

「発砲騒ぎになるかもしれないのは、これで全員二度目です」

花城が答えた——とても、そうとは思えない。

「突入は控えろ、却って阿良川係長とお嬢さんが危ない。我々はあくまでも監視だ」

テレビドラマならここで「よし、突入して助ける」といえるが、現実は一発でも撃てば大騒動になる。

だが、ここで引いて安全圏から、阿良川係長とその娘を見殺しにするようなマネをすれば、今度は、自分たちに警察官としての価値はない。

「各自散会して、建物の周囲を移動、他に共犯者がいないかを調べろ。阿良川係長も状況は弁えているはずだ、相手を安易に怒らせたりはしないはず……」

だ、と言い終える前に、爆竹に似た音が、散発的に鳴り響いた。

臣を含めた、全員が凍り付く。

どうやら「スター」は、こちらの想像以上に暴力的で、考えがないらしい。

正確には破裂音だが、爆竹よりも大きく、爆竹よりも遥かに鋭くて重い音。

子供の悲鳴と、阿良川係長の怒鳴り声が聞こえた。

「撃つな！　子供に当たったらどうするか！」

「どうする」ではなく「どうするか！」なのは沖縄独特の言い回しだ。

そしてケタケタという、男たちの笑い声。

中には複数名の犯罪者が居る。しかも銃を持っている。

臣たち全員の身体に、緊張が走る。

周囲は畑だ。民家はあるが、明らかに殆どの家の車庫や駐車場は空っぽ、つまり留守だ。

一瞬迷い、臣は決断した。

「高良君は裏へ。花城君は万が一の事を考えてプリウスを持って来てくれ。俺は正面から行く。謝花君は、横から突入できそうな窓を探してくれ」

「管理官」

何するつもりですか、と続けそうな謝花を目で制し、

「武器は置いていく……謝花君、預かっててくれ」

そう言って臣は、銃をホルスターごと謝花に預けた。

立ち上がり、ネクタイを直して小走りに向かう。

「おおい！」

両手を肩の高さに上げつつ、速度を落として入り口をくぐった。

中に入ると、湿気の暑さが、むっ、と顔に吹き付けてくるようだ。

ついでに湿ったコンクリと、埃《ほこり》、かすかなカビの匂い。

射撃場で年に数回嗅ぐ、無煙火薬の燃焼された匂い。

廃ビルの中は広く、百二十畳ほどはありそうで、天井は高い。

機械油の匂いが、まだ残っていて、コンクリートむき出しの床には、長年据え付けた重機が、撤去された痕跡である、真四角の錆《さび》が、色濃く残っている。

壁には、様々な流行のロゴを真似《まね》た落書き。

中にいた連中が、こちらに銃を向ける。

握っているのは、臣でも知っている銀メッキされた中国製五四式手槍……「銀ダラ」と呼ばれるトカレフだ。

使い古されて、部品同士にガタが来ているのをごまかす為に、分厚いメッキをかけた「銀ダラ」トカレフは、うっかり暴発したりするのが珍しくない、非常にたちの悪い銃だ。

建物の奥に、小学生の娘を全身で覆うようにかばっている阿良川係長が見える。

その手前に、Tシャツにジーンズの、痩せこけたブーツを履いているのが二人、アロハにバミューダパンツにサンダルを履き、不健康に太っているのが二人。

顔かたちも背格好も、着ている服の趣味もバラバラだが、どれも同じ格好、同じ顔のように見える。

暴力への躊躇《ちゅうちょ》がない人間は、大体同じ様な表情、目つきになる。

だが、その中でも常人離れした、昏《くら》い目つきの男が一人離れ、壁にもたれてこちらを見た。

真っ赤な背広を肩に羽織り、下は白のチョッキに黒いシャツ、左右に細長いグリップの銃が収まった黒革のショルダーホルスター。

白いネクタイ。足下はワニ革のブーツ。

海藻のように縮れた髪が、襟元まで伸びていて、へらっと笑った口元は、歯が幾つか欠けたまま。

昨日、白間から見せられた書類よりも、こぎれいな格好になっているが、凶暴そうな人相自体は何も変わっていない。

又善星一郎だ。

「やー誰《タ》ーやが？」

お前は誰だ、の下品な言い方で、又善は臣を睨み付けた。

なるほど、半グレという名称だが、中身はそこそこ修羅場をくぐったヤクザと同じだ。それも武闘派系。

だが、臣は構わず、又善の目を真っ直ぐ見据えた。

「新しい課長の臣だ。当面、代理だがな」

こちらも、まっすぐ、臣の目を見据えて声を出す。

「お前《ヤー》死なされたいんか？　課長はコイツだろう《クニヒャーアラニ》？」

ここで下手《したて》に出るべき相手と、それだと逆ギレして人を殺すタイプがいる。

又善は後者だ。

すでに子供を誘拐して、警察官を脅しにかけている、という時点で、常識の埒外《らちがい》にいる存在だ。

理屈や理論、正論は、こんな人間の前では意味がない。

臣は、胸を反らして大声をあげた。

「やれるものならやってみろ。本土の警察官を殺せば、県警じゃなくて警察庁が直々に出張ってくる。しかも俺は大学を出た、キャリア組だ」

普段の冷静沈着で、慇懃無礼《いんぎんぶれい》手前といった態度の臣しか知らない阿良川が、目を丸くする。

「ヤクザでいえば代貸しが殺されるようなもんでな、そうなったら警察は鬼だ。暴対法の時以上になる」

まっすぐ、虚ろな又善の目を、にらみ据えながら、臣は喋り続ける。

「お前ら半グレのための法律は、お前が俺や、俺の家族に手を出した瞬間、今年から成立する。お前は適用第一号。そうなったら一族郎党、テロリスト扱い受けると思え。

んだ。

「警察舐《ウシエンケー》めるな」

最近、ようやく覚えはじめた沖縄方言で、臣は釘《くぎ》を刺し、又善の目をさらに強く睨んだ。

こめかみが、キリリと鳴るほど、眼に力を入れる。

視線は外さない。他の連中が銃を構えても、関係ない。

今、一瞬でも目をそらせば、その瞬間にこちらの企ては、全て終わる。

こいつをぶん殴りたい、そう思わせねばならない。

先に、又善の手下が動いたとしても、奴らの弾は当たらない。そう考え、信じる。

交渉すべき相手は、又善一人。

こっちの理屈に合わせるのではなく、暴力で来る相手に暴力で応じる。

凶暴には、凶暴で。

少なくとも、こっちはそのつもりだと見せるには、イカレた思考に付き合う必要がある。その覚悟を見せねばならない。

「それと、阿良川係長や、その家族に手を出したら、今度は俺たちが総掛かりでお前を追う。俺は本土人《ヤマトンチュー》で管理官だ」

臣は、計画の仕上げに掛かった。

「どこの門中《ムンチュー》の指図も受けないし、発砲許可も出せる。クビと引き替えになるかも知れないが、知ったことか。ヤクザにもならず、カタギにもなれない半端モンに舐《な》められるほど、桜の代紋は落ちちゃいないぞ」

人生で、初めて「桜の代紋」という言葉が、するりと口から出てきて、臣は内心驚いていた。

どうやら、沖縄に左遷させられた鬱屈は、当人が意外に思える部分で、ぐつぐつ煮えたぎっていたらしい。

今の警察の内情を詳細に知っていればまず無理だというのは判るが、この瞬間、臣は本気でそれを信じ、実行するつもりでいる。

ヤクザとの駆け引きで、押す時は、相手を本当に殺すつもりでやらなければ、逆手を取られて不利になる……警部補時代、何度か組んだ、警視庁の組対のベテランに叩《たた》き込まれた。

「出来るかどうかを考えるな、クビや命と引き替えならやるし、やれると確信して言え」

と。

「今日ここで騒動を起こせば、阿良川係長に迷惑がかかるから、一度だけ見逃してやる。二度としゃしゃり出てくるな。半グレ稼業続けたいなら、沖縄から出て行け。もっとも、国内にいる限り、いつか、お前の手首に洒落《しゃれ》たアクセサリー、塡《は》めてやる」

普通なら、こんなことをいえば、銃を持ってる連中に撃ち殺されて終わりになる。が、そうしてしまえば、彼らも本当に終わりだ。

奴らから見れば自分がどう見えるかを、臣は理解している。

徒手空拳で修羅場に飛びこんで来た、馬鹿な本土の、青びょうたんな役人。

そうなればこういう手合いは、死ぬギリギリ手前の暴力に訴える。

嗜虐心《しぎゃくしん》を刺激されて、臣が泣き叫ぶのを見たい、と思うのだ。

又善が、チョッキのポケットから、今時珍しい、メリケンサックを取りだした。

元は金メッキをかけていたのだろうが、殆ど剝がれて、あちこち歪んだのを直したとおぼしいそれを、両手に塡める。

「何言《ヌー》いやが《ガヒャー》る！」

拳で頰骨を張られた。当たる瞬間にわずかに顔を力が抜ける方向に動かして、骨が折れるのを防ぐが、拳自体の質量が、もろに頭にくる。

「お前は俺を舐めてるワケか《ウシエテル》ー？」

よろけた臣の腹へ、フック気味に、もう片方の拳が送り込まれる。

「うり、すリャ！　オリャ！」

沖縄独特の、妙なかけ声と共に、又善の拳が次々飛んでくる。

腹筋を引き締め、わずかに身体を傾けることで二割ほど威力を減じたが、それでも質量は来る。

喧嘩慣れしている。それに無抵抗な相手への暴力も。

動きに躊躇がない。

身体を前のめりに折った、臣の髪の毛を摑《つか》んで上に向かせながら、さらに腹に二発。

腕で心臓付近をかばい、相手に半身を向けるようにしてダメージを減らすが、それでも、その痩身にもかかわらず、又善の拳は重い。メリケンサックの硬さもある。

背中に、肘が下ろされる気配を感じて臣は、それが背骨の、絶息のツボの位置に来ないように、わざと前によろめいた。

腹に蹴りが来る。脚をすぼめて金的を守るが、それ以外の衝撃がモロに来て、臣は胃の中身を吐き出しそうになった。

鼻の奥に鉄錆の匂いが充満する気がした。

視界の隅に、建物の内側に張り巡らされた、キャットウォークの上で、ＯＫサインを出す高良の姿が見える。

目を横にやると、ガラスが割れてなくなった窓際に、山と積まれた木箱の陰から謝花が、こちらの視線を感じて、銃を構えて頷く。

（そろそろ、こちらの時間だ）

さらにもう一発来るのを両手で押さえて、相手の膝をもぎ取るようにがっしりと指

で摑み、又善の細い脚、全体を小脇に抱えるようにして、全ての体重を掛けるように
しながら、臣は腰をひねる。
バランスを崩そうとする瞬間、又善は軸足にしていた左足で飛ぶと、臣が抱えた右
足を軸足に変える形でケリを、その後頭部に打ち込む。
だが、わずかに狙いがそれて、背中に当たった。
そのまま、又善の身体全体を、ねじ上げるようにして地面に落とす。
たたきつけた又善の身体の下から、コンクリの埃が、むわっと舞い上がるのを臣は
息を止めてやり過ごしつつ、股関節が外れる直前までねじ上げる。
ぎゃあ、と鶏を絞め殺すような苦鳴を上げる又善と彼をねじ上げる臣に、どう対応
するか、残りの四人の手下が顔を見合わせるのへ、
「警察だ、動くな！」
と謝花たちが銃を構えて現れ、さらに入り口で、車のエンジン音と急ブレーキの音
が連続すると、同じく銃を構えた白間たち、組対の刑事が押しかけてきた。
手下たちは、即座に銃を捨て、両手を挙げたまま膝をその場につく。
手錠の掛かる音が、廃墟《はいきょ》の中に続いた。
「ありがとうございます」
ぎゃあぎゃあわめく又善の手をねじり上げ、その両脇のホルスターから銀色の南部

十四年式を引き抜いて組対の別の捜査官に手渡しつつ、なおも何か方言でまくし立てる、亡霊のような半グレに、「姦しい《カシマサヌ》！」と、一喝して黙らせた白間が、臣に頭をさげた。

「出遅れてしまって済みません、コイツの逮捕は是非臣管理官《さん》が」

「いえ、白間さんの情報がなければ、私は動けませんでした。オマケにいいタイミングで来てくださったし」

「いや、お恥ずかしい限りです。渋滞に捕まるとは」

と一礼し、白間は又善の両手に後ろ手で手錠を掛け、腕時計の時刻を読み上げた。

「ようし、又善星一郎、午後七時五十五分確保！」

それでようやく、臣は今がもう夜の八時近いと気がついた。

口の中がジャリジャリしていて、鉄錆臭い。どうやら奥歯が砕けてるらしい。

「か、管理官！」

阿良川係長が、娘を抱きかかえたまま、こちらに来た。

「大丈夫ですか！」

「娘さんは？」

「お、おかげさまで傷一つなく……ありがとうございます！」

「阿良川係長。これで課長に昇進できますね」

臣は、阿良川の娘が怯えぬよう、口から血がこぼれないように注意しながら、笑みを浮かべた。

★

警察病院の救急で歯医者に掛かり、奥歯を処理して貰い、喪服から着替えて、捜査本部に戻ると、真夜中を過ぎているのに、殆どの捜査員が、まだ残っていて、拍手と共に臣を迎えた。

どうにも背中がムズムズするが、とりあえず笑顔を浮かべる。

何か言わねばならないだろう。

「悪いが奥歯が折れてて、打撲も幾つかあるんで、短めに」

片手を上げて拍手を制した後、臣は口を開いた。

「阿良川係長と娘さんは無事です。又善たち半グレチームは、今回の件で一網打尽。さらに、又善が所持していた拳銃には前科《マエ》がありました。おそらく奴の関与が推測される事件の、決定的な証拠となると思われます。何よりも、阿良川係長は、この後、無事に一課長の辞令を受けてくれる、ということです」

わっと拍手が鳴る。

「亡くなられた喜矢武課長の、念願でありました又善星一郎逮捕のため、阿良川係長はこれまで、課長就任を固辞なさってましたが」

臣は阿良川と又善の関係を捜査員達に気づかせないために、嘘と真実の合間のことを口にした。

「これで晴れて、今抱えている事件に目鼻が付いた時点で、阿良川捜査一課長となられます。細かいことはあとで、本部長から通達があると思いますので。皆さん、祝杯とはいきませんが、何か軽い飲み物でも飲んでください」

臣は、近くに居た宮城警部補に、用意していた封筒を背広の内ポケットから取りだして手渡した。

「管理官から頂きましたーっ！」

わっと拍手が起こる。

五万の出費は懐《ふところ》に痛いが、ここでまとめねば、管理官としての資質を問われる。

妻の残した億単位の遺産は、臣にとっては川辺という、使うべき人間がいない今現在は、「娘の将来のため」であり、「万が一のため」のものでしかない。

自分の捜査にかかる費用は、全て、給料からやりくりしていた。

「今夜はもう遅いので、明日にしてくださいね」

「何言ってるんですか管理官、まだ夜中の一時ですよ？」

この辺が沖縄らしい。

基本的に宵っ張りで、深夜というのは午前二時以後、ということになっている。

苦笑しながら臣は「奥歯を折られてるんで、今日は痛み止め飲んで寝ます」と頭を下げた。

「えー」という声が上がるが、捜査本部のドアを開けて、白間が顔を出すと、それも静まった。

「臣管理官、ありがとうございました」

「いえ、助かりました」

これは組対から一課への、礼の籠もった表敬訪問だ。

この辺の気配りが出来るからこそ、組対は彼を手放さないのだろう。

「白間さん、管理官が付き合ってくんないですよ！」

捜査員の一人が冗談交じりに訴える。

「まあ、あんまり無茶言わんように。管理官は奥歯折れてるんだ。これ以上引き留めるな。娘さんもいるしな……はい、お祝いは明日な、明日！」

一課ではないが、付き合いの深い古株の白間に言われ、「しかたねーなー」と誰かがいい、捜査員達は、三々五々に引き上げ始めた。

「それじゃ、また、改めてお礼に伺います」

と、白間も頭を下げて去って行く。

臣はため息をついて、鞄《かばん》の中に、自分が外出中に置かれた、鑑識からの報告書類のコピーを詰め込んだ。

「あの……」

振り向くと、そこにいたのは宮城班の班長、宮城警部補だった。

顔からすっかり、臣に向けていた毒気が抜けている。

こうしてみると、素直ないい警官の顔だった。

「どうしましたか？」

「あの……未確認のことなんでお耳に入れるべきか迷うのですが」

躊躇しながら宮城警部補は告げた。

「今日、喜矢武課長の葬儀で、多和多議員がいらっしゃったんですが……一緒に来た娘さんに自分、見覚えがあります」

「？」

「今から二、三年前ですが、婦女暴行で『姉』が死んだ、と言って、署に来たことがあるんです。まだ自分が班長を拝命する前日で、受付に呼び出されて対応したんでよく憶えてます。間違いないと思います」

「それは、本当に確かなんですか？」

「はい、あの日の業務日誌もあるはずです。お時間いただければ、今日中に日付も出せるかと思います」

「どういう内容だったかは、おぼえていますか？」

「自分の『姉』を、本土から来た男が、レイプして自殺させた、逮捕しろ、と……ですが、彼女はそのレイプされた女性と血縁関係もなく、単なる『妹』でしたし、十二歳の少女の言葉ですから。それに、あとでお兄さんが、彼女を引き取りに来て……でも、確か外の車に、多和多議員が乗っていたと……」

「『妹』というと例の姉妹制度の関係、ということですね？」

「あ、はい」

よく知っているな、という顔で、宮城は臣を見た。

これまで、冷たい視線しか向けられていなかったため、気づかなかったが、端整な顔立ちに似合って、本当は人がいいらしい。

「届け出を書類にすることもなく、だったんですが……白間さんも憶えていると思います」

ここでも、白間の名前が出てくるというのは意外だった。

「どうしてです？」

「その頃から井上って宮古の『アスタ404』っていう半グレグループとつるんでて、

井上から逆に奴らを追えるかも、って……」

「なるほど……」

臣は頭を掻《か》いた。

ちょっと、今日は色々ありすぎた。

いまは、捜査のことを考えるのは止めて、早めに家に戻って、痛み止めを飲んで寝てしまおう、と決める。

夜の十二時を回っているから、もう雪乃は眠っているだろう。

ありがたいことだ——今、娘と顔を合わせたくはなかった。

殴られた顔を見られたら心配するだろうし……ひょっとしたら、彼女の「姉」を捜査する事になるかもしれない。

万が一、そうなったとき、どう娘に説明すべきか、臣は解らなかった。

◇第八章：証拠、証言、出頭

★

少女は、その日の早朝、家を抜け出した。

ただの家ではない。

広い前庭、ガレージ付きの巨大な母屋、高い塀。

植え込みに咲き乱れる花は、丁寧に手入れされ、あちこちには監視カメラがある。

赤外線センサーは受動型から、定期的に自動回転して周囲を警戒する能動型まで。

セキュリティの厳重な、金の掛かった家だ。

とはいえ、少女にとっては実家である。

今回の事を計画している間、ここへ囚《とら》われの身になることは、あらかじめ予想していた。

セキュリティシステムの解除番号は知っていたし、端末のキーも複製を用意していた。

彼女の部屋に、外から掛けられた鍵も、開け方を研究していた。

不思議なことに、今回の計画の中で、この家のセキュリティを破ることが、一番楽しく、ワクワクするものだった。

理由を彼女は理解している。

外から掛けられた鍵は電子錠の一種で、少女に対しては「中から開けられない構造」だといわれている。

実際には、本来、何者かの害意ある襲撃から、家人を守る為の物だから、内側からも解除出来るのだ。

彼女は、それをとっくに知っていた。

二年前に、ここへ一ヶ月近く閉じ込められたとき、なんとか出られないかと調べたのである。

そして、少女……多和多華那は、二度と囚われたままにならないように、巧妙に隠された壁の中にある端末を、探し当てていた。

端末は、専用のキーでコンソールの蓋を開けなければ機能しないが、その鍵も作ってあった。

難関は、家の周囲を固める警備員たちだったが、彼らも知らない、この家に育った人間だけが知る、警備とカメラの死角となる通り道を、少女は無論知っていた。警備の人間の数が、手薄になる時間も。

その時間を見計らって、少女は廊下から、長い母屋の廊下、柱の陰にある腰窓を開けて、そっと外に出た。

周囲に敷き詰めた玉砂利が、靴下を履いた足の裏でかすかに鳴るが、聞く者はいない。

そのまま植え込みに身をかがめて隠し、猫のような姿勢で手足を使い、植え込みを囲む、コンクリートで固められた、小さな石垣の上を進む。

正門や裏門ではなく、ガレージに向かう。

ガレージと母屋の間の、彼女の年齢と体型でなければ通れない、細い隙間を進み、母屋の裏に隠したビニール袋から、壊れかけた脚立《きゃたつ》と、半年前に履き古して捨てたことにした、スニーカー、そして分厚い作業用の革手袋をふた組、取り出す。

脚立を塀に立てかけて、革手袋を二重に嵌め、スニーカーの紐をきつく締めると、少女は呼吸を整え、脚立を一気に駆け上った。

そのまま、勢いと身体能力の高さを生かし、さらに続く壁を駆け上って、その上に分厚い革手袋を嵌めた手を叩きつけるようにして固定する。

塀の上に埋め込まれたガラスの破片の感触を掌で感じたが、分厚い作業用革手袋が、二重に尖端《せんたん》の侵入を防いでくれた。

あとは、一気に身体を引き上げる。

スニーカーの底で、ガラスの破片を踏んでしまわないように注意しながら、塀の上に少女は立った。

静かな、夜明け前の那覇の街並みが見える。

雲が低く、空気に湿り気を感じる。

まもなく、また雨が降る。

視線を手前に移し、自分の今の目的地を確認する。

一メートル以上は離れた所にある、街灯。

心臓がドキドキする。

最近になって付近の住民の要請により、彼女の父親に、ことわりもなく立てられた新型の街灯は、家の裏にある路地を照らしていた。

二メートル弱、飛べるかどうかは自信がない。

(大丈夫、立ち幅跳びだけど、横にずれさえ、しなければ、なんとかなる)

息を整えた。

正直言えば怖い。この塀の上から下の道までは五メートル以上。

あの街灯に摑まって降りることが出来なければ、そのまま地面に飛び降りることになる。

少女は塀の上から、助走もなく、思い切ってジャンプした。

街灯に向かって。

彼女の望む、結末に向かって。

迷いは、なかった。

★

朝が来て、臣はワイシャツにスラックス姿のまま、ベッドに倒れ込んで眠っていた己に気づいた。

腕時計を見ると午前六時半。

歯がうずく。頰の内側も切れているが、出血は治まったようだ……ただし、当分の間はゼリー状栄養ドリンクなどを主食にするしかない。

そして、歯医者通いもせねばならないだろう。

不幸中の幸いは、砕けた奥歯が、親知らずだったことだ。

ほぼ垂直に生えていて、たまに疲労がたまりすぎると、前にある歯を押し、酷い痛みを起こす歯だったが、まさかこんな形で始末できるとは思わなかった。

シャワーを浴びようと、部屋を出てキッチンを横切ろうとすると、冷蔵庫のホワイトボードに、マグネットが貼ってある。

雪乃の字で「お小遣いが足りなくなったので非常用のお財布から五千円借りました」とある。

（ああ、そういえば、昨日が小遣い日だったか）

この数日、忙しくてすっかり忘れていた。

食器棚の引き出しに入れてある、古いガマグチ財布をチェックすると五千円きっかり「借りて」あって思わず微笑《ほほえ》む。

「非常時の財布」は臣の両親が始めたことだ。自然、大人になり、子供を持つようになって臣も始めた。

亡くなった妻はクレジットカード主義者だったが、「古くさいけれど、そういうものは便利よね」と認めてくれた。

母親の教育もあったのだろうが、雪乃は金銭に関しては律儀極まりない。

（あの年頃なら、友達への見栄もあるから、もう二、三枚ぐらいは抜きたくなるだろうに）

実際、臣の妹、澪《みお》はこういう財布から「借りる」時は、一枚では済まなかった。

臣も中学高校のころは、しばしば「小遣いとして決めた分だけ」というルールを破っていたから、兄の背中を見て覚えたのかもしれない。

雪乃はやはり母親に似たのだろう。

そう思うことが増えたが、口に出すな、と妹の澪に釘をさされた。

「母親に似てる、って父親に言われると、あの年頃の子は、むしろ傷つくの」

自分も実際そうだったから、絶対に言うなと。

それだけでなく、死んだ妻と雪乃の間に、臣では測りかねる何か、溝のようなものがあるのは、薄々勘づいていた。

非常に気になることではある。

だが、それが何か、娘が自ら言うまでは黙っていよう、とも臣は考えている。

それよりも、目下の問題は多和多華那という少女だ。

宮城警部補が思い出した、『姉』が、レイプされたせいで自殺した」と多和多華那がやってきた日は二年前だった。

野菜ジュースを、なるべく砕けた奥歯に行かないように、やや顔を傾けてストローで飲みつつ、臣は考える。

偶然は、偶然だと証明されるまでは、必然と考える。これが犯罪捜査の基本だ。

仮に、華那の「姉」と瑞慶覧旅士の、レイプされて自殺した恋人が同一人物だとしたら、井上を殺す為に二人が協力し合ったという可能性があるのではないか。

鑑識が被害者の向かいの部屋を調べたところによると「入っただけですぐに出た」はずの部屋には、シャワールームを使った痕跡があり、血痕もあったが、そこもまた漂白剤で「消毒」されていたという。

さらに髪の毛が数本。長い髪の毛だ。これは現在、宿泊施設に雇われた清掃員の物と比較して、客のものと区別するためDNA鑑定をしているとあった。

残念ながら刑事ドラマと違って、DNA鑑定は数時間では終わらない。短くても三日から一週間はかかる。

（出来れば、多和多華那は二年前のレイプ事件には無関係であって欲しい）

と、臣は心中で呟《つぶや》き、同時に、そういうことを願う時、大抵は正反対の結果が出ることを思い出した。

とにかく、そろそろ出勤しなければならない。

臣は、ワイシャツを脱ぎながら、軽くシャワーを浴びる時間があるかどうかを考えた。

考えてみれば、昨日雨に打たれながら格闘した後、風呂にも入らないまま今朝になっている。

管理官として、だらしない格好で出勤するわけにはいかなかった。

★

捜査本部に顔を出す前に、臣は県警本部に顔を出した。

白間に会うべく、組織犯罪対策課に出向く。

ちょうど、白間も出勤してきたところで、鷹揚に話に応じてくれた。

「あー、その話ですか。よく覚えてますよ。あの時は、井上から例の半グレ集団につながるもんだと期待してましたからね」

だが、それも即座に握りつぶされてしまったと答えた。

「握りつぶされた、ってのは大げさかもしれませんがね……？」

苦笑しつつ、白間は「でも、あの事件が『なかったこと』にされるのは、本当に早かった」と付け加えた。

「とはいえ、何しろ、あのお嬢さんは血縁じゃないわけですからね――訴えたのが、元恋人と血の繋がってない妹分じゃね。そこへ来ての多和多議員からの横槍《よこやり》も入りましたし」

「横槍？」

白間の話では、多和多議員が自ら県警本部に出向いて、

「娘は母親の死に、続けての姉貴分の死に、錯乱しているので、取り合わないで欲しい」

と、当時の県警本部長経由で「お達し」が来た。

「……というわけで、捜査はそこまでしか、できなかったんですわ」

白間は、組対の廊下に置かれたソファーに腰を下ろして、臣のオゴリのコーヒー缶を手に、ため息をついた。

「でもあの子の目は覚えてますよ……小学生には思えないほど、大人の殺意があってね。私、妙な予感がしたんで、生活安全課の知り合いに頼んで、しばらくあの子を見張ってもらったぐらいで……」

白間は言葉を切り、少し記憶の底を漁《あさ》るように天井に視線を向けた。

「……いや、あれは、周りの大人たちへの殺意かもしれんねー」

「大人たちへの殺意、ですか？」

「あの子に比べれば、私らは薄汚れてる。法律以上に規則に従い、上からのお達しには逆らえない。事情は色々ありますが、子供の純粋さからすりゃあ、許せんでしょうしね」

「……なるほど」

宿泊施設で会っただけの多和多華那の、真っ直ぐなたたずまいを思い出しつつ、臣は頷いた。

「で、臣さん。あの子が何かしたの？」

「いえ、まだ……なんとも言えないんですが」

白間は恐らく、事件と少女の過去について気づいている。

あえて知らん顔をしているのは、気遣いだ。

「また、何かあったら、お話を伺いに来ると思います。その時はよろしくお願いします」

臣の言葉に、白間は得心した、と言う顔でうなずいた。

「臣さん、ところで歯のほうはどうネー？」

「警察病院の非常勤の人の腕がよかったんですかね。今のところ痛み止め、軽く飲んでるだけで何とかなってます。ただ当分の間はゼリー食ですね」

「あいえー、ただでさえあんた細いのに、これ以上ダイエットしたら大変だねー」

そう言って、痩せこけた顔で、白間は破顔した。

★

多和多華那が容疑者になり得る、という可能性は、副本部長と、本部長の耳に入れておかねばならない。

華那はともかく、その父親の多和多議員は、国会議員である。

まず副本部長へ報告をあげる前に、臣は捜査本部のある、おもろまち署に戻った。

時間は、午前十時ちょうど。

捜査本部の中は、これまでになく、温かい雰囲気で臣を出迎えてくれた。

昨日の出来事は臣を、「いやな本土の管理官野郎《ヤナヤマトゥヌ・カリンクヮアン・グヮー》」から「なかなかに了見の広い奴《ジンブンムチ》」に変えたらしい。

阿良川係長が、立ち上がって、いつもより深々と頭を下げた。

「お待たせしました。会議を始めます」

臣は、阿良川係長の口から出かけた、感謝の言葉を軽く手を挙げて制して、席につく。

捜査会議が開始された。

「えーと、瑞慶覧旅士の件です。既出の情報もありますが、あらためてまとめます」

阿良川係長が宣言し、昨日から資料をまとめていた、宮城警部補に目配せする。

「二年前、井上にレイプされて自殺した恋人は、保栄茂真澄《びんますみ》。当時二十歳《はたち》。海邦国際《かいほう》大学の二回生で、松山のキャバクラでバイトしていたところを井上に目をつけられたようで、店外デートの最中、若狭《わかさ》のラブホテル店の裏手で、スタンガンを押し当てられて気絶、どうもその際に、薬物を使われたことが、当人が訴え出なかった要因の一つのようです」

立ち上がって、よどみなく宮城警部補は読み上げる。

「よく調べられたな」

阿良川が感心する。と、宮城は、種明かしをする手品師のような、やや苦笑を含んだすまし顔で、

「彼女は、レイプされて正気に戻ると、すぐに、緊急病院に駆け込んで、避妊処置を受けてます。その際、職員を通じてレイプ問題を扱うNPO団体の事務所に相談してるんです……その職員が、自分の知り合いでして」

本来なら、礼状を要求される、個人情報案件だが、当人が亡くなってしまった上、二年も経っている、ということで情報を開示してくれたらしい。

「よく当時、騒ぎにならなかったなあ」

捜査員の誰かが呟く。

「ああ、だって井上が『シンベエの金庫番』ってことでメディアに出てくるのは二年前の年末のバラエティー特番でだろ？　この事件自体は夏だからな。マスコミはノーマークだったんだろうよ」

「それ以後は、与党のお偉いさんにべったりだもんなぁ」

「無駄話はいいから！　宮城班長、続けて」

阿良川が、捜査員の無駄話を一喝して話を促した。

「ここからが、キツイ話なんですが」

と、前置きをして、宮城警部補は、阿良川係長の要請に応えた。

「レイプ事件のあと、彼女は店をクビになってます。理由は勤務態度。雇い主都合なんで、退職金としてそれまでの給料の日割りに加えて、幾ばくか渡されたようですが、彼女はそれを封も切らず、恋人である瑞慶覧旅士に残しています。彼とは清い交際だったそうで、お互い、手も握りきれないぐらいだった、と、当時の友人から証言が出ました」

淡々と、宮城は続ける。

「瑞慶覧旅士の容疑者から外すための保栄茂真澄の身辺調査の件ですが、本当に親も親戚もいないの？」

阿良川の問いに、

「はい、完全に。繰り返しになりますが、まずご両親は亡くなっています。母親が医師で、父は介護士。どちらも南部医療センターに勤めてましたが、四年前、勤務先で疫病に感染して急死しています——間の悪いことに家を買ったばかりで、相続拒否で、支払いは回避したものの、大学に合格したばかりの彼女は、一人で生きていくしかなかったそうで」

宮城警部補は、淡々と報告書を読み上げる。

「門中《ムンチュー》はなにをしてたんだ？」

別の捜査員から、憤懣《ふんまん》やるかたない、という感じの声が飛ぶ。

「それが、保栄茂真澄の父母は、どちらも一人っ子な上に、晩婚で、祖父母はすでに死に絶えてます。それに五年前までは東京の病院にいて、遠い親戚とも縁が切れてたようで」

（沖縄に戻ってきた途端両親が死んで、それでも大学に通って未来を得ようとした、けなげで真面目な子か……）

キャバクラに勤めている、というのは沖縄の場合、ある程度のレベルの高い外見と、高給をもって生活を立て直すなら、充分、自然な選択肢だ。

何しろ、四十七都道府県の中、最低の時給額を毎年更新している。

東京から見ていると野党革新系、左翼に牛耳られている所に見られがちな沖縄だが、現実には、やはり、日本の地方の田舎と同じだ。

金を持っているのは、保守与党的な思考回路の、本土ゼネコンに繋がっている建築系地元企業で、本土の地方の小金持ちにありがちな「金は使えば減ってしまう、だからなるべく雇う人間には支払わない」という信仰に囚われている。

最近は本土からの移住者が増えてきて、そこを問題視したりもしているのだが。

聞けば、本土系の企業がやってきて、高給をもって人を集めようとすると、県内の経済界からそれとなく圧力がかかるという。

そんなわけで実質賃金の引き上げは、本土以上に難しく、結果、若者のアルバイトや就職は、土建業とサービス業、水商売が中心になりがちだ。

そしてサービス業だといいながら、実質は風俗という例も未だに絶えない。

沖縄県警が、松山を中心に定期的に摘発を行っているが、その度に、売春は発覚する。

痛ましいのは、十代――小中学生の売春も、決して珍しくはない、ということだ。

親に育児放棄され、流れ流れて……あるいは「親もそうだったから」と、男女問わず売春を始める子供達もいる。

昨日逮捕された「スター」又善星一郎も、そういう親にポン引きではなく、男性相手の売春を強要され、客と親を半殺しにしたところから、凶暴化・凶悪化が始まったという。

沖縄の貧困の闇は、本土からは見えにくいだけに、かなり深い。

「で、瑞慶覧が犯人ではない、というのは確定なんですかね。宮里課長」

臣の言葉に、鑑識の宮里課長が立ち上がった。

「現在、カメラの映像に加工の痕跡はなし、録画されたハードディスクの中も調べましたが、不正なアクセスの痕跡もありませんでした」

「瑞慶覧旅士ですが、人柄は温厚で、保栄茂真澄を亡くした後もかなり落ち込んだそうですが、それでもアルバイトや大学を欠席したのは葬儀の三日間のみです」

「保栄茂真澄の骨はどうなったの？」

阿良川係長が不意にいった。

「葬儀を瑞慶覧が行ったということは、彼の墓に？」

（沖縄らしい話だな）

臣は半年前に来て以来、折に触れ感じる感慨をまた思う。

こういう「墓」や「供養」の話がひょいと、当たり前のように捜査会議の中で出てくるのは、沖縄ならではだ。

この県では、死者は常に生きている人間の隣にいて、時折ちょっかいもかければ悪さもする、と信じられているところがあり、だからこそ「民間霊能者《ユタ》」も日常生活の中に存在していたりする。

「いいえ。瑞慶覧の家は元は建設業でそれなりに裕福でしたが元家《ムートゥヤー》ではなく、彼の親が初代の分家で、その後、金策の失敗で両親は失踪、墓はありません」

「じゃあ、那覇市の納骨堂？」

「はい、永代供養の料金を支払って、最近出来た永代供養塔のほうに入れられてるそうで」

市が、格安の納骨堂を運営しているというのも、沖縄らしい。

東京都では、納骨堂の利用額は民間で平均、年間九十二万円。

全国でも八十万円以上、都営の納骨堂でも最低二十一万円必要だが、沖縄では年間数万円で利用できる県営、市営の納骨堂がある。

妹の澪の車が故障した時、旧盆（沖縄では新暦ではなく旧暦で盆を行う）に、彼女の夫の両親の骨を納めた、那覇市営の納骨堂に行って、そのことを臣は知った。

沖縄に骨を埋める覚悟の澪は、もうここに夫婦そろって永代供養を予約していると笑った……支払う費用は、東京都の最低金額のさらに半分以下だという。

「そういえば、納骨堂には来客名簿が残されてますよね」

臣はその時のことを思い出し、阿良川に声をかけた。

「ええ」

「瑞慶覧と同じ日に、永代供養塔に手を合わせに来た人物が、共犯の可能性はありませんか？　例の西武門ひとみとか」

怨恨で、しかも原因となった事件から二年も経過したのちに犯行を実行するような犯人の心の中には、ロマンチストの部分が残っている。

そういう人間は犯行前に、それを捧《ささ》げる相手のところに、報告に行くのではないか。

「なるほど」

阿良川係長は、臣の考えを即座に読んだらしい。大きく頷いた。

「比嘉班、保栄茂真澄の友人の、西武門ひとみについてはなにか？」

「えーっとですね」

のそっ、と比嘉秀樹《ひでき》警部補は立ち上がり、手帳を開いた。

「彼女は保栄茂真澄さんの住むアパートの隣人で、一種の引き籠もり、ですね。年齢は現在二十四、保栄茂真澄より年上です。高校でいじめを受けて以後、引き籠もりになりましたが、五年前に育ての親を亡くし、働きに出ねばならなくなったものの、最初のアルバイト先であるコンビニでしくじって、同僚且つ、隣の部屋に引っ越してきた保栄茂真澄さんにかばって貰って以来、彼女を慕っていたようです」

ところが、二年前のレイプ事件で保栄茂真澄が自殺して以降、投げやりになって仕事を辞め、薬物に溺れてしまったという。

結果、クスリの売人相手にトラブルを起こし、刃傷沙汰《にんじょうざた》となって相手を刺した。幸い売人は死ななかったが、駆けつけた警察官に襲いかかって逮捕。

弁護側は心神喪失を訴えたが、そのまま二年の服役となった。

「ある意味、保栄茂真澄さんに頼っていたんでしょうね。引き籠もりで人見知りの彼女を、なんとか社会に復帰させてくれたわけですから」

「この数日の足取りは？」

「二週間前に出所、保護司との面談も上手くやってたんですが、この三日間行方が判りません。現在、足取りを追ってます」

「宮城班。納骨堂に行って、この半年の来客名簿と、気になる客がいなかったかの聴取取ってこい、最近は監視カメラもあるはずだ、映像残ってるかもしれん。それも取ってこい、比嘉班には……糸数《いとかず》班、手伝ってやってくれ。クスリに手を出したなら、組対のほうにも話を聞かにゃならんな……えーと、それは……」

阿良川はテキパキと指示を飛ばした。

最後の指示が終わった辺りを見計らい、臣は重い気分で、片手を挙げて発言する。

「それと鑑識さんには、もう一部屋、調べて貰いたいところがあります」

「なんでしょう？」

昨日、臣に指示された用意をするため、帰る用意をしていた鑑識の宮里課長が、首を傾げた。

「現場である813号室と、その向かいにある805号室を調べていただきましたね？」

「はい、805号室で髪の毛を一本採取しました」

一瞬、臣は躊躇《ためら》ったが、ここで黙るわけにはいかなかった。

(物事、白黒はつけねばならない)

「申し訳ないのですが、大会議室と、その向かいにある807号室も調べてはいただけないでしょうか」

「何を探せば……？」

「ルミノール反応と、毛髪です——805号室で発見された毛髪と、DNAは採取できないまでも、形状や色が、一致する物があるかもしれません」

「？」

捜査員達の怪訝《けげん》な視線が臣に向けられるが、臣は力なく笑った。

「私の間違いであればいいんですが、どうしても離れない疑問が一つあるものですから……なので、鑑識以外の捜査員は、今、私のいったことは、しばらく忘れて捜査に専念してください」

「では、朝の会議はこれまで……」

と阿良川係長が立ち上がって、その場を閉じようとする。

と、無線番の捜査員が片手を挙げた。

「すみません、現場の宿泊施設の警備員から通報です。荷物の開封許可に署名して貰う為に集めた宿泊客が、部屋の荷物を取りに戻らせろ、と揉めてるようで……」

「わかりました」

臣は立ち上がった。

宿泊施設のオーナーからも「いつになったら捜査班を引き上げさせて、片付けと通常営業への準備が出来るようになるのか」とせっつかれていたので、昨日のうちに対応策は出来ている。

「私が行きます。機捜で渉外対策班のひとを入れてる班を向かわせてください」

「ちょうど、謝花班が入ってます」

無線番の捜査員が、今週の、機捜の当番表を見ながら答えた。

「では、お願いします」

言って臣は捜査本部を出た。

★

「申し訳ないんですが、まだ現場検証が終わってない、ということでお部屋には入れないんですよ」

困り果てた表情の警備員が、「立ち入り禁止」の文字が日本語と英語と中国語、ハングルで印刷されたテープで封鎖された宿泊施設の入り口の前で、喧嘩腰の観光客と対峙《たいじ》している。

「もう三日も経ってるんだぞ！」

「あたし今日飛行機なのよ！」

「俺明日なんだよ！」

という日本語に混じって、似たような事をいっている英語や、韓国語、中国語の怒号が押し寄せる。

宿泊施設を経営する、管理会社から派遣された警備員は、四人に増強されていたが、それでも上手くいかない。

その背後で唐突に、サイレン音が短く鳴った。

「はい、皆さんすみません、警察です、どいてください、どいてくださーい」

無礼と丁寧の間にあるような高良の声がスピーカーから出、機捜班のプリウスの上に置かれたパトライトに人々は別れた。

プリウスがやってくるのに少し遅れて、臣のボルボもやってくる。

ハンドマイク片手に、ワイシャツに背広姿の謝花が後部座席から降りたった。

そして、プリウスが軽く揺れ、一八〇センチ一〇〇キロを超える巨漢の花城が、地味な色合いのかりゆしウェアに、ジーンズという姿で、助手席からのそっと現れる。

臣も慌てて降り立ち、謝花からハンドマイクを受け取る。

「こんにちは。利用者の皆さんにはご不便をおかけして申し訳ないです」

臣はまず頭をさげた。

「私は沖縄県警の臣と申します。私が日本語でご説明し、こちらの謝花さんと花城さんが英語と中国語、アラビア語、韓国語でご説明します」

ブーイングが一斉に起こる。この時期の沖縄に来るだけあって、それなりに自立心旺盛な人間が多いらしい。

臣は続けた。

「ですが、今回発生したのは殺人と放火という、二重に、日本国内で重い罪です」

「人が一人死んでおりまして、まだ犯人が特定されておりません」

「うそだ！　シンベエが犯人だってテレビで言ってたぞ！」

「新堀兵衛氏が逮捕されたのは、殺人事件のほうではなく、過失による放火と、公文書偽造です」

ここから先は、いやな話だが、やや脅しをかけることになる。

同時に、後ろで高良がカメラを回している。

観光客たちも何人かスマホを取りだして録画を始めている。

臣は群衆の中の適当な一人を選んで、そこから視点を外さずに話し続けた……群衆鎮圧の初歩的技術である。

「——さて、ここで皆さんが我々の制止を振り切って中に入り、無理矢理ご自分の荷物を回収すると、現時点では、住居不法侵入罪と、公務執行妨害ということになります」

臣はどう反応していいか解らず、うろたえた表情で傍らに立つ警備員ふたりの肩を、満面の笑みを浮かべながらぽんぽん、と叩いた。

「仮に、ですがその際、こちらの警備員さんが転ばされたり、誰かに殴られて怪我《けが》を負うと、傷害罪になります」

臣は淡々と続けた。

「また、外国の方は、現地司法への非協力的態度ということになり、お国の警察や政府機関に通達がいきます——あなたたち全員の身元は、我々の手元に控えられておりますので」

　動揺のどよめきが、日本人たちの中に広がり、次いで謝花らが各国の言語で翻訳すると、外国人、特に政府の締め付けが厳しい、中国と中東系の利用者に、動揺が走った。

「誤解のないようお願いしたいのですが、我々は、そんなことを決して望んでいません。ここまでのお話は、皆さんに落ち着いていただくためです」

　ゆっくりと落ち着いた、しかし一切の感情を差し挟まぬ声で臣は続けた。

「このまま行ったらどうなるか、という仮定のお話であります……いざその時になって、我々は、説明しない不誠実さで、あなたたちに不利益を被っていただきたくないのです」

　ゆっくりした口調を、臣は崩さないように注意した。真摯《しんし》に、マジメに、少なくともそう人が受け取れるようにしなければ、今のSNS時代、どんな舌禍に化けるか解らない。

「捜査は、かなりのスピードで進んでおり、皆様を足止めするのもあと二日、と捜査本部では考えております」

　そこに関してはサバを読んでいた。臣の考えが的中するなら、ここの封鎖は、一日で終わる。

「航空チケット、どうしてくれるのよ！」「荷物がないと困るんだ！」という怒号。

「お荷物に関してですが、服用しなければならないお薬、あるいは携帯電話、スマホなど、生活に必要なものを取りに行きたいという方に関しては、これより申請をしていただいて、警官付き添いの下、その荷物だけを持って、出ていくことが出来る様にします」

臣はゆっくりと、しかし小馬鹿にしてるように聞こえないよう、声に緊張感を出しつつ説明を続けた。

「航空チケットに関してですが、旅行保険が適用される海外のものに関しては、こちらの渉外対応班がお手伝いします。国内の旅券に関しては、申し訳ありませんが、各旅行会社と交渉してください」

日本人観光客からの罵声が、臣に浴びせられた。

そこはもう耐えるしかない。

警察官というのは、そういうことも仕事のうちだ。

「人一人を殺した重罪犯を捕まえるためです、よろしく、お願いします！」

今撮影されている動画が、悪意あるコメント付きで拡散されれば、それだけでも臣の本庁への帰還は遠のく。

それでも、これが自分の役割で、そこから逃げる気は臣にはない。

姑息に生き延びて行くことを選べば、それはいつか、習い性《しょう》になる。

奥瀬真紀警視に揶揄されたように、そういう愚直さが自分の身上だ。

（それに、もし意に反したことをしたら、俺は棺桶《かんおけ》の蓋が閉まる直前に、思い出して泣きわめくだろうからな）

一種の諦念も込めて、臣は心中で呟きながら、頭を下げて微動だにしない。

やがて、怒号が収まってきた。

「じゃあ、まあ……仕方ないよな」

日本人観光客の中で一番、年若い男がため息をついた。

それをキッカケに、張り詰めたものが一気に客達の間から抜け落ちていく。

「ありがとうございます！」

臣が再び頭を下げるのに、謝花たちもそろえてくれた。

「遅れました！」

鑑識の宮里が、青い、鑑識独自の制服姿の捜査員たちを連れてやってくる。

どうやらこちらが昨日伝えた伝言は、憶えてくれていたらしい。

本来、現場に到着……現着してから着替えるものだ。

が、最初からドラマなどで知られる、あの制服でやってくるのを「見せる」ことで、押しかけてきた利用客にも、事件の当事者である、という自覚を促す。

臣の計略は本当に上手くいったようで「うわ……初めて見た、鑑識の人……」という声が聞こえる。

「ではもうすぐ、県警本部から人が来るので、並んでお待ちください」

臣がそう、声を張り上げたとき、本庁で、今回の捜査に加わっていない、一課の職員を乗せた県警のライトバンがやってくるのが見えた。

臣の仕事用のスマホが鳴った。

「はい、臣です」

『西武門ひとみが出頭しました。自分が井上幸治を殺した、と』

阿良川係長の言葉はどこか、奥歯に物が挟まったような響きがあった。

「どうしました？」

『薬物に手を出してます。身体検査しましたら、真新しい注射痕が右足の指の間に。それに挙動もおかしい。ふわふわしてるといいますか――明らかにラリってます』

「瑞慶覧旅士をかばってる？」

『いえ、そんな風には見えません……申し訳ないのですが、早めに戻ってきていただけますか？』

「判りました」

★

おもろまち署の、刑事部に置かれた取調室の中。

「あーしがやったのぉー。だーって、真澄殺してさー、のーのーと生きてるんだよぉ。だからさー。殺したの、瑞慶覧の旅士くんじゃねーっつーの」

くけけけ、と、パイプ椅子に斜めに腰掛けた、西武門ひとみは、喉の奥から奇妙な、珍しい鳥じみた笑い声を上げた。

ワンピースもアクセサリも新品同様なのに、足下は島ゾーリで、異様に肌が白い。天然パーマの長い髪の毛は金髪に染めてある。

「改めて話を伺いましょうね……どうやって殺したんですか？」

対面に座った、阿良川係長の問いかけに、

「あー、あの日ね。あーし、ムショ入ってたでショー、その時に、井上がサー、あそこに沖縄に来るたび泊まってる、って知ったわけヨー。あとは簡単」

くけけけ、とまた珍鳥の笑い声。

「あのバカのSNSフォローして待ってたら、沖縄に来る、っていってたわけ。でーあーし、昔引き籠もりの時、犯罪ドラマいーっぱい見てたから、完全犯罪？　思いついたわけサー」

若い沖縄県民にありがちな、イントネーションが、やたらに上下し、「ヨー」「サー」などと語尾を伸ばす話し方で西武門ひとみは話し続ける。

「んでね、えーと……漂白剤？　アメリカ製の。あれ持ってさ。ホントは旅士クンと一緒に殺そうって相談するつもりだったけど、そうだ旅士《ダァール》クン、その前にバイト先に手紙出して呼び出したわけヨー。でも、旅士クン、バイト先で用事が出来た、って帰っちゃって。だからあーしだけで殺した。まー、一人でも出来たしィ。簡単だったよぉ。部屋の前でさ、ちょっとお腹が痛いふりをして『たすけてくださぁい』って言えば、ドア開けてくれたからさー、あとは押し入って殺して」

あははは、と西武門ひとみは、笑った。

外にいる臣が判るぐらい、薬物による狂騒状態の手前にあることは明白だ。警察に出頭する前、恐怖心を克服するために薬物を使用するヤクザや半グレは見たことがあるが、女性は初めて見る。

「中に入って、井上さんをどうやって殺しましたか？」

「うーんとね、めっちゃ刺した。必死になって、うん、めっちゃめちゃ刺した、うんいっぱい《でーじ》刺したサー」

「ところで、漂白剤を使うというのは誰から？」

「知り合いのヤクザの情婦《イナゴ》から聞いたサー」

沖縄方言では「イナゴ（イナグ）」は女性全般を指す。

「指紋も消えるし、髪の毛とか落ちてても、で、でー……えーと、ディーエヌエッチ？　ディーエッチエヌ？」

「ＤＮＡ？」

首をひねる西武門ひとみに、阿良川係長が助け船を出す。

「そうそう、それが壊れるから、あーしだって特定できないって」

臣が受ける印象は、「高校生デビュー」して、必死に陽気なキャラクターを演じている少女、というところだ——阿良川を見る目は、何も考えていない脳天気というより、教師を恐れている女子高生のそれで、身振り手振りも大きくない。

ずっと髪の毛をいじり続け、斜めに座ったつま先は、阿良川に向いていない……阿良川を恐れている。

正確には、阿良川の向こう側にある「警察」という存在を。

「なにを使って殺しましたか？」

「んー、さっき渡したっしょ。あのナイフ」

そのナイフは、今は「証拠袋」と呼ばれるタグが印刷された、透明ビニール袋に収められて、臣の手元にある。

綺麗な両刃の、格闘戦用ナイフだ。今、日本国内では、持っているだけで違法である。

「あーしさ、昔は引きこもってたんよぉ。オカンがイー人でさぁ。でもノーソッチューで死んじゃったから、外で働くようになったわけョー。でもほら、沖縄、ヤッバイ男多いじゃない？　だからサー、護身用に店の常連だった米兵《アメリカー》さんから買ったわけさーネー、うん」

何を納得してるのか、しきりに頷きながら、ひとみは続ける。

目を閉じて、眉間に皺《しわ》が寄っている。

（頷いてるのは『上手く喋ることが出来てる』からか？）

「では、なんでドアガードだけかけて出ていったんですか？」

「鍵掛けようと思ったわけサー。動画サイトでかけ方知ってたからョー、やっタわけ。でも後から考えたら、フツーにドア閉めればよかったネー」

くけけけ、とまた西武門ひとみは奇妙な笑い声をあげた。

「でも、何故出頭を？」

「旅士クンが捕まったって聞いたから！　だーって、そこまでしてやるほど、あーし、悪女じゃないもの……ちょっとおクスリのチカラ借りるまで時間掛かったけどねー。ケヘヘヘ」

通して聞いていると、西武門ひとみのいうことには一貫性がある。
親友をレイプして自殺に追いやったから憎かった（動機）
昔入手した護身用のナイフを使った（凶器の入手）
SNSと刑務所内の話で被害者の動向は把握出来ていた（被害者の把握）
ドアの前で具合が悪くなったふりをして中に入れて貰って殺害（殺害方法）
当初は逃げ切る予定。共犯にするつもりだった瑞慶覧旅士が逮捕され変更（出頭の理由）
理屈も全て通っている。
検事に話せば、そのまま起訴に持ち込める、と言い切るに違いない。
それでも、違和感があった。
（人殺しの目じゃない）
人を殺してしまった人間は、大なり小なり、何かが欠け落ちてしまう。
あるいは、すでに欠け落ちている。
臣は、警視庁時代から、かれこれ百人以上の殺人犯を見ている。
過失で死なせてしまった者もいれば、殺意を持って殺した者もいたし、愉悦を持って殺していた奴もいた。

自首した者、逮捕された者。

そのだれもが、取調室では、後悔の有無とは別に、そういう「目」になる。一般社会と違い、ここでは殺人の行為を隠せなくなる、あるいは隠さなくていい場所だからだ。

馬鹿な「刑事の勘」と呼ばれるものの一種だが、すっきりしない、ということは、どこかに、「勘」が働くだけの「おかしな」部分があるからだ。

西武門ひとみの態度に、思い当たるものが、もう一つあることに、臣は気づいた。

ヤクザの「身代わり」出頭だ。

出頭する下っ端組員は、「因果」と呼ばれる、実行に至った架空の物語を吹き込まれる。

それを警察の取り調べで、よどみなく、さも自分がやったように喋ることで、実際に犯罪を犯した幹部や、目上の組員と、目上の組員の罪を見事被《かぶ》る。

「因果」を喋っているときの組員と、西武門ひとみの様子は、ほぼ同じだ。

(つまり、因果を含めた相手がいる)

嫌な予感が、膨れ上がっていく。

彼女にはおそらく、成功報酬が先払いされている。今ラリっているためのクスリを買えるだけの金額は、決して少なくはあるまい。

そして、ここまでの捜査資料に匹敵する事情を知っている人物。

クスリだけでなく、彼女がここまで入れ込んで「罪を被りたい」と思う人物。

娘と一緒に並び立つ、一人の少女のたたずまいが、臣の中をよぎる。

「本当に彼女が犯人なのかどうか、完全に見極めないと」

同時にそれは、自分の中にある、ある畏《おそ》れへの決着でもあった。

多和多華那。

娘の雪乃の「姉」が、この事件に関わっているのではないか、というぼんやりした予感……これもまた、「勘」にしかすぎないのだが。

「臣君」

ぽん、と肩を叩かれた。

よほど臣は考え込んでいたのだろう。周囲の捜査員達が全員起立して直立不動になっている。

副本部長だった。

「ちょっと、いいかね？」

★

おもろまち署の署長室は空になっていた。

窓の外には雨が激しく降り続いていて、エアコン作動中の室内との湿度差で、窓枠に軽く水滴が浮いていた。

「署長に頼んだんだよ――しばらく、君と話をさせてくれ、と」

副本部長は臣をソファーに座らせると、自らは立ったまま、背中を向けた。

「どうやら事件は、解決に向かっているようだね」

「え？」

「話は聞いたよ、今、取調室にいる彼女……自殺した保栄茂真澄の親友で、前科持ちだそうじゃないか。しかも凶器を持って出頭してきたと」

(早すぎる)

臣は思った。西武門ひとみが出頭してきて、まだ二時間も経過していない。

阿良川係長が臣に電話をした後、副本部長に頭越しに通知するはずはなかった。

そういうけじめを、阿良川係長は、よく理解している人物である。

「どなたから、お聞きになったんですか？」

「副本部長の仕事は、本部長の支えになることだ、臣管理官」

副本部長は背中を向けたまま、面白くなさそうに呟いた。

「今回の事件は関わる人が色々複雑でね、だから私も耳をそばだてている、というわけだ」

県警本部長・副本部長が、その気になれば、逆らえる職員はいない。

最初に西武門ひとみの来訪を扱った窓口職員、その上司……考えてみれば、副本部長に「ご注進」する人間は、いくらでもいるだろう。

「なにか、証言におかしなところはあるかね？」

「今のところは、ありません」

臣は事実だけを述べることにした――副本部長の背中から、警視庁時代、よく味わった気配が立ち上っている。

これは、単なる会話ではない。

何らかの「政治的な話し合い」なのだ。

「どうだろうね、臣君」

副本部長は、躊躇いがちに、告げた。

「このまま、記者会見を執り行って、容疑者逮捕、ということにしてみては」

なにか、奥歯に物が挟まったものの言い方だった。

おそらく、副本部長の奥歯に挟まった「もの」とは、政治的な圧力、なのだろう。

「雑談として、お聞きくださいますか、副本部長」

臣はひと言、断りを入れた。

「……かまわんよ」

「これ以上、捜査を続けるとマズい向きが、ありますか」

「雑談として、答えるよ、臣君――その通りだ」

「桜田門《さくらだもん》と霞《かすみ》が関《せき》、ですか？」

警視庁、警察庁の所在地を臣が挙げたが、副本部長はため息をついた。

「そこと、永田町《ながたちょう》だ」

日本最大与党の、本部事務所がある場所を加える。

「どういうことです？」

「あと三日したら、臨時国会が開かれるのは判るね？　それまでに、新堀兵衛氏とその側近が関わる事件を解決しておかなければ、まず、野党にそこを叩かれる。次に――長引けば、痛くもない腹――というのも馬鹿馬鹿しいが、彼らに繋がる議員、官僚に国内マスコミの眼が向けられる」

国内マスコミの殆どは、かつての鋭さと勢いを、政治家と政権に対して、失いつつある。

が、それでも、何社かは、まだそれを維持しているし、数年前から、海外メディアの目も向けられるようになっている。

「保身、ですか」

「ああ」

副本部長の肩がため息と共に下がる。

「情けない話だが、内閣人事局設立以来、警察上層部は、政権と命脈を共にせざるを得ない」

二〇一四年に設立された内閣人事局。

このシステムにより、時の内閣が、直接各省庁の幹部人事を執り行うことが可能になった。

以後、「骨のある官僚」という言葉は「場合によっては内閣にも逆らう人材」という意味から「内閣のためには、どんな無理無法をも押し通す人材」に変わった。

かつて、最高権力者である政治家を起訴できる、最後の砦《とりで》だった東京地検特捜部が、それをほぼ、行わなくなったのも、このためだ。

内閣と、そこに連なる人脈に、警察は手を出すことを許されなくなっている。

その支配は、玉突き的な意味で、臣達にも例外ではない。

「このまま、西武門ひとみがホンボシで、ということで二日以内に事件を切り上げてくれるなら、君には、次の人事に期待が出来る、かもしれない」

明らかに、西武門ひとみと同じく、副本部長も、誰かに「それ」を言わされていた。

「本部長は、このことを？」

「判らん。聞くわけにはいかんだろ？　こんなことを……それにこんなことまで本部長に聞いているようでは、副本部長が言っていた「副本部長はやってられん」

先ほど、副本部長が言っていた「副本部長の仕事は、本部長の支えになることだ」という言葉の意味がそこにある。

県警本部長は、いわば出世コースである。故に、任期が終われば本庁に移動していく。

副本部長はそれを助け、支える——彼らの殆どは、地方キャリアあるいはノンキャリアであり、副本部長が本部長になった例は、本部長が急死する事態を除き、皆無に等しい。

故に実質的な県警のナンバー1であり、県警本部長は彼らを無下《むげ》にはしない。

県警本部長というスターを支える黒子。それが県警の副本部長という存在だ。

黒子の役割には、県警本部内に発生する「穢《けが》れ」から、本部長を守るという役割も含まれる。

ために、多くの副本部長は、県警内に不祥事が起これば、それを一身に被る。

警察官の役割と本分からすれば、今、ここにいる人物のいうことは、臣の敵《かたき》に等しい。

しかし、ここで、彼の手を払い除《の》ければ、臣は本庁に戻れない。

同時にこれが副本部長の「手」だと臣は直感で理解している。

副本部長という役職で身につけた説得術……つまりそれぐらい臣は、彼に圧力を掛けてきた人間に重要視されていることになる。

(川辺、お前と俺は相変わらず嫌われてるらしいぞ)

内心の苦笑を押し隠し、同時に困った事になっていることを自覚する。

副本部長の面子を立てつつ、これを躱《かわ》さねばならない。

相手が、高圧的であれば、まだはね除ける決心がついただろう。

副本部長にあるのは明白な誠実さから来る、戸惑いと罪悪感で、臣に対する強い敵意や悪意があるわけではないのが、なお問題だった。

情に流されてしまいたい、と臣は一瞬迷った。

それぐらい、副本部長の背中にあるものには、誠実さが溢《あふ》れていた。

沈黙が降りる。

副本部長が振り向いた。

「どうだろうね、臣君。このまま西武門ひとみを容疑者として送検、起訴ということで……」

答えはふたつ、あった。

このまま、副本部長の要請をはね除けて、二度と本庁に戻らない。

あるいは、受け容《い》れて、怪しいと思う気持ちを抑え、犯人だと訴え出てきた西武門ひとみをそのまま逮捕、起訴することで、次の人事で東京に帰る。

(三本目の道があるはずだ)

臣は、必死に考える。

「あの……副本部長。お答えする前に、一つだけ、質問があります」

「なんだね？」

副本部長の顔に満面の笑みが浮かんだ。

「このお話は、西武門ひとみを犯人《ホシ》として送検することに、主眼があるのでしょうか、それとも二日以内、というところでしょうか？」

「そ、それは……」

副本部長は、明らかに戸惑いの表情を見せた。

おそらく、両方だ。

西武門ひとみを、犯人として用意した人物は、それを望んでいる。

だが、両方だといってしまえば、その瞬間、犯人の捏造《ねつぞう》を命じたことになる。

副本部長の答えは、一つしかない。

「二日以内、のほうだよ。だが実質、もう彼女で決まりだろう？」

「ですが……一点だけ、ひっかかる部分があるんです」

臣は立ち上がり、副本部長に頭をさげた。

「一日、一日だけ、自分に時間をいただけないでしょうか？　明日のこの時間まで、捜査をさせてはいただけないでしょうか」

「……」

副本部長は腕組みをした。

それは不要だと、臣を追い詰められないのは、彼にも迷いがあるからだ。

しばしの沈黙。

「では、改めて、明日……この時間に県警本部の私の部屋に来給《きたま》え」

大きなため息と共に、副本部長は結論した。

「ありがとうございます」

いささか、疲れた足取りで、副本部長は部屋を後にしたが、臣はしばらく、閉まったドアに頭を下げ続けていた。

足音が、遠ざかっていった。

安堵して顔を上げる臣の懐で、プライベート用のスマホが鳴った。

番号は娘の雪乃からだ。

不吉な物が、臣の心臓を握りしめる。

『お父さん……』

大急ぎで臣が電話に出ると、泣きそうな雪乃の声が聞こえてきた。

「どうした?」

ガランとした所長室、ソファーに張られた革の、独特の香りが、酷く生々しく感じられる。

腕時計を見る。午後一時半。

学校は昼休みの時間。

『お姉さんが……華那さんが、お父さんに、お話、が、あるって……』

いやな予感がした。

電話が、誰かに渡される気配があって、

『こんにちは、雪乃さんのお父様。お久しぶりです。多和多華那です』

雪乃とは打って変わって、落ち着いた少女の声が、名を名乗る。

『お手数をおかけしました』

後ろで、声を押し殺した雪乃の泣き声が聞こえた。

腹の中に、これから聞こえてくる重い事実が、やってくる前から場所をこじあける
のを、臣は感じた。
もっとも当たって欲しくなかった予想。
そして今のところそれ以外はあり得ない事実。
二年前井上にレイプされて自殺した保栄茂真澄の恋人、瑞慶覧旅士と、西武門ひと
み以外で、彼女の為に殺人を犯せる人物。
あの場所にいた人物。
捜査員達が、無意識のうちに対象から除外する人物。
そして、瑞慶覧旅士も、西武門ひとみも、身を呈してまでかばうべき人物。
西武門ひとみを容疑者に仕立てる必要のある父親を持つ人物。
臣の人間観察と、娘の話から得られる推測が当たっているなら、黙って逃げおおせ
はしない人物。

多和多華那は、告白した。

『四日前、井上幸治を、那覇市の宿泊施設で殺害したのは、私です』

◇第九章：事実、真実、呪詛《じゅそ》

★

「どうぞ」

「ありがとうございます」

臣がドアを開け、スポーツバッグを片手に、制服姿の多和多華那は、県警本部長室の隣にある応接室へ通された。

「取調室では、ないんですね」

「取調室はちゃんとした、逮捕状が発行されるに足る、証拠のそろった人を、取り調べるためにありますからね」

臣は丁寧な口調で応じた。未成年の彼女の対応を巡って県警上層部が揉めている為だが、それは口にしない。

「私への対応が丁寧なのは、父が国会議員だからでしょうか。だとしたら不要です」

静かで、落ち着いた眼が臣を見た。

(もっと早く気づくべきだったし、動くべきだった)

その目を見つめ返しながら、臣は思った。

あまりにもその目には「強さ」がありすぎた。

十四歳の少女の持っているレベルを超えた、そして、覚悟を持って人としての一線を越えた人間にある「強さ」だった。

「基本的に、警察官は、市民への丁寧な対応を心がけるように指導されています。それに、あなたは私の娘の『お姉さん』でもある。当然だと思いますが」

「解りました」

十四歳とは思えない、落ち着いた大人の物腰で、華那は応接室の、二つ並んだ一人がけ用のソファーに腰を下ろした。

スポーツバッグは傍らに置く。重そうな音がした。

臣は、ローテーブルを挟んだその対面、四人がけの広いソファーに腰を下ろす。

国会議員の娘らしく、ちゃんと育てられた品の良さが、身体からにじんで、県警本部の応接セットが、書き割りのように安っぽく見えた。

「つまり、雪乃のお父様……臣さんとしては、私が人を殺したと告白したことを疑っておられるのですか？」

「正直言えば、戸惑っている、というのが正しいでしょうか。今少年課の者を呼んでいます。その人が来たら始めましょう」

「逮捕なされないのですか？」

「逮捕は、逮捕状がなければ出来ません。緊急逮捕、というのもありますが、基本、それは逃走の恐れのある容疑者に対して、です。あなたは、逃げるおつもりですか？」

「いいえ」

華那は、きっぱりと首を横に振った。

「逃げるつもりなら、もう逃げています」

華那は説明した。

父である多和多《たわた》堅龍《けんりゅう》は、国会議員であると同時に、複数の会社の役員などもしているので資産は豊富であること。

華那にも、通学用のマンションを用意し、車付の運転手と家政婦を雇っていることを告げた。

「当然、私にもそれなりの金銭の用意はありますから、逃げるならかなり遠くまで逃げられると思います」

（本当にこの子は十四歳なのか）

内心、臣は感服しながら、少女を観察する。

この落ち着きぶりといい、理路整然とした話し方といい、並みの少女ではない。

(確かに、この子なら、人が殺せる)

人を「殺してしまった」人間と、人を「殺せる」人間は大きな差がある。

それは、揺るがぬ意志の力の量だ。

ただし「殺せる」人間と「殺す」、「殺した」人間にはまた別の差がある。

まして、それが正しいと思って行う「確信犯」はまるっきり別だ。

臣も確信犯と対峙するのは、三回目だ。

臣の出会った、最初の確信犯は「天啓」に囚われていた。

二人目はいじめられ、屈辱を長年受け続けていた。

どちらも共通していたのは「凶の気配」……凶気、とでも言うべき、凄惨さを内包していたことだ。

この少女には、それがない。

臣が、即座に彼女を怪しまなかったのも、その「凶気」のなさゆえだった。

それは、目的を遂げてしまったからなのか、少女故に世界と自分の人生が単純に処理できるからか。

やがて、ドアがノックされた。

三十代少年課の捜査員と、二十代の女性捜査員が二人、申し訳なさそうな顔で現れて遅刻をわびる。

「少年課の方達は何故、同席なされるのでしょうか？」

「あなたの年齢のためです」

まるで、大人のような話し方と態度ではあるが、同時に異星人のような、「違う常識で動いている」不可思議さを臣は感じる。

どうやら、それは、少年課の捜査員の方が、敏感に察知したようで、表情が厳しく固まった。

「臣管理官」

年かさの捜査員が言った。

「彼女には管理官からご質問なされたほうが、いいと思います。我々は補足で質問、ということで」

提案だが、有無を言わせぬ長年の重み、がある。

つまり少年事件の当事者ではなく、あくまでも殺人事件の容疑者の出頭、として扱ってほしいということだ。

「解りました。では自分が」

臣は、頷いて席に戻った。二人の捜査員はそれぞれ臣の隣に座り、年かさの捜査員

が、

「多和多華那さん。ここからは記録と録音をしてもいいですか？」

と尋ねた。

「はい。構いません」

華那は、すっ、と背中を伸ばしたままで、頷いた。

若い女性捜査員が、持って来た小さい鞄の中から、今時珍しい、使い込まれたSONY製のカセットテープレコーダーを、

「よっこいしょ」

と小さなかけ声と共に取りだして、ローテーブルの上に置いた……これを使用するのは、未だに裁判において、テープレコーダーの音声記録の方が「編集できない」という理由で信用されているためである。

年かさの捜査員は、スーツの内ポケットからMP3レコーダーを取り出した。

警察手帳が警察バッジになって、手帳の機能を失って後、別に所持するようになったメモ帳も取り出す。

「では、これから質問をします。今回の質問は裁判で証拠として採用されることはありません、ですがあなたの証言を検証し、本当かどうかを調べる際に役立てます」

「……解りました。私のような子供が人を殺した、といってもにわかには信じられな

い、ということも理解しております」

　声にはよどみもなく、西武門ひとみをはじめとして、沖縄の若者にありがちな独特の訛《なま》りやイントネーションもない。

「ですが、瑞慶覧旅士さんや、西武門ひとみさんが殺したのではありません。旅士さんもひとみさんも、私の事を慮って名乗り出たのです」

「ですが、西武門ひとみさんの証言は、状況証拠にぴったりですが？」

「父が――多和多堅龍が手を回したのだと思います。父は、県警内にお友達が多いので、捜査資料を読んでいます。一昨日《おととい》、父の車の中でその資料が鞄に入っているのを見ました」

　恐ろしいことを、少女は正直に告げた。

　少年課の捜査員ふたりは、「少年少女」という範疇《はんちゅう》から大きく外れた彼女の態度に、身体をこわばらせている。

「なぜ、井上さんを殺そうと思ったのですか？」

　臣は、穏やかに続け、華那は答える。

「井上幸治が、二年前、保栄茂真澄《びんますみ》さんをレイプして、自殺に追いやったのに、何の罪も償わず、逮捕もされず、同じことを繰り返していると知ったからです」

★

「え、ホンボシのホンボシが出頭？　しかも十四歳の女の子？」

沖縄県警の、捜査二課のある階の廊下で、警視庁二課から出張してきた、奥瀬真紀警視は、風邪を引いた息子の勇斗《ゆうと》へのメッセンジャーアプリを打つ手を止めて、声を上げた。

彼女は、実を言えば息子と夫を溺愛しており、激務の隙を縫って、業務の間も、多くのメッセージを送っている。

二人のスケジュールも完璧に把握しており、メッセージを読める時間帯に既読マークがつかないとハラハラしながら追加のメッセージを送るかどうか迷っている、というのは、臣大介管理官以外、よほど親しい部下でも知らない事実だ。

今日はTシャツの上からジャケットという、パンツスーツ姿である。

早朝七時から続く、ハードな仕事の合間、午前中の一休み……沖縄流にいうと「十時お茶《ジュウジチャー》」という奴である。

奥瀬が、自販機から、買ったばかりのアイスティーを開けて口を付けると、

「で、ここの有力議員の末娘なんすよ」

沖縄県警の捜査二課員で、奥瀬と共に「シンベエ」こと新堀兵衛の取り調べを、一課から引き継いで行っている、島尻《しまじり》巡査が、奥瀬のおごりで買って貰った炭酸飲料を手に、ため息をついた。

「で、臣管理官の娘さんと親しいんで、付き添って出頭したらしくって。マスコミ大騒ぎですわ……どうやら嗅ぎつけられる前に、県警本部のほうで確保したらしいですが」

「はー、あのバカ、貧乏籤《くじ》引きまくりだわねえ」

副本部長に送られた「西武門ひとみ逮捕、でこの件は終わらせる」話は、奥瀬にも来ている。

最初は明後日から始まる国会がらみで、野党と一部のマスコミの追及を逃れるためか、と思っていたが。

「政治家は自分が悪いのに、用件が通らなくなると、ゴネるからなぁ……」

なにか物思いにふけりながら、奥瀬は腰に手を当て、一気に紅茶を飲み干した。

「よし、行くわよ」

「え、もう終わりですか？」

「議員の娘が犯人、ってことは、事件とそれに関わる別の犯罪にも重石《おもし》が置かれる可能性が高い！」

奥瀬はゴミ箱をキョロキョロ探しながら断言した。

「今日中に、シンベエ釈放してやれ、って話もじきに来るから、それまでに『ヤマガー』がらみの証言、何が何でも取るわよ！」

ゴミ箱の中に空き缶を放り込み、奥瀬は「勇斗くん、あまり無理をしないで、気分が悪ければ寝ていていいのよ」という内容のメッセージを送信すると、颯爽《さっそう》と部屋に戻る。

★

多和多華那が、井上幸治の現在の私生活を知ったのは、今年の四月だった。

保栄茂真澄が葬られている、那覇市の永代供養塔に来たその日。偶然にも真澄と同じバイト先――キャバクラに勤めていた女性と、出会ったのである。

相手は、去年キャバクラを辞めており、父母の墓参だったが、彼女もこちらを憶えていて、ちょっとした立ち話をした。

「あの屑《くず》、未だに同じことしてるみたいでヨー……沖縄だったらマスコミもそうそう来ないってタカくくってるサー、死ぬほど腹立たしい《シニワジワジースルヤッサー》けれど！」

吐き捨てるように言った彼女の言葉を、華那はぽかんと聞いた。

二年前、警察に出向いて、頑固に被害届を受理させようとした華那を引き取った際、父である多和多堅龍は、

「二度と、彼にあんなことはやらせない。やるようなら、後悔する目に遭うように手配する」

と華那に約束したはずなのに。

家として与えられたマンションに戻り、インターネットで調べると、裏掲示板などからその手の話題がボロボロと出てきた。

彼のお気に入りは沖縄と北海道で、毎年夏は沖縄、冬は北海道で、ふらりと入った飲み屋にて札びらを切り、「店外デート」に誘うと、スタンガン、あるいは薬物で眠らせる。

目が覚めると性行為の真っ最中か、あるいはすでに終わった後で、証拠の動画を撮られていて、それをネタに口封じされている……と。

怒りが、湧いた。

ダークウェブ、と呼ばれる所へたどり着いたのは、それからしばらくしてからだ。

そこで、二十万をプリペイドカードで支払えば、井上のＩＴ関連の情報を全て引き渡すという人物を見つけた。

又善星一郎という、半グレのリーダーだった。

詐欺かもしれないと疑いながら、波之上《なみのうえ》にある、元風俗ビルで今は廃ビルになっている、薄暗くほこりっぽい建物のロビーで、身一つで、華那は待った。

★

「身一つで？」

狭い沖縄とは言え、又善星一郎の名前がこんな所で出てきて、臣は驚いた。

「用心はしなかったんですか？」

臣が尋ねると、華那は首を横に振った。

「ヤクザなのは判ってました。ですから、万が一の時には、対抗する為に、アイスピックとペッパースプレーは持っていました」

少女の答えに、臣はギョッとする。

ペッパースプレーだけ、でも、アイスピックだけ、でもない。

さらにペッパースプレーとアイスピック、でもなかった。

こういう場合、人は最初に使う物を口に出す。

つまり、明らかに殺害を意図したアイスピックが使えなければ、鎮圧、あるいは逃亡用のペッパースプレーを使うつもりだった、ということになる。

〈確信犯〉という言葉が、はっきり華那の顔に刻まれている気がした。

この少女は、己の正義を執行するためなら、どんなことも厭《いと》わない。

「怖い人ではありましたけれど、お金を払ったら、ちゃんと情報をくれました」

★
「えー、子供が何であの本土人《ンジ・ワラビンチャー、アヌ・ヤマトゥヌ・クトゥシリティ・チャースガ》のことを知りたがる?》」

と尋ねた又善に、華那は適度な距離を取りながら、

「こんにちは、お兄さん。《ハイタイ・ニーセー。ワンネー・スヌヒトヤー・クルスツムリ・ヤイビーン私はその人を殺そうと思っています」

彼女の知る限りの方言で、丁寧に答えて頭を下げた。

数秒、ぽかんと又善は華那を見ていたが、やがてケタケタと笑い始めた。

沖縄方言で「殺すつもり」などという言葉を、大人びているが、明らかに「子供」に分類される少女が、口にするのがおかしかったのか、それとも別の理由があったかは解らない。

「お前、面白いナァ」

沖縄訛りのイントネーションでそう言いながら、懐から封筒を取り出して放り投げた。

ITがらみのデータなので、ドラマのように、USBフラッシュメモリだとばかり思っていた華那は驚いたが、相手は、華那の差し出したプリペイドカードをひったくると、悠然と去って行った。

封筒を開けてみると、そこには井上の使用している公用、私用の複数のメールアドレスと、そのパスワード、会員登録をしているサイト、支払いに使っているクレジットカードの番号がずらずらと印刷されていた。

家に帰り、その「情報」をじっくり読み込んだ華那は、その中に、とある出会い系サイトのアドレスと、アカウントの項目を見つけた。

「出会い系サイト」、の意味を調べ、使い捨てのアカウントを作り、十九歳と偽って登録。

井上にとって、出会い系サイトは完全なプライベートで、本名ではなく偽名で登録していた。

そして、頻繁に女あさりをしていた。

華那が顔を隠した、普段着の全身写真を載せて登録した途端、どっと男たちからのアクセスがあった。

卑猥《ひわい》な内容のメッセージが、大量に送られてきたが、最初の一日に来た中に、井上のアカウントがあった。

華那は、他のアカウントのメッセージを、一切受け付けない設定にし、井上とやりとりを始めた。

自分が実は、高校生だと嘘をつき、来年卒業だが沖縄にいたくない、東京に行きたいが、お金がない、などの話をでっち上げた。

資料は、いくらでもウェブの中にあった。本屋に行けば、その手の素人売春のやり方を指南する男性向け、女性向けの雑誌もある。

そこで華那は、自分が見てこなかった、「貧困」と、それ故に手を出さざるを得ない「商売」がある、ということを知った。

華那はそれらを組み合わせて、貧乏で、身体を売るしか、貧困から脱出する術《すべ》を知らない少女として、井上と交流する。

井上は、親身になって聞いてくれるようなそぶりを見せた。

華那は自分を、幼くて考えの浅い、親が貧乏で共働きで、バイトをするのも面倒だから、いい稼ぎの口はないかと、でも必死に探しているわけではない、そんな少女を演じる。

こういう出会い系に登録する少女の殆どは、意外に売春目的ではない、という者も多い。顔を隠し、大人のふりをして「別人になる」遊びを楽しむのだ。

井上はどうも、そういう相手を「その気にさせる」名人だった。

最初のうち、彼の主張と説得の内容は、大きく分けて三つ。

これを様々な形で組み合わせたり、言い回しを変えたりして送りつけてきた。

お金に困った人間は、法律に触れない限り、どんな商売をしても、どんな仕事をしても構わない。

お金を得るには、まず資本がいる。貧乏な人にはそれがない。

君は若い。若い内にしか出来ないことはある。

事実と、都合のいい解釈でねじ曲げた意見を混合して提示するのは、新興宗教やマルチ商法の勧誘でもよく使われる手口だ。

冷笑したくなったが、華那が演じているのは、そんなことを考えたこともない、世間知らずで、流されるままに生きるのが習い性、という少女だ。

そういう場合、どう反応するか。

華那は考え、いかにも、その話に感銘を受けたような内容のメールを送った。井上からは、売春は恋愛と変わらない。実際、世の中には不特定多数の相手と、性的行為を楽しんでいる女性も多い。だが若年層の売春は、危険だ。やめたほうがいい。

とはいえ、恋愛の末の性交渉は売春ではないと思う。

とした上で、

幸い、自分は金持ちだ。

定期的な話し相手になってくれるなら、その辺の相談に乗ってあげてもいい。

という内容が来た。

最後にさりげないつもりで「来月、沖縄に行きます」と付け加えて。

この時点で華那は、相手の性根が二年前と何も変わっていないことを確信した。

相談とは名ばかりで、おそらくレイプの用意をしてくるのだろう。

「そんなつもりはなかった」とこちらが主張してもこれらのメール類を盾に取れば「もうわかっているじゃあないか」と、無理矢理押してくるのは間違いない。

華那は冷静に、前もって調べてあった、監視カメラが、周囲にも中にも殆どない民泊施設を指定し、会える日時を提示した。

★

華那はそれまで傍らに置いてあったスポーツバッグから、血で汚れたバスタオルにくるまれた物を取りだし、ローテーブルの上に置いた。

「こういう物を、使いました」

「では、どうやって井上を殺害したんですか？」

乾いた血の匂いに、臣は眉をひそめる。

左右の少年課の捜査員二人が、息を呑《の》んだ。

華那の細く、白い指先がバスタオルを解き、中に収まった代物を取りだした。

刃渡り二十センチほどの細長い、今の日本の法律では、所持が禁止されている、格闘戦用の両刃のナイフを、斧《おの》などに使う、わずかに湾曲したカーブを描く木製の柄に、ガムテープでぐるぐる巻きに固定した物だ。

（なるほど、これなら彼女でも大人の男を滅多刺しに出来る）

登山にも使われるピッケルは、元々西洋騎士の板金《ばんきん》鎧《よろい》を突き刺し、貫く為の武器だったという。

柄を長くすればてこの原理で非力な女子供でも、深い一撃を素早く与えることが出来る。

ましで、田舎の考えの浅い少女だと思い込み、ホテルでひとっ風呂浴びたばかりで油断しきった井上は、ひとたまりもなかっただろう。

「これを使って、バスルームの出入り口の真横に隠れて、風呂上がりに出てきた井上の首をまず横殴りに刺しました」

淡々と華那は、犯行の様子を語る。

「彼が膝をついたので、後は正面に回り込み、何度も何度もこれを振り下ろしました」

やがて彼が動かなくなり、華那は血を洗い流した後、服を着替え、瑞慶覧旅士に頼んで「余興のサプライズ用に確保して欲しい」と頼んだ805号室に入り、返り血で汚れた衣服を、持って来たスーツケースに収めた。

後は、そこに前もって隠しておいた、大量の漂白剤をばらまいて、証拠を隠滅。

スーツケースは自分の名義で予約した、807号室に持って行き、そこでシャワーを浴びた風を装って、雪乃達の待つパーティ会場に戻った——。

「ドアの鍵は掛けなかったのに、ドアガードで中が見えるようにしたのは何故ですか？」

「私の誕生日を、犯行の日にしたのと同じ理由です」

初めて、華那が年齢に見合う、大人を挑発するような謎かけを口にして、臣はホッとした……目の前に居るのは、少女の姿をしたなにか、ではないらしい。

ただし、華那の目は、大人代表である臣に、厳しく向けられている。

「では何故、誕生日の日を指定したんですか」

臣の質問に、

「十四歳なら刑事責任を問われるからです。十三歳で人を殺しても、家庭裁判所に送られるだけで刑事責任は問われません」

にこりともせず、淡々と華那は答えた。

「十三歳で井上を殺せば、井上が偉い人たちに守られたように、私も法律で守られて安全です……それでは彼と同じになってしまう。そんなのはイヤでした」

臣の両隣に腰を下ろした、少年課の捜査員達が、絶句して顔を見合わせる。

間違いなかった。

多和多華那は確信犯だ。それが正しいと思って人を殺し、正しいと思うから、自ら出頭してきた。

が、華那の理由はそれだけではなかった。

「家庭裁判所の内容は非公開です。でも刑事裁判は公開されます」

少女の姿をした「確固たる意志」は、さらに言葉を続ける。

「その場所で、動機や経緯を述べることが出来ます」

啞然《あぜん》とする大人達を前に、華那は、きっぱりと言い切った。

「最後に、私が姉である保栄茂真澄さんのために討ちたい仇《かたき》は、何もかもをもみ消そうとした、私の父、多和多堅龍です」

★

臣と少年課の捜査員ふたりはそろって外に出た。

警務部の警察官がすでに来ているので「見張っていて欲しい」と伝え、呼んでおいた鑑識課員にスポーツバッグごと凶器を渡す。

やがて、ため息と共に、少年課の年かさの捜査員……県警少年課の荻堂《おぎどう》課長が口を開いた。

「どうでしょうか、あの証言は本当なんですか？」

「間違いないと思います。彼女の話は、マスコミ発表していない部分も含め、全てこちらの調べたことと合致していますから」

大きく息を吸い、吐くと、少年課の捜査員は、切実な目でこちらを見た。

「この件、持ち帰らせていただくまでもなく、私は少年課の手の範囲を超えていると思いますが、管理官はいかがお考えですか？」

その後ろでは、少年課の女性捜査員が、青ざめてうつむいている。

臣は、静かに頷いた。

「その判断は、正しいと思います。私も、殺人犯を何人も見てきましたが、彼女のような確信犯は、初めてです。年齢的にも精神的にも、見たことがありません」

「ありがとうございます、では」

少年課のふたりは去った。

臣は、そのまま本部長室へ入る。

応接室での会話は、臣のスマホを通じて、録音しつつ、本部長と副本部長のいる、この部屋に聞こえるようになっている。

「なんという……」

接待用のソファーに腰を下ろして副本部長が頭を抱えていた。

「沖縄保守の、期待の星の娘が、なんでそんな馬鹿なことを……六〇年代じゃないんだぞ！」

絞り出すような声が、副本部長の口から漏れた。

「いや、六〇年代のほうがまだましだ！　学生運動なんて麻疹《はしか》みたいなもんだからな！」

どうやら誰に言っていいか解らない愚痴が、臣の登場と共に堰《せき》を切ってあふれ出したようだ。

「まあ、物的証拠がそろい、本人が出頭してきた以上、送検するしかないねえ」

本部長が自分の席で、深いため息と共に決断した。

「この事件はタダでさえ、シンベエがらみで注目を集めてる。オマケにあちこちから圧力も掛かってる。そして法律上、十四歳以上で犯罪を犯したなら、刑事犯として裁かれねばならない――これは絶対だ」

噛《か》みしめて、自らに言い聞かせるように、本部長が言葉を紡ぐ。

「臣君、逮捕状の申請をしなさい。多和多議員には私から話をする。副本部長、マスコミへの対策を頼む。彼らが先走らないように、署内の〈捜査関係者〉には口止めをしておくように」

「は、はいっ！」

立ち上がり、副本部長は敬礼して出ていった。

「……沖縄で県警本部長になる、と聞いた時は出世できるかも、と甘く思ったが」

深く椅子に腰掛け直して、本部長は臣に苦笑を浮かべた。

「世の中、そう上手くは回らないようだね……だが、我々は警察官だ、法律を曲げるわけにはいかん。臣君、君も災難だが、よろしく頼むよ」

「……はい」

臣は深く頭を下げた。

本部長室を退出する。

ドアを閉めて、臣は歩きながら私用のスマホを取りだした。

書類提出の前に、しなければならないことがある。

ある番号に電話を掛けた。

「お父さんだ。まだ叔母さんと一階に居るか？」

★

県警の一階ロビー。来客用のソファーに、身を縮こまらせるように雪乃、その隣に臣の妹の澪が、気遣わしげに座っている。

どうやらずっと無言だったらしく、臣を見て、澪がホッとした表情になった。

臣が感謝を込めて頷き、目配せすると、

「わたし、ちょっと飲み物買ってくるから、ね？」

と、澪は席を立った。

臣は、澪の反対側の席に腰を下ろす。

「お姉さんは？」

「今は県警本部《こうえ》の応接室に居る。本人が自供した上、凶器を持参してる……としても、華那さんはまだ十四歳で、しかも逃亡する人じゃなさそうだから、すぐ留置場とはならないよ」

ホッとしたように、雪乃の表情が少し晴れた。

「一体、何があったのか、話をしてくれるかい」

臣の立場からすると「私が井上幸治を殺しました」という電話の後、澪の車で、華那に付き添って雪乃が来、ここのロビーで華那を引き取った臣が応接室まで案内し……という具合だ。

だから、どういういきさつが、二人の間にあったかは知らない。

「うん」

こくん、と頷いて雪乃は話し始めた。

昼休みに呼び出され、また元に戻れると喜んで約束の場所に来たら、自分が殺人犯であることを告白された。

本当は逃げおおせるつもりだったが、雪乃や父である臣を騙《だま》すことはよくないと思い直したこと。

それ故に、自首するので、父親である臣に電話をかけるように、と要求してきたこと、などを訥々《とつとつ》と、雪乃は語った。

「なぜ、あんなことをしたかは聞いたかい？」

雪乃は頷く。

「大事な、お姉さんのお姉さんをレイプした人が、何の反省もせず、野放しで、ずっと同じことを繰り返しているのが許せない、って……」

「……そうか」

「お姉さん、私が同じ目に遭ったとしても、同じことをするって」

雪乃は泪《なみだ》をこらえた目で、臣を見た。

「お父さん、私、どうしたらいい？　お姉さんは私の為にも人を殺すの？」

雪乃は当惑し、混乱している。

尊敬していた「お姉さん」が人を殺し、そして感情的には、何もかも納得出来る理由があること。

人を殺すという重罪を犯したのに、彼女が堂々としていること。

父が警察官であること。

そして、自分の為にも、人を殺せる、と言われたこと。

十三歳には荷が重すぎる事実と情報が一斉にのしかかってきたのだ。

混乱し戸惑い、哀しみ……泣きたくなるのは当然だった。

「場所を、変えよう」

臣は微笑んだ。

手を差し出すと、雪乃は弱々しく摑んだ。

その左手の小指の付け根は変形している。

劇症型の若年性関節リウマチ。

極度のストレスにさらされることで、わずか十二歳で発症したものだ。

女性がなりやすいとはいえ、普通は、もっと年齢を重ねてからかかる病に、娘が罹《り》患《かん》していることに、臣は、半年近く気づかず、その激しい痛みを雪乃は我慢し続けた。

結果、小指の付け根は変形してしまった。

今でも、後悔しきれない。

臣は、その手を取って、県警本部の入り口を出て、駐車場に向かう。

（こんなに小さい手なんだ）

改めて思うと、涙がこみ上げてきそうになった。

半年の高価な点滴薬の使用で、なんとか劇症リウマチは寛解しているが、またいつ再発するか、と医者には言われている。

そんなことは二度と起こさせない。

十三歳の思春期の少女にとって、一本の指の変形だけでも痛ましいのに、これ以上、重い物を背負わせることは父親として出来ない。

「おとぎ話は龍の存在を教えるものではない。そんなこと、子どもたちは知っている。龍を殺すことは出来る、と、おとぎ話は教えてくれるのだ」

学生時代、川辺が好んでいた、G・K・チェスタトンのこの言葉の意味を、川辺や奥瀬真紀と話し合ったことを思い出す。

どんな状況にあっても、己の信じるところを貫くことは出来る、そういう教えである、とあの頃、三人で結論づけたが。

今、それを実行することの「重さ」を娘に伝えねばならない。

決してそれは、華やかな正義の遂行でも、ロマンチックなものでもない、恐ろしく、おぞましいことなのだと。

★

臣は出入り口を出て、右に折れ、地下ではなくやむなく露天のほうの駐車場に停車した。自分のボルボのそばに来た。

助手席のドアを開け、雪乃を横向きに座らせ、自らはその前に膝をつく。

梅雨の晴れ間で、路面はまだ湿っていたが、夜九時の空気は澄んでいて、県庁通りの道は、がらんと空《す》いている。

「……雪乃、よく聞きなさい」

臣は両手を雪乃の肩において、静かに言った。

「まず、一つひとつ、考えよう」

こくん、と雪乃は頷いた。

十三歳という多感な少女が、本当に途方に暮れているのが判る。

臣には、多和多華那を呪いたい気持ちが湧き起こった。

「まず、お姉さんのしたことは、間違ってる――彼女の言い分は、聞こえは、いいかもしれない。でも人は、人を殺してはいけない。それは、法律があるからじゃない。自分の魂を守る為だ」

「たまし……い？」

臣は頷いた。ここから先は綺麗事だ、綺麗事だからこそ大事なことだ。

まっすぐに、娘の心に届ける必要がある。

「人は、誰かを殺せば、決定的な何かを失う。もちろん、そうしなければいけないという極限状態はある。誰かに殺される危険にさらされたとき、殺さねば自分が死ぬ、という時とかね。だから、正当防衛という例外が認められている。

でも、そういう場合でなくても、許せない人というのはいるよね？ とても邪悪で、殺さねばならない、と思いたくなるような人間はいる。だけど、それでも、人は人を殺してはいけないんだ。決定的な何かを失わないために」

「何か、って何？」

問われて、臣は少し考え、答える。

「多分、人間が、人間である、最後のルールを守っている、無意識の大事な番人をなくすんだ」

梅雨の晴れ間の星空の下、臣は考えながら十三歳の雪乃に話す。

「お父さんは、仕事で、そういう人間を山のように見てきた」

それは人間という「社会」を作って生きる生き物の話であり、「法律」の存在するその理由の、根源的な部分だ。

「大事な部品が壊れて、ポロリと取れてしまって、人が変わったかのように振る舞う人もいるが、大抵の人は、取り戻そうと必死になる。でも、人を殺すというのは、相手に謝ることも、話し合うことも二度と出来ない状態に追いやってしまうことだ。刑務所に入って出てきたら、それだけで終わるものじゃない」

蒸し暑い熱気を払うように、風が吹いて、植え込みや木々の枝葉を鳴らす。

その音が人通りと車の、ふと途絶えた県警本部の周囲に、さあっと広がっていく。

「殆どの人は、映画やドラマに出てくる凶悪犯じゃない。一人だけだから、罪が軽いとか、三人殺せば重いというのは、社会と罪の折り合いの話であって、罪を償う、償わないの話じゃないんだ」

雪乃は、じっと父親の言うことに耳を傾けている。

「華那さんが、雪乃の為なら同じことをする、というのは、ドラマや物語の中なら、素敵な言葉に聞こえる。格好いい言葉に聞こえる。でも、間違いだ」

臣は必死に娘に伝わるように、頭の中で猛烈な勢いで考えながら、言葉を紡ぐ。

「人を殺すことは、愛や、好意の証明には、ならない」

声に力がこもった。

「愛や好意と、人を傷つけたり、あるいは殺すという行動やその結果とは、別の物なんだ——だから、お前がそう言われて戸惑って、泣きたくなるのは、華那さんがそんなことを言うこと自体が、間違っているからだ」

はっ、と雪乃が息を呑む。

「雪乃にとって、華那さんは、素敵なお姉さんだ。雪乃を導き、面倒を見てくれて……いつも正しかった。その人が、初めて間違ったことを口にした。雪乃にとっては初めての事だ。だから、どうしていいのかわからなくなった……お父さんはそう思う」

こく、こく、こくと雪乃は真面目に数回頷いた。

悩みの解を得た、人の目の輝き。

「そう……解った。私、お姉さんが、初めて間違ったことを言ったのに、どうしていいか、わからなかった……！」

「でも、間違っても構わない、と華那さんは思ってしまった。覚悟を決めてしまった」

そして、多和多華那は、被害者を罠に誘い入れ、殺害した。

「そのことはお父さんにとって……警官として、じゃなく、お前の父親として、とっても、とっても残念だ」

どうやら雪乃に自分の考えと推測が伝わり、それは正鵠《せいこく》を射たらしい。

「私……悲しかった、んだ」

臣は、検事総長の前や、警視総監の前で意見を述べるときよりも、慎重に、言葉を選んで、さらに続けた。

「それが当たり前だ。当たり前でいいんだ。お前が同じ目に遭ったら、同じようにする、と華那さんは、純粋な思いで言ったかもしれない。でもそう言われて、雪乃は、嬉《うれ》しかったか？」

雪乃の首がゆっくりと、横に振られる。

「それは、当たり前だ。好きな人には幸せになって貰いたい。いつも、笑ってて欲しい。ましてお前の『お姉さん』なんだ、そうあって欲しい。自分の為に罪を犯して刑務所に入ってもいい、というのは格好だけはいい。でも間違ってる。

人は、幸せになるために生まれてくるし、幸せに、なるべきなんだ」

決して、そうではない人間も多々いると、解っていながら、だが、臣は、父親として、そう言葉にするしかなかった。

少女に今、必要なものは、現実への皮肉や冷笑による「痛み止め」ではない。

現実の厳しさに立ち向かうときの芯となる、決して揺るがない「善意」の背骨だ。

皮肉や冗談、冷笑や悪ふざけはその「善意」の背骨が折れないようにする杖にしか過ぎない。

ただ現実の厳しさを見えないようにする、あるいはそこから逃げて立ち向かわない理由を作る為の、過剰な痛み止めを、自分の娘に与えてはならない。

それが、臣の知る「大人の成すべきこと」だった。

「だから、雪乃が戸惑って、悲しくて、辛いのは、正しいんだ。華那さんが間違っているから、なんだよ」

臣の言葉が終わる前に、雪乃は助手席から飛び出し、臣の胸にすがりついて、声を押し殺して泣き始めた。

臣に出来ることは、これ以上は、ただ、抱きしめてやりながら、頭を撫《な》でることだけだった。

◇第十章：収監、会見、怒号

★

二年前、夜。

十二歳になったばかりの多和多華那《たわたかな》は、家に戻る車の中、ぎゅっ、と、見えない力で、強く握りしめられているかのように、後部座席で身をすくめていた。

彼女の乗った漆黒のロールスロイス・ゴーストⅡは、那覇の街を滑るように走る。

夏の那覇は人で溢れかえっている。ロールスロイスは、その混雑を避け、西原《にしはら》方面から大回りに首里の多和多邸に向かっている。

外の雑音は車内に届かない。

ロールス独特の、革と、内装の香りだけがある。

運転席と、後部座席の仕切りは、すでに上がっていた。

横に座った父、多和多堅龍《たわたけんりゅう》の息づかいが聞こえてくるほどに、静かだ。

父は怒っているらしく、もう一時間近く、何も言わない。

当然だ。

それだけのことを、自分はしてしまったという、自覚がある。

華那はまだ十二歳の少女ではあるが、世間知らずのお嬢様ではない。

むしろ「世間の中の自分」については自分より倍も年上のお姉さんたちよりも、遥かに自意識は高いだろう。

長く、大きなため息が、多和多の口から漏れた。

「お前を、怒っているわけではない。今まで黙っていたのは、どうお前に言葉を掛けるか考えていたからだ」

父は、厳しい人物であったが、全てに理屈があった。

「私は……間違ったことをしたつもりは、ありません」

膝の上でぎゅっと拳を握りながら、華那はかすれた声で、しかし、はっきりと言った。

おそらく、次の瞬間「馬鹿者」という叱咤《しった》の声が、車内にとどろくと思って身をすくめる。

が、

「お前は、正しい」

横を向き、きょとん、と、こちらを見上げる華那の目を見て、多和多は言った。

「だが、正しいだけでは、何も前に進まない。正しいことを曲げてでも、前に進むことが大事な時がある——それが私のような政治家の仕事だ。そしてそれは私生活にも当てはまる」

多和多の目は何の表情も浮かべず、ただ、事実だけを告げる装置のように思えた。

「華那、お前の怒りは正しい、慟哭《どうこく》も正しい、私を憎むのも正しい。だが、この県は、この国に潰されないようにするために、前に進むしかない。そのために彼は必要な人間だ。あと十年は、少なくとも必要な人間だ——華那、お前に理解しろとは言わない。私も、私の出来る範囲で、正しい判断をした。法律でどうこうという話ではない。だから、私を憎め」

華那は、どう反応すればいいのか解らぬまま、父の顔を見た。

多和多は政治家の顔のまま、最後に付け加えた。

「だが、お前のしたことは認められぬ。次、私の邪魔をするようなことをすれば、親子の縁を切る」

十二歳の子供に言うべき言葉ではないが、華那はそれを、素直に受け容れた。

多和多の家は、そういう家なのだ。

父の顔が華那から離れ、前を向いた。

それ以上、話をする必要はない、ということだ。

先ほどまでと違い、緊張の溶けた雰囲気が車内に満ちる。

心なしか、仕切りの彼方にいる運転手も、ホッとしたような気配を、華那は感じた。

この一件は、先ほどの父の言葉で、何もかも終わりだ。

蒸し返せば今度こそ叱責が飛ぶ。

理解しつつ、華那は同時に決意する。

十二歳の子供にしては重大すぎる決意を。

いつの間にか、握りしめた掌に爪が食い込んで血がにじむほどに。

★

現在。

県警本部に、殺人事件の容疑者となった多和多華那を、臣大介管理官が預けた翌朝、六時。

臣は、雪乃を澪に当面預け、自らも自宅に帰らず、おもろまち署の六階にある当直室に間借りして、その夜を明かしていた。

窓の外をちらりと見ると、マスコミの大半は県警本部に行ったらしく、大分減っていたが、それでも臣や、捜査関係者の姿がないか、を、鵜《う》の目鷹《たか》の目で探している、いかにもな連中と、高そうなカメラをさげたカメラマンたちが、正面玄関付近にうろついているのが見える。

現職、しかも何かと批難を浴びやすいIRカジノの積極的推進派の国会議員の娘が殺人を犯したというのだから、シンベエの逮捕から特に続報を拾えていないマスコミや、動画配信者としては、ありがたい大ネタなのだろう。

臣は、枕元のミネラルウォーターの封を切って飲み干すと、下着姿のままで、とりあえず、このところサボっていた朝のストレッチと、軽い腕立て伏せにヒンズースクワットを行い、軽く汗を掻いた。

終わると、あらかじめストックさせてもらっていた着替えを取りだし、コンビニで買ってきた、制汗用の大判ウェットティッシュで身体を拭い、髭剃《ひげそ》りで髭をあたり、髪の乱れを整える。

新しいワイシャツと下着に着替え、靴下を取り替えて背広とスラックスに手足を通すと、しゃっきりした気分になった。

昨日までの不安や不信が、ひとまず明らかになったからだろう。よく眠れた。

私用と仕事用の、二つのスマホを充電用パッドからポケットに移し、充電用パッドのコンセントを抜いて、鞄にしまい込む。

　署内の食堂が開くのは朝七時だから、捜査本部で新聞かテレビでも見て暇を潰そう、と階段を降り始めると、

「どういうことよ？」

　すぐ下の階の踊り場で、両手を腰に当てた、居丈高なポーズで奥瀬真紀警視が待ち受けていた。

「なんの話だ？」

　構わず臣は、捜査本部のある三階へと歩を進める。

「多和多議員の娘のこと！」

　奥瀬はついてきた。

「俺はいま、沖縄県警に出向中だ。本部長と副本部長に真っ先に報告する義務がある」

「そこは、あたしにも情報を渡すのが筋でしょうが！」

「筋なんかない。一課と二課とはいえ、沖縄県警と警視庁じゃ管轄が違う」

「んなわけないでしょうが！　長年の付き合いをなんだと思ってるのよ！　それに多和多議員といえば、二課《うち》でも重要人物扱いしてるのよ！」

「シンベエ周りか？」

「違うわよ！　ＩＲカジノの大親分でしょうが！　いずれ彼の周囲に色々集まってくるから、要注意人物ってことで……」

奥瀬は急に黙り込んだ。

どうやら言い過ぎたと理解した……と見せかけて「ここまで情報を明かしたんだから何か言え」ということだろう。

つまり、多和多議員を押さえてやることが「出来るかも」といいたいらしい。

そのために、何かよこせと。

付き合いが長いと、この女のしぶとさと強《したた》かさには慣れてくるし、仕掛けてくる手も、幾つか読めるようになる。

「娘は完全な確信犯だ。『姉』の仇討《あだう》ちが目的で、井上を殺害。凶器も持っての自主的な出頭。いずれ家宅捜索が入るだろうが、その際に、今回の被害者のＩＴ関連の全パスワードやアドレスの資料が、手に入るかもしれない」

「それ、こっちに最優先で回して」

「県警の二課から取れよ」

「言ったでしょ、沖縄県警《こっち》の二課長とはソリが合わないのよ」

「知るか。それこそ、お前の交渉力の出番だろうが」

階段を降りながら、臣はやり返した。

「せっかく今、沖縄にいるんだから、さっさとガサ入れして回収してよ」

「それは検事にいえ。俺らは警察だ、捜索令状にハンコ押すのは裁判所、俺達の出番はその後。警察大学で習っただろうが。もう忘れたか？」

「同行させてよ、ってこと！」

「さっさとそう言え」

「察してよ！」

「俺はお前の部下じゃない。階級も同じ警視だろ」

「いずれあたしが上になる」

「そうなったときに考えるよ」

「もう！　このバカ！」

「とりあえず、捜査本部の阿良川係長と相談してくれ」

「だから大介ちゃん好きよ」

「お前に言われてもな」

「高得点あげたから、警告してあげる」

「？」

「多分、この事件、このままじゃ済まないわよ」

「判ってる、いろいろな意味で圧力が掛かるのは見据えた上で、だ」

「それだけじゃないわ」

不意に真顔になって、奥瀬は声を低くした。

「娘が、父親に逆らうって、もの凄《すご》いエネルギーがいるのよ。大抵の場合、父親って、自分にとって最大の味方か、最大の権力者だから……その子、優等生なんでしょう？」

「ああ。何度か会ったが、驚くほど大人びてる」

「なら、なおさらね……優等生が犯罪に手を染めるぐらい思い詰めて父親と対決するなら、とんでもない方向に話がいくかもしれないわよ？」

臣は足を止めて奥瀬を振り向いた。

やや高い位置から、奥瀬はどこか、遠い目をする。

「誤解しないで。女はね、男と違って四方を塀で囲まれてるの。特に親という塀は、夫と違って高くて分厚い。敵対したとき、逆らうこと自体が大変ってのは、女なら、誰でも知ってる」

「……そういうものか。でも、お前のオヤジさんは、お前にデレデレに甘くなかったか？」

「まあ、ウチの親父は大抵あたしの味方だったけれど、そうじゃないこともあったのよ」

「それはお前の我《わ》が儘《まま》が過ぎただけじゃないのか？　お前は昔も今も、すぐに図に乗るからな」

「大きなお世話よ！」

次の踊り場で腰に手を当てて、「べーっ」と舌を出す奥瀬に、臣は手を振った。

このまま、真っ直ぐ捜査本部にいくよりも、署のロビーでコーヒーでも買って、少しカフェインを補給すべきだ、と考えを変えた。

階段を降りていくと、瑞慶覧旅士と西武門ひとみが、ロビーに立っていた。

「なんでこんな……」

呆然とした旅士の声。

瑞慶覧旅士は厳重注意のあと、釈放となったが、西武門ひとみは薬物使用により送検され、身柄を県警のほうへ移され、再度事情聴取が待っている。

そのため、手錠を填めていて、薬物対策課の刑事が付き添っている。

たまたま、双方のタイミングがあったのだろう。

臣は、なんとなく、近くの自販機の陰に隠れて、二人の会話に耳をそばだてた。

「あの、一分でいいんです、話をさせてください」

と瑞慶覧旅士が懇願し、薬物対策課の刑事は、ここで彼の要請をはね除けて、記者が二十メートルも離れていない場所でトラブルになるのを恐れたのか、「あー早くな」と、背中を向けた。

二人は身を寄せ、手を握って、小声で喋る。

「どうして君がここに居るんだ、殺したのは君じゃないだろう？」

「だって、マスミーの妹だよ？　それに……カーナーのお父さんが来て、あの子を助けてやってくれ、って……」

「だめだ、それ絶対いうな！　黙ってろよ、ヒトミー！」

カーナーとは沖縄ならではの「華那」の呼び方だ。ヒトミーも同じだろう。

大抵、相手の名前の最後の文字を伸ばす（伸ばしにくい場合はその一つ前の文字を伸ばす）のが沖縄風らしい。

押し殺した二人の会話が聞こえてきて、臣は西武門ひとみを出頭させた黒幕は華那のいうとおり、多和多議員だと再確認した。

多和多堅龍なら、県警内の情報を手に入れられる。

西武門ひとみの証言が、微に入り細にわたりで、信憑性が高かったのはそのためだ。

いずれ薬物対策課に話を通して、事情を再聴取せねばならないだろう。

気が重かった――政治家がらみの事件は、臣にとって、警視庁へ戻る道を遠のかせる代物だ。

だが、それでもやらねばならない。

薬物対策課の刑事が入って、西武門ひとみは、何度も瑞慶覧旅士を振り返りながら、去って行った。

それを見送り、がっくりと肩を落として、瑞慶覧旅士も外に出る。

臣は、しばらくそんな風景を凝視していたが、やがて、自販機の陰から離れて外へ向かう。

外には、また雨が降り出していた。

今日から、またメンタルを削られる日々が始まる。

(雪乃は、思ったよりも長く澪に預かって貰うことになりそうだな)

詳細な出頭の様子がマスコミに漏れた場合、取材の矛先は臣の娘、雪乃にも向くのは間違いなかった。

★

朝八時。

おもろまち署の捜査本部は、会議の開始早々、臣の報告に騒然となった。

「……十四歳の少女ですって?」

「子供じゃないですか!」

「……勘弁してくれ」

捜査員から、様々な声が上がる中、臣はしばらくその状態を放置していたが、

「分析結果です」

鑑識課の宮里課長が申し訳なさそうな顔をして臣の前にやってきた。

ざわめきがピタリととまる。

宮里課長は、民泊施設で衣装部屋として借りられた、パーティ会場である大会議室向かいの807号室の方の調査結果も報告した。

「先日、避難のため、残されていたキャリーケースの中から、黒いビニール袋に収められた衣類が、下着、靴も含めて発見された、付着した血液型が被害者と一致しました」

それだけでなく、華那が持ち込んだナイフと斧の柄で作ったピッケル型の凶器から、被害者の血液とDNAが検出された。

鑑識の宮里課長が、荷物の検査許可を急かしたことも、その理由の説明に対して、妙に慎重になるのも、こうなってみると臣にも判った。

被害者の傷口の形状とその断面も含めて一致したと報告した。

さらに華那から任意提出された髪の毛も、科警研に送られて分析が始まったことも。

「彼女でほぼ確定、ですか」

阿良川係長の言葉は、全員の落胆と、暗澹《あんたん》とした心持ちの代弁だった。

「捜査方針を変更します」

臣は宣言した。

「これより、多和多華那――まだ未成年ですので少女Aとします――を第一容疑者と考え、彼女の供述通りに証拠が存在するかどうか、物的証拠、目撃証言などを洗ってください」

臣は言葉を一旦切り、捜査員たちを見つめた。

みるみるモチベーションが下がっているのが解る。

殺人の犯人が、事情を抱えた未成年の子供、となってしまえば、自分たちは弱い者いじめをしているのも同じだ。

世間もそう見る。

まして、同情するに足る義憤が、少女の側にあるとすれば。

しかも、被害者が法的にはもちろん、世間の感情的に「許されざる」少女買春と、レイプの常習犯ともなれば。

「管理官」

宮城警部補が手を挙げた。

「この事件、立件されるんですか?」

嘘をつくわけにも、薄っぺらい建前を言うわけにもいかない。

「正直に言えば、解りません。十四歳は法的には、刑事裁判を受ける年齢です。ですが、十四歳になるのを、わざわざ待ってまで事件を起こした確信犯、しかも、そうなるだけの同情を集める動機がある」

裁判員裁判で裁かれる場合、多くの裁判員たちが、彼女に同情を寄せるのは、目に見えていた。

「最終的な結論は検察に委ねるしかないでしょう――ですが、起訴の有無にかかわらず、彼女がなにを、どう行ったかは、つまびらかにしなければなりません」

臣は全員を見回しながら、告げた。

「少女が人を一人殺すには、大人以上の準備が必要です。そこには、さらなる犯罪の芽が隠れているかもしれません。彼女のような子供が、彼女を見て模倣に走らぬよう、我々はその入り口を、しっかり塞ぐ必要があります」

臣は、こう強く言葉を発して、阿良川係長と相談して決めた、聞き込み等の割り振りシフトを発表した。

「我々は、警察です。事件を解決するだけではなく、次の犯罪を未然に防ぐようにすることもまた、仕事なのです」

★

昼二時頃になって、臣と阿良川係長は県警本部に呼び出された。

副本部長室へ通される。

本部長室の簡素さとは対照的な、賞状と有名人との写真に飾られた、副本部長室の中、しばらく応接用のソファーで待っていると、副本部長が入ってきた。

立ち上がって一礼する臣と阿良川係長に、

「まあ、座りたまえ」

と指示し、副本部長は、疲れ切った顔で告げた。

「今日の午後四時、それまではなんとかマスコミを抑える。だが四時を一秒でも過ぎたら騒ぎになる。そのことは腹をくくっておいてくれ」

「つまり、検察側と話が付いたということですか」

臣の問いに、副本部長は頷いた。

「霞が関と、永田町との話し合いが、先ほど決着ついた」

臣たちの対面にある、ソファーに腰を下ろしてため息をつく。

「……近しい知人の死によって、妄想に取り憑《つ》かれた少女の、長期間の心神喪失状態による過失致死と判断。起訴保留のまま精神鑑定後、保護観察処分三年、というところだ」

臣の予想が当たっていた。

「マスコミには彼女の計画性についても、長期の心神喪失状態による、妄想によるもの、と説明すればよろしいんでしょうか？」

阿良川は二手先を読んだ問いかけをする——もうすでに、記者会見時の対応が、頭の中を巡り始めているのだ。

臣もそれを考える。

「多和多議員に関しての質問が出た場合は、未成年者故の秘匿ということで、押し通しますか？」

一瞬、副本部長の顔に、二人に対する苛立《いらだ》ちが、浮かんだ。

どうやらテレビ会議に出ての、本庁のお偉方との会談の緊張が、疲労となって押し寄せてきて、通常なら先に指示する判断を、今することすら難儀らしい。

だが、それは怒号や罵声にはならず、

「それぐらい、君らの判断で処理して貰いたいもんだが」

という軽いイヤミで終わらせ、「それでいってくれたまえ」と頷いた。

「シンベエの過失放火による罰金釈放も『上級国民への配慮』と叩かれるところへ、

真犯人が十四歳の少女で起訴猶予だ。頭が痛いよ」

「副本部長、我々もついております」

副本部長の愚痴に、すかさず阿良川係長がフォローに入った。

「やはり、頭をさげたほうが、いいかねえ？」

「さげなくて、よいと思います。副本部長」

臣は言った。

「我々はベストを尽くしました。副本部長も、誰も彼も苦渋の選択の末の結論です」

驚いた顔で、副本部長は臣を見やった。そして、呆《あき》れたような顔になり、最後に、ほろ苦い笑みを浮かべる。

「そうだな、結局……そうでなければ、捜査員たちも浮かばれん。だが、下げなければ、終わらないだろうね」

★

午後三時すぎ。

正式に多和多華那は、「勾留」されることとなり、応接室から県警本部の留置場に居場所を移すこととなった。

臣が立ち会う。食事は本人のポケットマネーで、署に隣接するコンビニのサンドウィッチが届けられていた。

「ゆうべは眠れましたか」

両の手首をそろえて差し出す華那へ、苦笑しつつそれを押さえて「必要ない」と示しながら臣は尋ねた。

「はい、皆さんのお気遣いで毛布をいただいて、ソファーで寝させていただきました。あの日以来、こんなにぐっすり眠れたのは久しぶりです」

薄い微笑みを浮かべる華那の表情は、清々《すがすが》しささえ感じられる。

「ベルトや紐の付いた物は、留置場では着用できないので、これに着替えてくださ い」

臣は、留置場収容者用に貸し出されている、灰色のスウェットを差し出した。

「一番小さなサイズです、合わないかもしれませんが」

「ありがとうございます」

そして付き添いの女性警官を残して、臣は部屋を出る。

内ポケットで、私用のスマホが震えた。

雪乃からだった。

内容は〈お姉さんは元気ですか？〉。

非常時でない限り、勤務中に返事はしない、メッセージも厳禁、と臣はキツく娘には言い聞かせていて、雪乃も決して、勤務時間中にメッセージや電話はしてこない。

だが、その娘が禁を犯して送ってきたメッセージはいじましかった。

〈元気です。心配することはありません。何かあればメッセージか電話をします〉

と打って、臣は送信し、私用電話の電源を切った。

また娘からのメッセージがあった場合、再び返事を戻してしまう自分を知っているからだ。

ややあって、ドアが開き、女性警官の先導で、華那が廊下に出る。

「お待たせしました」

灰色のスウェットに着替えても、少女の凛《りん》とした美しさには、変わりはなかった。

「これを」

臣は、背広の上を脱いで少女に頭からかけた。

もう本部内で、彼女の話は知れ渡っている。

まさか本部内でカメラを向ける愚かな職員はいないだろうが、外から望遠レンズで撮影する者や、居合わせた部外者が、カメラを向ける可能性はあった。

「ありがとうございます」

華那は、その辺を察しているのか、深々と頭をさげて礼を言った。

ここから地下の留置場まで移動せねばならない。

「臣さん」

エレベーターに乗り、ふと華那が尋ねた。

「私は、起訴されますよね？」

臣は黙って、階数表示を眺めた。

本部長に頼み、エレベーター制御盤を開けて貰って、このエレベーターは今、華那の護送専用になっている。

付き添いの女性警官以外、誰も居ない。

沈黙が流れた。

「……父ですね」

少女の、乾ききった声に合わせて、地下の留置場階の二階上で、エレベーターが停止した。

留置場の収監者の脱走を防ぐ為、エレベーターはここまでしか降りない。

「父、なんですね」

上着の陰から聞こえる華那の声は、ゾッとするほど冷たく、臣は形容しがたい不安が一瞬、胸に広がるのを感じた。

留置場の女性看守係に声をかけると、最敬礼せんばかりの勢いで敬礼された。

「これ、お返しします」

と華那が上着を取って臣に手渡した。

受け取った臣は、娘を悲しませ、苦しませた元凶でもある少女を見やる。

わずかに乱れた髪を手櫛《てぐし》で直す横顔は、何処までも静謐《せいひつ》で、この世のものではない気がしていた。

「では管理官、確かにお預かりしました」

看守の敬礼に、臣は我に返り、

「よろしく」

と留置場を後にした。

★

雪乃は学校の教室で、父からの返事の表示されたスマホを握りしめていた。

休み時間は、終わりを迎えようとしている。

授業から一時的に解放された、華やかな空気の人いきれと、それぞれの生徒達の使っているファンデーションのほのかな香りが立ちこめるのが、今日はやけに気に掛かる。

絶対に就業時間中、学校の授業時間中はメッセージを送ってはならないし、送っても返事はしない。

スマホを買って貰ったときからの、父との約束だ。

今日、それを破った。

返事がないことは、覚悟の上での送信だったが、父から返事が来た。

〈元気です。心配することはありません。何かあればメッセージか電話をします〉

素っ気ないが、父の真心がこもっている返事。

そのことが、嬉しかった。

同時に、華那のことは心配しないでも大丈夫、という確信が出来た。

（お父さんに任せておけば大丈夫）

そう思う。

始業ベルが鳴り、まだ何も知らない生徒達が慌てて席に着く中、雪乃はようやく落ち着いて授業を受ける心持ちになっていた。

★

夕方四時。

夕立の雨が激しく、那覇の街全体が、思わず壁を殴りたくなるほど蒸し暑くなる中。沖縄県警本部の代表電話に、マスコミ各社からの問い合わせ電話がひっきりなしに鳴り響くようになった。

どこにいるのか、さっぱり解らない「捜査関係者」が「うっかり」捜査内容をマスコミに漏らし始めたのである。

あの「シンベエ」を巻き込んだ殺人事件の犯人が、十代の少女で、国会議員の娘。飛びこんで来た、思いがけぬスキャンダラスな事件の顚末《てんまつ》に、マスコミ各社が色めき立っているのが解る。

前もって県警本部は電話の受付回線と電話機、オペレーターの数を増員し、増員したオペレーターの詰め所の、誰からも見える壁に、対応のためのセリフをプリントアウトして貼り付けてあった。

マスコミ関係者には、

「はい、そのことは現在調査中です。まもなく記者クラブを通じて、会見発表がございますので、詳細はそちらでお願いいたします」

一般人からの問い合わせに関しては、

「誠にお騒がせして申し訳ありません、現在、記者会見でお話しするように調整中です。テレビ、ラジオなどでの報道をお待ちください」

となっていた。

あとは各オペレーターの腕次第。

マスコミの電話はねちっこく食い下がろうとするものと、あっさり記者会見の時間と場所を尋ねようとする者、もしくは、無礼にもガチャッと切ってしまう者の三種類。

一般人は怒鳴り込んでくる勢いの者、悪戯《いたずら》電話、単に誰かと話をしたい者……とオペレーター泣かせだ。

さらに、少年犯罪関係者支援のNPOからも、問い合わせが来たが、これは身分詐称の可能性もあるため、電話番号を控えて折り返し、という処理になる。

県警の本部長と副本部長は、同じ部屋に詰めて、マスコミへの対応策を話し合う……という体《てい》で、問答集を打ち合わせる。

その席に最後に呼ばれるのは臣と、阿良川係長の二人だ。

出来上がった予想問答集と、実際の捜査資料との食い違いがないかどうかをチェックする。

予定では記者会見は午後七時開始。保護観察処分を認める書類は、すでに来ているので、記者会見が終わり次第、多和多華那は一時釈放、ということになる。

「引き取りはどうなりますか？」

臣の問いに、

「多和多議員自ら、お出迎えに来るそうだよ」

とネクタイを緩めた本部長が答える。

「まあ、娘に言いたいこともあるだろうしね」

「おそらく、文句でしょうなあ」

副本部長が、ため息をついた。

「ああいう人たちは、まず、全てが自分の面子ですから」

臣は、「ああいう人たち」に、まず文句を言わないタイプだと思っていた、副本部長の言葉を意外に思った。

「以前、警視庁に居たときにも、議員の先生のお子さんがらみの事件を扱ったことがありましたが、あの人達は決まって、子供を責める。自分ではないんですよね」

しみじみした言い方に、臣は、副本部長が娘と二人の息子を持っていることを思い出した。

「私なら、最初は殴り飛ばすかもしれませんが、その後、抱きしめます……でもああいう人たちはそういうことはしない。淡々と『処理』していくだけなんですよねえ」

「まあ、家庭生活も含め、全てを政治に捧げると誓って生きている人たちだからね。我々だって、そういう部分はあるよ」

本部長が言いながら、緩めたネクタイを締め直す。

「さて、手強《てごわ》い記者会見になる。一旦、それぞれの部屋に戻って、時間までに集まってくれたまえ……くれぐれも記者と、スマホのカメラには気をつけて」

「ああ……そういえばここ、前もってマスコミ用に資料要《い》りますね」

阿良川係長が最後にチェックしながら、声を上げた。

「あ、私、捜査本部に戻って取ってきますよ」

「そんな、管理官に……」

「何仰ってるんですか、一課長になるんですよ。管理官を顎で使う方法を憶えておいてください」

笑って臣は部屋を辞した。

★

捜査本部のある、おもろまち署に戻ると、受付で声を掛けられた。

「管理官、お客様が署長室でお待ちです」

「？」

エレベーターでまっすぐ署長室に向かい、ノックすると、署長が、

「入り給え」

と返事をしたのでドアを開ける。

多和多議員がいた。

「お久しぶりです」

そう言って、臣は頭を下げた。

「すまないが、私と管理官だけにしてくれるかね？」

親しげな笑みを署長に向けると、署長は、立ち上がって最敬礼してから部屋を出た。

ドアが閉まり、数秒の空白が、八畳ほどの広さの署長室に落ちる。

「このたびは、娘が君たちに迷惑を掛けた」

多和多は立ち上がり、深々と頭を下げた。

「娘さんには人殺しの告白を聞かせてしまい、さぞショックだったろうと思う」

「頭を上げてください」

臣はこの人物に、多少は人の親として、常識的な部分があるのだと知って、ホッとした。

「華那さんには、娘が恩を受けました。そして娘と私を信頼してくれたからこそ、出頭の付き添いを頼み、告白をしてくださったのだと思います」

多和多議員は顔を上げた。

「そう言ってくれると、ありがたい」

かすかな微笑みを浮かべる。

「しかし、何故二年前、娘さんの告発を握り潰すようなことを、なさったんですか？」

臣の問いかけに対する答えは、意外な物だった。

苦く、苦しげな微笑み。

「話せば長くなるが、いいかね？」

「はい」

父親としては、娘が犯罪の告発を行うことが、どれだけ危険かということを心配するのは解る。だが、その告発された相手を通じて、あの程度の小物を相手に、長く親交を保ち、大事にする理由が、臣には理解出来なかった。

保守の期待の星であり、本土の与党の最大派閥からも一目置かれる、と言われる人物が、なぜ、と。

しばらく、多和多議員は考えをまとめるように、自らの白い髭を撫で、やがて切り出した。

「なぜ、沖縄県民の殆どが貧乏なのか、解るかね、臣君」

（いきなり、遠い所から話が始まったな）

と思いながら臣は、自分がここに赴任する前に改めて調べておいたことを口にした。

「琉球《りゅうきゅう》王国時代から貿易立国にならざるを得ないほど、土地の面積が狭く、耕作地に適さないこと、そして大きな水源を持たない故に、工場誘致も出来ないため、と聞いています」

「だが、それは本土の他の地域の戦前と変わらない。つまり同じようにインフラ投資や環境整備を行えば充分、沖縄にだって工場設立は可能だ。ほぼ同じ状況にある台湾には世界有数の半導体工場がある。世界の七割以上は台湾の部品で動いている」

　それは、台湾が生き残る為に自己投資を行い、自由貿易地区《フリーゾーン》をはじめとした流通改革に出て、わずかな農業や観光以外の産業の柱としてＩＴに予算をつぎ込んだからだ、と多和多は台湾における様々な事例を引き合いに出して説明した。

「同じことを何故、沖縄で行わないと思うかね？」

　多和多の表情はどこか穏やかで、大学の老教授めいた傲慢さと、諦めのようなものが漂っている。

「行うように、私も含めた先人たちは要請したんだ。だが全部『一国二制度になる』などの理由で却下され、あるいは縮小された……那覇港に、実は自由貿易地区があることを、君は知っているかね？」

「……いいえ」

　申し訳ないと思いながら、臣は素直に答えた。

「当然だよ。台湾他の自由貿易地区とは違って、沖縄の港は場所も扱う貨物も限定されている。フリーゾーンとは名ばかりの代物だ。ただ建物《ハコ》だけは負けないぐらい立派なものがあるよ……さて、どうしてこうなると思うかね？」

解りません、と答えるしか臣にはない。

「なぜなら、沖縄はね、臣管理官」

多和多は無表情に言った。

「日本で唯一、『日本の領土と国民であることを選択した』県だからだ」

「どういう意味でしょう？」

「戦後から本土復帰運動が過熱化していく一九六〇年代まで、日本政府は沖縄をアメリカに差し出し、共産主義への砦として貰うことを是としていた。むしろ沖縄はアメリカの物になった方がいいと思っていたんだよ」

「まさか」

「調べてみればいい。沖縄の本土復帰運動は、革新系が旗を振っていて、保守系は抑えに回る役回りだった――それだけじゃない。日本の公安も、本土復帰運動を共産主義者による攪乱《サボタージュ》の一種だと規定して、運動家全員をＦＢＩと協力して、監視対象にしていたほどだ」

ＦＢＩという言葉が出てきて、臣は驚いたが、考えてみれば当時の沖縄はアメリカ領であり、そうなればまだ、フーヴァー長官が生きていた頃のＦＢＩが活動していても、驚くには値しないと気がついた。

「戦前の植民地政策を、敗戦で畳んだ日本政府からすれば、沖縄はアジア貿易の中心港として、投資するうまみも消えた。戦後は、元貿易立国だったことだけが取り柄の、国としては資産価値がほぼない場所だ。ところがアメリカとソビエトが対立構造となった途端、置き石のように軍事的、地政学的価値を増してきた……だが、日本は憲法があるから、軍を配備することは出来ない。米国領土なら、アメリカさんたちが勝手にやってくれる。日本に祖国復帰されても、困るわけだ。だが我々は――我々の兄や、親の世代は、日本人でありたいと願った」

何故だと思う？

多和多は、臣に尋ねた。

「日本人だから、ですか？」

阿呆《あほ》な答えとも思えたが、それしか思いつかない。

「そうだ。そして恒久の平和を理想とし、憲法九条で軍による武装を放棄した日本に戻れば、アメリカ軍基地と、それに伴う各種の軍事的な事故、さらに米兵の犯罪から解放されると信じたからだ――私ら沖縄県の父母、兄たちもまた、若くて甘かった」

多和多の言葉を象徴するような話が、占領下の沖縄にある。

沖縄の米軍統治の最高指揮官は高等弁務官と呼ばれ、その中でも、ポール・W・キャラウェイ陸軍中将という人物にまつわる有名なエピソードだ。

ベトナム戦争真っ盛りの、一九六一年二月十六日から一九六四年七月末まで、第三代琉球列島高等弁務官を務めたキャラウェイは、古い軍人ならではの、様々な舌禍を巻き起こしたが、その中で、彼の悪名を決定的にしたものに、この言葉がある。

「沖縄における自治とは、現代では神話であり存在しない。琉球が、再び独立国にならないかぎり、不可能である」

これは「沖縄県民には自治は不可能である」という遠回しな嫌味として県民を激怒させ、この発言の翌年、彼は高等弁務官の任を解かれることになる。

「実際、当時のアメリカ軍は沖縄県民を人とも思わなかった……『三人殺すまでは裁判にかけられることはない』、そんな話まであったほどだ」

多和多は、なんとも言えない苦い顔で言った。

アメリカ軍統治下で起こった米兵犯罪の悲惨さは臣も調べて知っている。

中には、赤ん坊や幼稚園児の少女まで標的にした、絶句するしかないものもあった。

そして、その加害者の殆どが、ろくな刑罰を受けていない。

無罪放免になった者も多い。

沖縄戦において、

「沖縄県民斯《か》く戦えり。県民に対し、後世特別の御高配を賜らんことを」

と、大田実《おおたみのる》海軍中将（当時）が言ったほどの勇戦ぶりを見せた沖縄の人間に対し、勝者である米軍が、その記憶も新しかった当時、どれだけの恨みと恐怖を「元敵」である沖縄県民と日本人に抱いていたか、という裏返しかも知れない。

その感情や感性は、当然沖縄県民にも伝わる。

故に、切り抜かれたキャラウェイの言葉は、県民の逆鱗《げきりん》に触れた。

「だが、実際に、その時の彼の談話の全文を読めば『日本に復帰して沖縄県となっても、日本政府は、沖縄県民の望む、自治やアメリカ軍基地の返還などということはしてくれない』、という意味合いだったことが解る」

多和多の表情は、苦みを増した。

沖縄県民にとって、本土復帰運動とその顚末は、誇るべきこと……と思っていた臣にとっては、意外な表情だ。

「だが、我々は日本人に戻ることを求め、米国合衆国五十一番目の州になることを拒否し、当時理想郷のように言われた共産主義、中国の傘下に入ることも拒否した。なぜなら、我々は、日本人だったからだ……しかしその結果は『赤い島』というレッテルと、これまで築いてきた経済圏の解体、自治の消滅だった……今では振興予算に振り回されるばかりで、我々の話は本土の政治には通じない」

「まさか、通じさせないために沖縄は貧乏なままにされている、と？」

それでは、まるで革新政党の言い分だが、多和多は臣の言葉に、首を横に振った。

「それは被害妄想だ、革新の連中の中にはそういう考えの者も一定層いる——が、実際には、その方が楽だからだよ」

振興予算を多く取って分配し、なるべく本土の政府に逆らわず、しかし時折、五月蠅《うるさ》いことを言って、予算を多めにもらえればいい。そういう考えが大多数だ、と多和多は言い切る。

「……」

これに安易に頷くことも、首を横に振ることも出来ず、臣は黙った。

「だから、沖縄の保守党議員は、何の発言力もない。与党と沖縄をつなぐ連絡役以上のことは出来ない。沖縄には、自力で大きな経済を生み出す力がないからだ」

苦い表情のままの多和多の目は、酷く疲れて、しかし酷く怒っているように見える。

「だが、ＩＴが全てを変えていく。台湾の例もある。沖縄はＩＲカジノという未来を摑まねば、このまま沈んでいくばかりだ……だが、現状、沖縄の議員の言葉に、耳を傾けてくれる投資家は皆無に等しい。これは与野党問わず、だ。確かに新堀兵衛氏は、目立つだけの小物かもしれない。だが我々の話を聞いてくれて、与《くみ》してくれた」

「だから、その金庫番を守ることで、彼との絆《きずな》を深めた、と？」

「……華那の『姉』には申し訳ないことだと思う。だが、彼女のような人間が、これから増えていくのを、止めることが出来るのは、今しかない」

「それでも、多和多議員」

臣はまっすぐに、多和多の目を見て言った。

「父親は、子供のためになら、全てを捨て去ってでも、してやるべきことを、するべきだと、自分は考えています——井上幸治は、お嬢さんの仰るとおり、その罪を償うべきでした」

激昂《げっこう》されるかと臣は思ったが、多和多の表情は穏やかだった。

「それは君が、私の立場に立ったことがないからだ。大義の為に、家族を天秤《てんびん》の片方にのせたことが、ないからだよ」

むしろ、そう訴える臣を、好もしい存在のように思っている、好々爺《こうこうや》のような笑みが、目に浮かんでいる。

「……」

「君は、本庁に帰りたいんだろう？」

「……ええ」

隠しても仕方がない。こちらの捜査資料を、ほぼ手に入れているような相手だ。

この議員には臣の全てが、耳に入っているはずだ。

「もしそれと、娘さんの人生を秤《はかり》に掛けた場合、どうするかね？　いつも、ドラマのように第三の道があらわれるわけじゃない」

「……」

「君が、どんな道をそのとき、選ぶのかを、いずれ見せて貰うことになるだろう」

穏やかに、窓の外に視線を遣《や》りながら、多和多は、全てを諦めた予言者のように、告げた。

「……だが、君は本土人《ヤマトゥンチュー》だ。選ばなくて、すむかもしれない」

沈黙が、降りた。

臣はこの南の果ての島に来て以来、ずっと感じていた、自分と他の沖縄の人間の間にある、奇妙なうすぎぬのような、隔絶したものの正体を、見た気がした。

わかり合えない何かが、本土と沖縄の間には、はっきり横たわっている。

それは距離がもたらすものか、歴史がもたらすものか。

臣は答えを出せぬまま、ただ、一礼してその場を去った。

あと一時間もすれば記者会見である。

★

「おい《エー》、おーい《エー！》」

沖縄方言で呼びかけられて、留置場の床に正座した華那は、少し首を傾げた。

どうやら自分を呼んでいるように思えたが、留置場に、まだ知り合いはいない。

女子房はがらんとしていて、彼女の他に、留置されている人間はいないようだ。

「おい《エー》、おーい《エー！》、無視《ムシサンケー》するな！」

再び首を傾げて周囲を見ると、視界の端、男子房との間にある壁ギリギリに顔を寄せて、声を低くして、できる限り叫ぶようにしている男の顔があった。

海藻のような髪の毛で、歯抜けの幽霊のような顔をした男を、華那はすぐに記憶の中から思い出す。

「ああ、あのときの方ですね」

「上手くいったカー？」

「はい。とても役に立ちました」

「使ったンカ？」

驚く顔になる男……又善星一郎に、華那は、しとやかな笑みを浮かべて、軽く会釈した。

「21番！　私語は慎め！」

男子房の看守が駆け寄ってきて、又善に注意する。

「1番、私語は慎みなさい」

女子房の看守も、注意した。

「はい、申し訳ありません」

素直に、華那は頭を下げる。

「21番、取り調べだ、早く出ろ！」

「ちぇっ……えー、お姉ちゃん《ネーネーグヮー》、頑張んなよー《チバリヨー》！」

ケラケラと笑いながら、又善は房から引き出されていった。

しばらく微笑みながら、その騒音のような笑い声を聞いていた華那だったが、やがて、その顔から表情が消え、正座したまま目を閉じた。

★

記者会見のフラッシュが、県警本部ロビーにしつらえられた、記者会見場に瞬く。

「沖縄県警」とデザインロゴの大量に入った書き割りの壁をバックに、パイプ椅子に腰掛けた臣たちは、司会役の広報部職員の、

「これより、『那覇民泊施設殺害事件』に関する記者会見を始めます」

の言葉に合わせて立ち上がり、記者達に一礼した。

「容疑者が十四歳というのは本当ですか！」

「国会議員の娘さんだと聞いています！」

「動機は何ですか！」

「起訴できるんですか！」

政治家相手には、めっきり元気のない新聞記者たちだが、ことに相手が警察で、三面記事のネタになる殺人事件となれば、容赦ない質問が飛んでくる。

「えー、県警本部長の蒼山《あおやま》であります。ご質問にお答えする前に、事件の概要を、沖縄県警捜査一課、阿良川係長と臣管理官からご説明いたします。まず阿良川係長、どうぞ」

と質問を受けた県警本部長が促し、阿良川係長が眼鏡を直しながら立ち上がり、手にした資料を読み上げる。

「捜査一課の阿良川であります……ではまず、今から四日前の……」

阿良川が事件の発生と被害者の死因と状況、その後の火事と、その原因を説明、臣

が捜査方針をどう立てて、どう捜査し、どういう証拠と、証言を集めていったか、という話をする。

最後に、本部長と副本部長が、臣の娘の雪乃のことをボカしつつ、華那が県警本部に自首してきたことと、彼女の証言通りに証拠が見つかったこと、そして、その犯行動機を、多和多議員の介入の部分には「触れず」に解説する、という流れだ。

だが、阿良川課長の説明中も、こちらを挑発して、面白い「絵」を撮りたいらしい、本土系のテレビカメラクルーや、最近記者クラブに入ってきた動画配信系のニュースサイトの記者達の声が飛んでくる。

この辺のいじきたなさは、古い側のメディアも、新しい側のメディアも変わらないらしい。

むしろこうした、悪いテクニックだけは新旧問わず伝承され、検証や交渉などの立派な部分は継承されない、と臣は感じている。

阿良川係長の部分が終わり、臣の名前が呼ばれた。

立ち上がった臣に、さらにフラッシュが焚《た》かれる。

「臣管理官は警視庁からの出向ですよね？　この事件にはどういう関わりがあるんですか？」

「犯人が国会議員だから、臣管理官の担当になったんですか？」

「奥様の死因が、未だに不明というのは本当ですか？」

「親友の川辺真一郎警視正の死について、ひと言ください！」

どうやら、マスコミの中には、大分、本土系が混じっているようだ……何しろ新堀兵衛《シンベエ》が容疑者として、一度は浮かび、真犯人は中学生というセンセーショナルな事件だから、大慌てで飛んできたのだろう。

それらのヤジのような質問を一切無視し、臣は冷静に、事件のその後の進展と、捜査結果を報告していく。

(念仏を唱えているようなもんだ)

資料に集中し、自分をそれを読み上げる装置だと考える。

(何言ってるの兄さん、今はアプリ、っていうのよ)

疲れているのか、唐突に妹の澪の声が聞こえたような気がして、思わず笑いそうになり、臣は頬の筋肉をなんとか引き締めた。

「えー、次は私、副本部長の高本から本件の容疑者出頭の経緯をご報告いたします」

臣の番が終わると、県警本部長と副本部長が立ち上がった。

副本部長からまず、容疑者である多和多華那（ここでは少女Aと呼称）が昨日、友人に付き添われて出頭してきたことが述べられた。

彼女の言うとおり、宿泊施設から凶器と血の付いた衣服、現場を「消毒」した漂白剤の容器などが見つかったことまで説明すると、記者達の一人が立ち上がった。

「あのー、どうして今まで民泊施設の証拠品を調査しなかったんですか？」

わかりきった質問が記者から飛ぶ。

「あー、それに関してはですね。民泊施設の宿泊客、利用者の皆様は、確かに関係者ではありますが、容疑者というほどの証拠はまだなく、その持ち物を勝手に我々警察が開けて調べることは、これは財産権の侵害ですし、民法上の不法行為――えー民法七〇九条の不法行為、つまり『故意又は過失によって他人の権利又は法律上保護される利益を侵害した者は、これによって生じた損害を賠償する責任を負う』にもあたる可能性があります。場合によっては器物損壊にもなりかねず、裁判所への許可申請は人数分必要ですので、まだ、その審査中でありました」

「でも職質では勝手に開けますよねえ！」

「そのへんのご指摘もありまして、沖縄県警としては慎重になったのであります、はい」

気の毒なぐらい、オロオロしているように見せながら、副本部長は、はっきりと答えを返していく。

「さて、被疑者である少女Aの起訴についてでありますが」

本部長が、副本部長の話を引き取るような、絶妙のタイミングで立ち上がる。

「被疑者が年少者であること、また出頭ということもあり、当初は虚言の可能性もあるとして調査しましたが、先ほど高本副本部長、臣管理官、阿良川係長のご報告したとおり、事実と全て一致することから妄言ではなく、事実であると断定いたしました」

記者席から「何当たり前のこと言ってんだ！」とヤジが飛ぶが、本部長は無視した。

「……が、十四歳という年齢と、ご両親からの情報提供で、近しい友人のレイプによる自殺というショックからくる、一種の情緒不安定にあったことがわかり、思春期の少年少女にありがちな純真さから来る思い込み、と称する枠を超えた、一種の精神疾患による心神喪失の可能性もあるとみて、起訴を猶予し、精神鑑定の結果を待つ、という形になったことをご報告いたします」

「おい、そんな話あるか！」

「もう少し詳しい話をください！」

「やっぱり少女の父親が国会議員だから手を抜いたんですか！」

「心神喪失が決定したら、起訴免除ですか！」

後は、嵐のような質問という名目の怒号が押し寄せてきた。

(さあ、ここからが正念場だな)

臣はウンザリした思いで、うつむいて、その怒号をやり過ごす準備をした。

こうなった彼らマスコミに、説得は必要ない。ただただ、警察関係者がうなだれて何も言えないという「絵」をくれてやるしかないのだ。

◇第十一章：隠匿、処理、雷鳴

★

一斉に頭を下げる臣と阿良川、県警本部長と副本部長の姿は、九時の全国区ニュースとして、組対の壁に掛けられた三〇インチテレビにも映されている。

「ダァ。臣さんも災難ヨネー……」

ため息交じりにそう言いながら、組対の白間警部は紙コップの中の煮詰まりすぎたコーヒーを飲み干した。

組対は珍しく人が多い。いつも外に出張っている連中も、又善星一郎の逮捕によって、もたらされる情報を待っているのだ。

又善は捕まった状況が状況のためか、あっけないほど簡単に自供《ゲロ》し、言われるがまに情報提供《うたっ》た……この辺が半グレの節操のなさである。

「そういえばそろそろ、地下のお姫様を議員のお父様がお引き取り、でしたっけ」

「いや」

後輩の巡査部長の言葉に、白間は壁に掛かった時計を見て言った。

「もう今頃車乗ってるんじゃないのかナー」

「あのー、白間警部《さん》」

長いドレッドヘアを後ろでまとめ、口ひげにサングラス、派手な色のアロハシャツを着けた小波津《こはつ》警部補が白間に声をかけた。

元・麻薬取締局の潜入捜査官であり、数年前に母親の面倒を見るために、沖縄に戻ってきて県警の組対に入ったという変わり種で、今は白間の右腕である。

「小波津君、どーした？」

「あの、えーと……又善が妙なことをいいだしまして」

「何？　また宇宙のパワーがどうとか言い出したか？　あのバカは警察舐めてるから《アヌフリムンヒャー、ケーサチナメティカカリ》ね、ちょっと小突かんとわからんのだろう《ヨー、スグラリントワカランサー》」

又善は逮捕されると、こちらをからかって、何か宗教めいた妄想に取り憑かれたふりをし、煙《けむ》に巻こうとする変な癖がある。

が、小波津は、戸惑った硬い表情のままだ。

「どうした？」

「あの『先週、一般人《カタギ》の中坊に二十二口径の銃を売った』と」

「なに？」

白間の顔色も変わる。

「それも、その相手と今日、留置場で会った、と……」

「中学生の留置者はいたんか？」

「いえ、今日は又善以外、みんな三十以上の連中です」

「女子房《じょしぼう》のほうは？」

「それがその……」

小波津が言いよどみ、白間は理解した。

「まさか？」

「そうなんです、彼女です。今、看守に聞いたら、確かに二人、会話してたと……」

「解った。ありがとう！」

白間は小波津の肩を叩いて外へ出た。

スマホを取り出し、臣の電話番号を押す。

★

同時刻。沖縄県警、副本部長室。

「はい、はい、誠に申し訳なく……」

高本隆信《こうもとたかのぶ》県警副本部長は、受話器を握りしめたままで平身低頭していた。

「ですが、多和多議員の娘さんが、まさか、自ら出頭してくるとなりますと……はい、それもマスコミ各社に動画で通達しているという念の入れようでして……はい、完全に後手に回ってしまいまして……ただ、ここまで来ましたら、もはや警察の信任回復、いかなる立場の血縁も警察は特例とはしない、ということを断固として世間に……は、出過ぎた真似をいたしました」

冷や汗を拭いながら、副本部長は、ひたすら謝り通しである。

「……はい、とりあえず、ご指示通り、多和多議員の仰ることを、県警でも……はい、大変妥当な案だと思いまして……いえいえ、決して警視監たちのお名前は。これはあくまでも、我が沖縄県警独自の考えということでして」

それから、副本部長は、しばらく黙って、電話の先の「お小言」に頷きながら耳を傾ける。

副本部長の顔がぽかんとした。

「臣大介は……そのまま、でありますか？　いえ、確かに彼を処罰する表向きの理由は、何もありませんが……しかし……いえ、確かに、彼が我々の提案に対して、はっきりした答えを出す前に今回のことが……はい。辞めさせるのが目的では……ない？　こちらに引き込め、と仰るんですか」

それは、難しい、と副本部長の口が動きかけたが、その言葉を飲み込む。

「判りました。不肖高本、必ずや警視監のご意向に沿うよう、努力いたします」

はい、はい、と何度も頭を下げながら、相手が電話を切るのを待って、副本部長は受話器を置き、長いため息をついた。

「いったい、何を抱え込んでるんだ、臣管理官……」

これまで、何度か出向してきた警察官を「説得」や「処置」したことはある。命を奪うわけではない。弱みを見つけ、あるいは本土からのゴリ押しを、「清濁併せ呑むべきだ」と説得して、飲ませたりする程度の事だ。

「こちらの派閥に入るように説得する」

という、面倒くさいことは、初めてだった。

「あー。まったく。疫病神だ、あいつは」

そう言って副本部長は、頭を何度も振って、湯飲みから冷え切った緑茶を飲み干した。

沖縄県警の副本部長になったのは、本土の警視庁、警察庁内の派閥争いから、身を引くためだったのに、どこまでも、それが追ってくる——。

「暖かいから楽だろうと、沖縄を選ぶんじゃなかったか……」

呟いて、副本部長はまた、ため息をついた。

★

留置場に入れられていた華那は、呼び出され、再び県警本部の応接室で、元の制服姿に着替えるように言われた。

黙って着替え、畳んだ貸し出し用のスウェットを、ついてきた女性警官に手渡す。

「お世話になりました」

深々と頭を下げ、別の女性警官の案内で、留置場に入るときと同様、専用にされたエレベーターで地下駐車場まで降りる。

地下駐車場へのドアを開けると、背広姿の多和多堅龍と兄の直《すなお》が待っていた。

その後ろには多和多の愛車の、漆黒のロールスロイス・ゴースト・エクステンデッドが停まっている。

「ご迷惑をおかけしました」

父に頭を下げるが、多和多はにべもなく、

「家に帰るぞ」

といって背を向けた。

兄の直は、何も言わず、父の為に、観音開きのドアを開ける。

多和多は奥へと移動し、前を見たまま微動だにしない。

華那も、その横に座った。

兄の直は何かを言いかけたが、それを飲み込み、ドアを閉めると自らは助手席に移動する。

ロールスロイス・ゴーストは、その名の通り幽霊のようにするりと走り出した。

雷鳴が鳴って、雨が降り出す。

沖縄の梅雨らしい、機銃掃射のような雨。

「お前はこれから一生、私の監視下に置く。本家は、お前に抜け穴を見つけられたから、当分、別のマンションにいてもらう」

多和多は、前を見たまま言った。

「沖縄から出ることは許さん。旅行も駄目だ。高校を出たら、私の進める縁談を受けて、嫁に行くか、家で家事手伝いを家政婦長の竹富《たけとみ》から学べ」

冷たい、命令の声だった。

ほんの数時間前、臣を相手に娘の「姉」を見捨てざるを得なかった苦悩を語った人間らしさは、欠片もない。

この切り替えが多和多堅龍を、沖縄の保守でありながらＩＲカジノの大立て者と呼ばれるほどにした。

「お前に拒否権は、ない。お前を救い出すために、私は大きな出費をした。金銭だけではない。そして他の兄姉《きょうだい》たちにも、お前は負債を与えてしまった。それを生涯掛けて償え」

「解りました」

同じく、前を見つめたまま、華那は静かな声で答えた。

「でしたら一つだけ、取りに戻りたい物があります」

「あいつの遺影か」

多和多の声が、わずかに湿った。

華那の母親は、彼女が四歳の時に、解離性大動脈瘤《りゅう》の発作であっけなく世を去った。忙しい母親と唯一、二人きりで写した写真が、華那の宝であることを、多和多は知っている。

「……いいだろう。金城《きんじょう》、こいつのマンションに行ってくれ」

運転手は頷くと、ハンドルを静かに切った。

★

白間からの電話を受けたのは、久々に顔を出した、県警本部の管理官室でだった。マスコミの待ち伏せを警戒して、時間を潰そうと思っていたのである。なので、臣が自分の鞄をひっつかんで即座に階段を駆け下り、留置場まで行くと、すでに多和多華那は十数分前に留置場を去った、と伝えられた。

啞然としている余裕はない、臣は即座に県警本部長に電話を掛ける。

『どうしたんだね、臣君』

「多和多議員の携帯の電話番号をご存じですか？　彼が危険です！」

『解った。今呼び出す』

蒼山県警本部長の判断は速かった。

「それと議員の家に、大至急で人をやってください」

臣は自分の車が停めてある、地下駐車場に向かって、移動しながら頼む。

副本部長にも同じ内容の電話を入れる。こちらは、本部長以上に動揺したが「とにかく交通課に連絡して非常線を張り、多和多邸に人を向けてください」と、本部長への申請に付け加えて電話を切る。

これまでの、多和多華那との短い付き合いで解ったことがある。

間違いなく、多和多華那は、清廉潔白な人物であると同時に、ロマンチストだ。

それは、父親の多和多議員と、皮肉にも同じ性質である。

だが、それ故に、「姉」の復讐《ふくしゅう》の為の殺人に、手を染めた。

その罰を、受けようとすることを、父親が止めた。

二年前と同じように。

彼女が自供しながら言った言葉を、臣ははっきりと覚えている。

「最後に、私が姉である保栄茂真澄さんのために討ちたい仇は、何もかもをもみ消そうとした、私の父、多和多堅龍です」と。

もう一つ、華那には父親である多和多議員と同じところがある。

それは、自分の目的に執着することだ。

それも用意周到に。

（又善星一郎から情報を買った、と聞いた時にこの可能性を考えるべきだった）

臣はほぞをかむ思いで、ボルボのエンジンを始動させた。

井上の殺人は自分の手で行うにしても、父を殺さねばならない不測の事態には、刃物を使うとは思えない。

もっと、ドラマチックな手段を欲するはずだ。

大人びていても、十四歳なのである。

井上のような強くはないが邪悪な存在なら、命がけで刃物でも倒せる——だが、父という圧倒的な「力」を倒すなら、同じように圧倒的な「力」を欲する、と。

スマホホルダーにスマホを固定し、躊躇った後、雪乃のスマホを鳴らす。

タイヤを鳴らしながら外に出ると、ざあっと機銃掃射のような雨が出迎えた。

コール数回で雪乃が出る。

『お父さん?』

「雪乃、華那さんのマンションの場所、知ってるか?」

『え?』

「緊急事態だ、頼む」

『わ、わかった』

雪乃が自分のスマホを操作して、華那の住所を呼び出し、読み上げた。

モノレール首里駅の周辺に、最近出来た高級マンションだ。

頭の中にメモを刻んでアクセルを踏む。

直噴二リットル直列四気筒ガソリンターボエンジンが唸《うな》り、タイヤが、雨の路面でハイドロプレーニング現象を起こさない程度に、アクセルに気をつけながら、臣は加速する。

(この時間なら久茂地川沿いから抜けて、おもろまちを横切る方が早いか)

雨の中を、臣のボルボが疾走する。

★

マンション前のエントランスで華那は車を降り、自分の部屋に入った。

明かりもつけず、暗い部屋の中を華那はするすると進む。

週に二回来る清掃員に、「ここだけは触らないで欲しい」と告げた本棚の一角。

チェスタトンの『棒大なる針小』のハードカバーの隣、それらしく装丁された『村上春樹全集』と背表紙に書かれたハードカバーの列に指を掛けてその真ん中あたりにある『ノルウェイの森(上)』のタイトルの上に親指を載せる。

指紋認証が働いて、カチリという音と共にロックが外れ、全集の背表紙に偽装されたフタが前に倒れる。

作り付けの金庫だ。

暗証番号と指紋で解錠すると、中には非常用の百万円分の札束が二つと、古びた写真フレームがあった。

四人の子供を産んで大分痩せ細った女性と、幼い、無邪気に満面の笑みを浮かべた華那が抱き合っている写真。

他の姉弟《きょうだい》や、堅龍とではない、二人だけの写真。

この写真を撮って三日後に母はあっけなく世を去った。

もうひとつ、こちらは比較的新しい写真フレーム。

十二歳の華那と、二十歳の女性が、恩納村《おんなそん》のビーチで抱き合って笑っている写真。

保栄茂真澄——十二歳の華那が「お姉さん」と呼んだ、保栄茂真澄。

母と、真澄の目もとはそっくりだった。

華那だけが、その事実を知っている。

二つの写真フレームの下に、先週、又善星一郎から情報と共に買ったものが収まった段ボールの箱が置いてある。

写真フレームふたつと共に、それを取り出す。

そして、机の上に置いてあった通学鞄の中に、丁寧に母と真澄の写真フレームふたつを収め、段ボール箱の中身を取り出す。

「S」「&」「W」の文字を組み合わせた紋章と「SW22 Victory」と刻まれた銀色のボ

ディに、黒い銃把の銃だ。

去年、父や兄たちと一緒にラスベガスに行った際、郊外で射撃をしたから、扱い方は知っている。

丸割り箸のように細くて小さな弾が、ジップロックに入って十発。

それを取りだして、銃把のボタンを押し、弾倉を取り出すと装填する。

少し指が痛くなって、爪が傷ついたが、構わない。

そして弾倉をはめ込み、引き金をうっかり引かないように、人差し指を伸ばしたまま、残りの指でしっかり銃把を握りしめ、反対の手で本体の後端部の指かけ部分を引っ張り、放すと、鋭い音がして一発目が薬室に入り込み、使用可能になる。

安全装置をかけて、鞄の中に収めた。

息を吸い、吐く。

「お母さん、真澄姉さん……力を、ください」

呟いて、少女は鞄を手に立ち上がった。

★

マンションのエントランス前にロールスを停めて、多和多は娘の帰りを待っている。

「父さんは、あの子に甘すぎる」

助手席の直の言葉に、多和多はため息をついた。

「言うな。直」

「あいつは、そのまま病院に入れてしまった方がいい。十四歳で計画殺人だなんて、いくら何でも異常だ」

「あの子を、ケネディの妹のようにするつもりか？」

「場合によっては」

バックミラー越しに注がれる長男の目は、昔の自分のように厳しい。

「……お前は逆に、厳しく育てすぎたかもしれんな」

多和多は、再びため息をついた。

「お嬢様が、お戻りのようです」

親子の会話を、運転手が絶妙のタイミングで打ち切る。

華那が自動ドアをくぐり、車の前に来た。

雷鳴が鳴った。かなり大きい。

ふと、華那が足を止めた。

多和多は、窓を開ける。

「早くしろ」

催促されて、華那は頷き、観音開きになっているロールスのドアに手を掛けながら、膝をついた。

学生鞄の留め金を外し、持ち手を兼ねた蓋を開けつつ、鞄の中に手を入れる。

ずしっと重い、拳銃の銃把に刻まれた凹凸が、掌に食い込んだ。

握りしめた銃把の感覚に、頭がきぃん、と冴《さ》えた。

覚悟が、決まった。

拳銃を鞄の中から取り出す。

長いトンネルを抜けるような感覚がしたが、実際にはほんの一瞬で、華那の右と拳銃は外気に触れた。

引き抜いて、立ち上がり、構えながらドアを開ける。

機銃掃射のような雨の音が遠くなっていく。

視界がきゅうっと丸く、小さく縮んでいくのが判る。

アドレナリンの放出が、華那の時間をゆっくりとした物に変えていた。

父はこちらを横目に見、「何かいつもと違う」ことに気づいた。

首がこちらに巡り、いつも冷静かつ適度に人に威圧を与えるように開かれた目が、まん丸に見開かれていく。

華那は両手でしっかり拳銃を構え、銃身の先にある凸状と本体の上の凹状の照準器ごしに、父を見た。

相手は、父親だった。

強くて、偉大で、絶対の存在。

多和多堅龍は、華那にとって、その名の如く、はるか天空を駆け、天候さえ自在に操る、おとぎ話の龍のような人物であった。

姉のレイプ事件をもみ消し、そして今、自分の殺人事件さえもみ消す。

井上幸治は下衆《げす》で、凶悪なレイプ犯だが、それでも人間だと、華那には思えた。

父は、井上とは違う。刃物では届かない。届いても殺せない。

だから、銃で撃つしかない。

銃なら、銃弾なら、殺せる。

誰でも公平に、銃で撃てば、それが急所に当たれば、死ぬ。銃弾は怯まない、力の加減もしない。

「銃は『全てを公平にするもの《イコライザー》』だ」

ラスベガスで銃の射撃訓練を受けたとき、インストラクターがそう言った。

その時、

「おとぎ話は龍の存在を教えるものではない。そんなこと、子どもたちは知っている。龍を殺すことは出来る、と、おとぎ話は教えてくれるのだ」

という外国の作家、チェスタトンの言葉が脳裏に浮かび、華那の中で、結論が出ていた。

だから、あの又善というヤクザ者に結びついたとき、もしもこの事件を父がもみ消そうとしたときの「最終手段」の道具として、これを手に入れていたのだ。

父の顔は、何が起こりつつあるのか理解出来ず、シートベルトをしたまま、ぽかんとしていた。

安全装置を外した。

かちり、という小さな、鋼鉄同士のかみ合うクリック音。

華那は銃口を父親の、シートベルトをした胸の辺りに向ける。

雷鳴が、また遠くに轟《とどろ》いた。

二十二口径の銃声は、これより小さいだろう。

助手席の兄が事態に気づいて、シートベルトを外すのが見えた。

助手席のドアがゆっくりと開いていく。

引き金を引く寸前、華那の横顔をヘッドライトの閃光《せんこう》が照らした。

後のことは一瞬で起こった。

雷鳴が、驚く程近くに轟く。

空を真っ白に放電が染め上げて、一瞬の昼間が現れる。

後ろからやってきたボルボの急ブレーキ音。

軽く追突されたロールスは、その衝撃で瞬間的に二〇センチほど前進し、観音開きに開かれたドアが、華那の手首を打って、その手から、衝撃と共に拳銃を横へと飛ばした。

雷鳴が消えるまでのほんの一瞬。

激痛を感じる暇もなく、くるりと華那は半回転して地面に膝をついていた。

唖然とする余裕は、銃を構えた華那にはない。

華那は一秒弱の思考の空白の後、瞬時に半回転する視界の隅で、自分の銃が、エントランスの屋根の覆っている、雨の降らぬ地面の彼方で跳ねて、豪雨に濡れるアスファルトの路上に転がるのを見たことを、思い出した。

立ち上がって走る。

豪雨が身体をみるみる濡らしていくが、構わない。

人を殺したのに、罰を受けることさえさせない。

そんな父を殺さなければ、自分は人ではない。

その強い思いだけが、頭にある。

銃はあった。

拾い上げようとして、伸ばした右の手首が激しく痛み、また取り落としそうになる。

先ほど、ドアで打ったのが、いけなかったらしい。

折れているかもしれないと思いつつ、左手で拾おうとした。

視界の外から、唐突に入ってきた、大人の男の、靴のつま先がそれを蹴り飛ばす。

見上げると、臣雪乃の父が、そこに立っていた。

「やめるんだ、華那さん」

エアバッグによる傷で、額から血を流しながら、ずぶ濡れになるままに、臣は立ち尽くし、華那を見下ろす。

「あの車は、あなただったんですね」

臣が自分のボルボで突っ込むことで、多和多議員の命を救い、自分の手から拳銃を奪ったことを、華那は理解した。

ボルボの前が、ぐしゃぐしゃになっているのが、雨の彼方に見えた。

「ああ、妻の遺してくれた車だが、娘のお姉さんには替えられない」

そう言って、臣は笑った。

「やめよう。こんなことは。雪乃も悲しむ」

「でも、でも、でも……」

臣は、優しい声で続けた。

「父親にとって、娘に殺したいほど憎まれるというのは、充分すぎる罰だ。そして君も銃器不法所持と、殺人未遂で充分な罰が与えられる」

雨に濡れる臣の言葉に、華那は安堵のため息をついた。

「ああ……」

再び膝からくずおれて、少女は肩を震わせ、やがて天を仰いで大声を上げて泣き出した。

これまでの年月、張り詰めていた物が一気に壊れ、押しとどめられていた感情が、溢れ出した。

「お姉さん」でも「優等生」でも「妹」でも「議員の娘」でもない、ただの十四歳の少女が、ようやく、そこに現れた。

夜空を真っ白に染める雷鳴が、その泣き声をかき消すように鳴り響く。

臣は、そっと、少女の上に自分の上着を脱いで、かけてやる。

雨は、止まない。

【参考文献】

『平成28年版警察白書』国家公安委員会・警察庁
『令和3年版警察白書』国家公安委員会・警察庁
『刑事ドラマ・ミステリーがよくわかる警察入門』オフィステイクオー
『日本の公安警察』青木理
『「捜査本部」というすごい仕組み』澤井康生
『公安は誰をマークしているか』大島真生
『警察組織　パーフェクトブック』別冊宝島編集部 編
『警察官の出世と人事』古野まほろ
『警察用語の基礎知識　事件・組織・隠語がわかる!!』古野まほろ
『サカナとヤクザ　暴力団の巨大資金源「密漁ビジネス」を追う』鈴木智彦
『琉球検事　封印された証言』七尾和晃
『ドキュメント　沖縄経済処分　密約とドル回収』軽部謙介
『サンマデモクラシー　復帰前の沖縄でオバーが起こしたビッグウェーブ』山里孫存
『沖縄　だれにも書かれたくなかった戦後史　上・下』佐野眞一

『沖縄問題　リアリズムの視点から』高良倉吉 編著
『沖縄から貧困がなくならない本当の理由』樋口耕太郎
『裸足で逃げる　沖縄の夜の街の少女たち』上間陽子
『沖縄アンダーグラウンド　売春街を生きた者たち』藤井誠二

小学館文庫
好評既刊

国防特行班E510

神野オキナ

ISBN978-4-09-406866-5

三輪出雲一佐は、出頭を願い出たスパイを保護するため、現場へ向かっていた。数年前に「死んだはず」の出雲は、防衛省内の不祥事を始末する秘密部署の隊長を務めているのだ。だが現場に入ると、目標の男は殺されていた。訝しむ出雲の前に現れたのは、公安警察の「ゼロ」と呼ばれる非合法部署の班長・荻窪冴子。互いに銃を構えたまま、睨み合いが続くふたり。先に動いたのは——どちらでもなかった。突然、屋外から火炎瓶が投げ込まれ、さらに狙撃が加わる。いったい何者が？　最近、不穏な動きを見せている中国の諜報機関なのか？　ハードな防諜工作アクション！

小学館文庫
好評既刊

警視庁特別捜査係
サン&ムーン

鈴峯紅也

ISBN978-4-09-406894-8

湾岸・大森・大井、三つの所轄署の管轄で、連続放火事件と連続殺人事件が同時に発生した！　捜査本部に狩り出された、湾岸署に勤める月形涼真巡査は弔い合戦を決意する。警察学校の同期で、恋人・中嶋美緒の兄でもある健一が殺されたのだ。コンビを組む相棒は、突然会議を割って入ってきた、警視庁の警部補にして、父の日向英生。警察上層部に顔が利く、エリートキャリアで警視監の母・月形明子の差し金らしい。息子の指導係にと、元夫を送り込んだようだ。涼真と英生の親子刑事は遊班として、ふたつの事件解決に奔走する。規格外の警察小説シリーズ第一弾！

――本書のプロフィール――

本書は、小学館文庫のために書き下ろされた作品です。

小学館文庫

伏《ふく》龍《りゅう》警《けい》視《し》・臣《おみ》大《だい》介《すけ》

著者　神野《かみの》オキナ

二〇二三年五月七日　初版第一刷発行

発行人　石川和男
発行所　株式会社 小学館
〒一〇一-八〇〇一
東京都千代田区一ツ橋二-三-一
電話　編集〇三-三二三〇-五九五九
販売〇三-五二八一-三五五五
印刷所 ――― 中央精版印刷株式会社

この文庫の詳しい内容はインターネットで24時間ご覧になれます。
小学館公式ホームページ　https://www.shogakukan.co.jp

ISBN978-4-09-407253-2